时光会记得

独木舟 著

中国友谊出版公司

图书在版编目（CIP）数据

时光会记得/独木舟著. --北京：中国友谊出版公司，2021.7
ISBN 978-7-5057-5173-6

Ⅰ. ①时… Ⅱ. ①独… Ⅲ. ①长篇小说－中国－当代 Ⅳ. ①I247.5

中国版本图书馆CIP数据核字（2021）第043641号

书名	时光会记得
作者	独木舟
出版	中国友谊出版公司
发行	中国友谊出版公司
经销	新华书店
印刷	天津旭丰源印刷有限公司
规格	880×1230毫米　32开
	8.75印张　215千字
版次	2021年7月第1版
印次	2021年7月第1次印刷
书号	ISBN 978-7-5057-5173-6
定价	48.00元
地址	北京市朝阳区西坝河南里17号楼
邮编	100028
电话	（010）64678009

如发现图书质量问题，可联系调换。质量投诉电话：010-82069336

———

爱情，如果说世上真的还有爱情，

那些念念不忘的事，那些耿耿于怀的事，

那些甘之如饴的事，那些刻骨铭心的事，

那些你的事、我的事，那些渺小而伟大的事，

听说，月亮已经忘记了。

———

人生最美妙与最残忍的事情其实是同一件,
那就是不能重来。

溯洄从之,道阻且长。道阻,且长。

等到眼神留下爱情经历过后浅浅的伤痕时,
我才会反思:也许是太年轻的缘故,
我还不懂得怎样温柔地去爱一个人。

我一直咬牙顽强与之对抗的,不仅是这个世界,还有你;

我一直诚挚热爱,企图与之和平共处的,

除了这个世界,还有自己。

所有的悲欢都是我一个人的灰烬，

世间道路何其之多，

但我始终只能踽踽而行。

楔子

/

剧烈的阳光自梧桐叶子的缝隙里投落，在地面上画出斑驳的影子，与往年别无二致的蝉鸣是炎炎夏日永不更改的背景。

我把长发绑成一个花苞的形状，穿着白色的长T恤，背着西瓜红的包包，沉默地穿行在熙熙攘攘的人潮里。

空气里有熟悉的芬芳，是玉兰还是茉莉？我一直弄不清楚，但这种气味非常熟悉，就像小时候街口那个卖早餐的婆婆熬的粥，我不是每天去买，但每天路过街口时心里总会有一种莫名的感动。

因为那是人间烟火的气息。

广场中央巨大的屏幕上正在播放着某个歌手世界巡回演唱会的讯息，很快，很快就要来到这一站了。我抬起头怔怔地看看大屏幕，再看看身边……每个人，都有一张神采飞扬的面孔。

白驹过隙，简单的四个字，却是最令人惆怅的一个词语。

时间就像指缝里悄悄滑落的细沙，无论多么努力地想要抓紧它，结果都是徒劳。

我听见身边一个男生语气里有着难以抑制的亢奋,他对旁边的女生说:"你不是一直想看他的演唱会吗?我们买内场票吧!"

我回过头去看了他一眼,很年轻很年轻的眉眼。他揽着的是跟他同样年轻的一个女生,画着妖娆的眼线,眼皮上覆盖着迷离的色彩,头发染成了栗色,光洁的小腿套着黑色的丝袜,穿着几乎十厘米的高跟鞋。

明明是很庸俗的打扮,可因为她的笑容里有一种叫作真诚的东西,所以一点也不显得讨厌。

她的声音很大:"好啊,还要给我买荧光棒哦!"

不知道那一对年轻的情侣是什么时候离开的,而我就像被点了穴,施了法,站在那里一动都不能动。

演唱会⋯⋯

我们也说过,要一起攒钱,看很多演唱会,从看台票一直买到内场,从最后一排坐到第一排,近距离地看喜欢的歌手唱我们喜欢的歌。

顾辞远,这些话,你可还记得?

光阴荏苒,岁月蹁跹。

我凉薄的记忆被逆袭的时光割裂出一条巨大的伤口,那个我曾经深爱着、以为可以天长地久的人,那些我曾经推心置腹、以为可以永远肝胆相照的人,他们的面孔赫然地横列在破败的往事面前。就像我无数次做的那个惨烈的梦,那些破碎的画面和那张熟悉得不能再熟悉的面孔。

这么久以来,一直有件事困扰着我——那个黄昏,几乎改变了我的一生。

随着嗅觉追溯往事的源头,一切悲剧都还没有开始,那个吸食着我们的快乐和欢笑的黑洞还没有张开血盆大口。

我轻轻地闭上眼睛,可是已经没有眼泪可以用来应景。

溯洄从之,道阻且长。

道阻,且长。

第四章　下弦月　—127

第五章　残月　—169

第六章　月食　—213

第七章　望　—255

目 录 · Contents

第一章 新月 —001

第二章 上弦月 —043

第三章 凸月 —085

时间就像指缝里悄悄滑落的细沙,
无论多么努力地想要抓紧它,
结果都是徒劳。

第一章 新月

[1]

离开 Z 城去大学报到的那一天,我跟我妈又吵起来了。

这次我们争吵的主题是"到底要把几千元钱的学费藏在哪里才安全"。我妈坚持说以我平时张扬、高调的作风,那么惹人注目,学费肯定会被贼偷走。

而我当然死都不会臣服于她,不会接纳她"把钱藏在这个香皂盒子里,然后把这个盒子藏在桶子里,再用脸盆盖住这个桶子,最后用被子把脸盆罩起来"的提议。

我们谁也不肯妥协的时候,楼下有人叫我的名字,我气急败坏地从窗户伸出头去,看见筠凉戴着渐变的紫色墨镜,降下车窗对我扬扬得意地笑着说:"初微,我爸爸派人送我们去。"

就是趁我掉以轻心的那么一瞬间,我妈成功地实施了她的计谋。我看着她手脚利落地下楼,往筠凉开来的车子后备厢里塞行李时,死的心都有了。

一切准备就绪之后，我妈看都不看我，反而语重心长地对筠凉叮嘱这个叮嘱那个，好像筠凉才是她女儿，而我只是一个打酱油的路人甲。

最后她就对我说了一句："花钱不要太大手大脚了，可买可不买的东西就不要买了。"

我翻了个白眼，不耐烦地关上了车门，懒得搭理她。

车开出一段距离之后，后视镜里我妈的身影越来越小。不知怎的，我的鼻腔里蹿起一阵莫名其妙的酸涩。这种感觉真是太糟糕了，我下意识地咬紧嘴唇，极力想要赶走那种矫情的伤感。

等红灯的时候，筠凉侧过脸来看着我，然后歪歪头，拍了我一下："怎么啦，眼睛都红了，舍不得妈妈啊？"

我一听这句话简直要吐了，谁舍不得啊，我从小最大的梦想除了世界和平之外，就是快点长大，早点赚钱，逃离她的管制！

筠凉把墨镜从头顶上摘下来架到鼻梁上，我一下子搞不清楚她的眼神聚焦在哪里，只听见她说："初微，你真是个女版的哪吒。"

我们到达传媒大学的时候已经是正午时分，报名处的老师们都午休去了，校门口巨大的太阳伞下不是招呼办手机卡的，就是兜售冷饮、冰棒的。筠凉递给我一张玫瑰花香的湿纸巾，轻声说："我们先去吃饭好了。"

我就不明白，她妈妈怀孕的时候吃了什么好东西，造就了她这么异于常人的体质，为什么人人都顶着满头大汗，她却还是一副清爽模样？

天气太热了，我们根本吃不下什么，点的菜基本上也就只吃了一两口，埋单起身的时候，隔壁桌一个戴着眼镜、精瘦精瘦的男生十分严肃地对我们说:"为了减肥吃那么两三口就over(结束)了,真是超级浪费。"

我和筠凉彼此对视了一眼,确定了他确实是在跟我们说话之后,我们又对视了一眼,确定了我们谁也不认识这个乱用单词的人之后,我说:"天气太热了,没胃口,你要是不嫌弃的话就帮帮忙吧,我们都没传染病的。"

其实我也就是开玩笑那么一说,谁晓得他竟然真的毫不客气地把我们桌上那盆炒鸡端了过去,末了还对我们说了一声"那我就帮你们解决吧"。

筠凉一脸哭笑不得的表情问目瞪口呆的我:"他这算是解馋,还是解忧呢?"

午休时间一过,整个校园就像一锅煮沸的开水,四处都是嗡嗡的声音。广播里传来学姐嘶哑的声音,"×××同学,有人拾到你的团籍档案,请速来认领",或者"××同学,你丢失的行李在××处被×××同学捡到了"……

我怀疑自己再凝神听下去,就会听到曾经几乎让我崩溃的那个广告:"三年级六班的李子明同学,你的妈妈拿着两罐旺仔牛奶在门口等你……"

筠凉推了我一把,说:"别发呆了,我的专业在那边报名,我先过去了,待会儿电联。"

筠凉走开之后,我整个人忽然如遭电击!

因为我刚刚才想起来,我的"巨额"学费被藏在那么隐秘的地方,没有人帮我的话,我根本就拿不出来!

我正濒临崩溃时，余光瞥到中午在小饭馆鄙视我和筠凉浪费食物的那个眼镜男，他在烈日底下津津有味地端详着把厚棉被顶在头上，两只手在脸盆下面的桶里面奋力地掏啊掏却什么也没掏出来的我。

过了好久，他终于忍不住开口问我："你不热吗？"

废话，我当然热啊，十斤的大棉被盖在头上谁不热啊，但我真的不好意思在大庭广众之下把那个香皂盒子拿出来，再像表演近景魔术一样从盒子里抽出几千块钱来。

搞清楚状况之后，眼镜男的眼睛里投射出极其鄙视的目光："你真是over（引申为夸张），这有什么关系啊，别那么虚荣，OK？"

在他的掩护下，我终于艰难地把钱从香皂盒子里取出来了，后来看到汉语言文学五班的花名册，我才知道这个总把"over"和"OK"挂在嘴上的眼镜男居然是我们班的班长梁铮。

我问他："你是怎么当上班长的？"

他倒也很诚实："我是第一个报名的。"

其实我还有一个问题很想问但又不好意思问：你总说的那个over跟我认识的那个over是一个意思吗？

其实有时候我真的觉得，上帝在造某些人的时候无疑是特别用心的，比如筠凉，漂亮就算了，还身材好，身材好也就算了，还是个高官的女儿。

还有那个叫顾辞远的家伙，聪明也就算了，居然还把聪明用在正道上，年年拿奖学金就是为了请客吃饭。当然啦，人家家里不缺钱啊！可是凭什么上天还要给他一张那么好看的脸？凭什么？

所以说，投胎真是个技术活。

报名的时候我又认识了一个让我觉得被上帝偏爱的女生，她站在我的前面，两条腿细得像火柴一样。转过脸来吓了我一跳，我很想问她，这么热的天你擦这么厚的粉底，皮肤受得了吗？

更夸张的是她两颊的阴影，我真想问问：你知道你的阴影打得像络腮胡吗？

她看都没看一脸欲言又止的我，而是娇嗔着直接对站在队伍旁边维持秩序的梁铮说："班长，我好热哦，你去帮我买一瓶橙汁来，好不好吗？要冰的哦！"

看着梁铮屁颠屁颠远去的身影，我悲哀地想：班长，你才真的over 了。

筠凉跟我说她想了点办法，把我们安排在一个宿舍的时候，我眼睛瞪得跟铜铃一样，我说："不是吧，不同专业不同班，也能安排在一起？"

她朝我晃了晃手里的钥匙，神情中略带一点骄傲："这个学校的书记跟我爸都不知道有多少年的交情了，这点小忙算什么啊，没事，跟着姐姐我走，保证你有肉吃。"

这一点，不用筠凉说我也知道，金钱和权力能摆平的问题，那都不是问题。

我们手忙脚乱地把行李安置好，刚打了一盆水准备打扫卫生的时候，那个要冰橙汁的卷毛女就出现在我们面前了，她找了一张空床坐下来，边喝橙汁边向我们介绍自己："我叫唐元元，不是'冲冠一怒为红颜'的陈圆圆那个圆圆，是写'曾经沧海难为水，除却巫山不是云'的那个元稹的元……"

耳朵里塞着 NANO 耳机的筠凉根本没听到这么长一串不知所云的绕口令，但是我身为汉语言文学专业的学生，惭愧得差点没喷出一口鲜血来。

冷静下来之后,我由衷地觉得这个女的跟那个over班长还真是绝配,中西合璧,天下无敌啊。

那天晚上我有幸目睹了卸妆之后的唐元元,终于明白为什么她要打那么厚的粉底了,怎么说呢,她的五官倒也不难看,就是皮肤太差了,一脸的斑让她看上去显得特别沧桑。

她精湛的遮瑕技术让筠凉都叹为观止:"你真应该去演《画皮》啊。"

唐元元不以为然地对我们说:"现在科技这么发达,男人都能变性成女人,我这点斑算什么呀!等我有钱了就去做个激光祛斑,顺便再开个内眼角,到时候不知道多少男生追着我跑呢!"

筠凉对她点点头:"好样的,我就是欣赏你这种盲目自信。"

她笑一笑,这个世界上除了胸怀宽广、海纳百川的人之外,还有一种人也同样能做到"宠辱不惊",那就是完全活在自己世界里的那种人。在他们的臆想里,自己是最完美的,旁人所有不友善的言辞都是出于对他们的嫉妒。

第二天的新生大会不能迟到,唐元元在天光微亮的时候就起来开始化妆,我和筠凉都还处于不清醒的状态。等我们洗漱完毕之后,昨天晚上那个满脸斑点的唐元元已经换了一张面孔。

唐元元背着那个绿色的LV,对我们回眸一笑:"那我先走了,你们也快点哦。"

她走了之后筠凉问我:"那个包是真的假的啊?"

我耸耸肩:"我真不知道,不过昨天报名的时候听她跟别人说,这个包包是限量的,全球两百个,中国就十个,其中一个在赵薇那里,我猜可能剩下九个全在她那里吧。"

筠凉白了我一眼,我知道她是觉得我刻薄,但我也不甘示弱地白了回去:你以为你很厚道吗?!

我们在食堂挤了好久才买到早餐,卖包子那个窗口的大妈态度不够友善,当我拿到那几个袖珍烧卖的时候不禁脱口而出:"这么小,怎么吃得饱啊?!"

她白了我一眼,一边手脚麻利地帮别人装包子一边还回复我说:"你才买一块钱的肯定吃不饱啦,你买十块钱看看吃不吃得饱咯!"

我被她噎得说不出话来,十块钱的烧卖那不是吃饱,是撑死!

随着慷慨激昂的音乐奏起,礼堂里原本喧嚣鼎沸的人声渐渐平息了下来。

我在下面一边愤愤不平地咀嚼着袖珍烧卖,下着五子棋,一边还不忘攻击筠凉:"开学第一次开大会,你就跑到我们班来,你这么高调,迟早要被你们班那些女生排挤的!"

她骄傲地说:"从来高处不胜寒,我早习惯了。"说完还不忘对我手中油乎乎的烧卖翻了个白眼。

虽然筠凉这句话有点欠扁,但其实说的也是实情。

在我们还没有成为好朋友之前,苏筠凉就是校园里耳熟能详的人物。对于大家评价的傲慢、冷漠、乖张,拒人于千里之外……她总是一副睥睨众生的模样,对学校里任何的流言蜚语都采取无视的态度。无论那些女生是嫉妒还是羡慕,无论那些男生是欣赏还是不屑,那都是与她无关的世界。

只是在她十六岁生日的那天晚上,我陪着她在很厚很厚的积雪中走了很久,漫天漫地的白,雪地里只有我们两个人的脚印。

她轻声说:"初微,你是我唯一的朋友。"

那是我记忆中筠凉唯一一次那样伤感地展示出自己的孤独,我也是要到很久之后才会真正明白筠凉的意思,才会真正了解在她倨傲的笑容背后、在她貌似光鲜的成长路途中隐忍着多少不可言说的暗伤。

我们正下着棋,有个男生走到筠凉旁边的空位上想坐下来,筠凉连忙喊:"哎,有人,不好意思!"那个男生略微遗憾地挑了挑眉,只好起身走了。

我趁筠凉不注意多走了一步,没想到她一看就发现了:"宋初微,你真无耻啊!"

我连忙转移话题:"那个……你给谁留位置啊?"

她白了我一眼,估计是觉得我太无赖了,竟然插起耳机开始听歌不理我了。

有NANO就了不起?我也白了她一眼,环视起四周的同学来:啊,有带了扑克在下面偷偷斗地主的,有看杂志的,还有用智能手机上网看股市大盘的,似乎还有对诗的……啊,不好意思,那不是才华横溢的唐元元和满腹经纶的班长大人吗……

看样子,大学确实是一个"飞禽走兽""牛鬼蛇神"应有尽有的地方。

不知道台上的校领导换了几个,因为他们说的话都差不多。不对,岂止他们几个人说的话差不多啊,我觉得从小到大所有学校的领导说的话都差不多。

接着就是打了鸡血的学长学姐们致欢迎词,看着他们亢奋的样子,我觉得他们打的还不是普通的鸡血,应该是那种摄取激素过量的鸡的血。

乱七八糟的暖场人物终于啰唆完之后，轮到本届新生代表上台发言了。

我趴在桌上哀号一句："怎么还有啊？！念讣告也该念完了吧！"

可是当那个人走上台，当我听见周围的女生都开始窃窃私语，当我看见筠凉取下耳机笑得一脸既奸邪又喜庆的表情时，我意识到有什么不对劲了。

我不知道那篇遣词正统、文风矫情的演讲稿是他从哪个网站上抄来的，我听着都觉得替他丢人，但我更觉得不可思议的是：他怎么会在这里？

我木然地盯着台上那个穿着白色的 T 恤，干净得像从水里走出来的人，一时之间错愕得顾及不了旁边饶有兴致观察着我的反应的叛徒筠凉。

他发完言之后，贴着礼堂的墙壁绕了一个圈，然后从侧门直接走向我们，最后在筠凉旁边的那个空位上坐下来对还未回过神来的我说："怎么了，不认识啦？"

我茫然地看着他，又把目光转向筠凉，不知道为什么，我忽然觉得我的眼睛无法对焦，看什么都是朦朦胧胧的，都是模糊的，都是不真切的。

我什么话都没有说，而是转过头去看着窗外，礼堂两旁栽种着参天古木，树叶在阳光的照射中闪着一层油亮的光彩。

我的脑袋真像是装满了糨糊，完全不能运转了。

中午吃饭的时候筠凉感觉自己仿佛变成了隐形人，因为无论她多么热情洋溢地问我"你想吃什么呀？我请你吃呀"还是佯装生气地说

"至于这个样子吗？我又没抢你男朋友"，都不能引得我跟她说一句话。

最后她终于妥协了：在她把她饭盒里的鸡腿夹给我，我又还回去，她又夹给我，我又还回去，之后她开口说："初微，对不起啦，我不是故意要耍你的，是顾辞远拜托我一定要瞒着你的。"

我抬起头来面无表情地看着她，我知道此刻我的脸看上去应该很丑，但我就是笑不出来。

筠凉叹了口气，刚要说什么还没来得及说，一旁的唐元元就过来插嘴："你们知道吗？那个新生代表，摄影专业的，家里超有钱！"

我和筠凉对视了一眼，同时低下头来往嘴里扒饭，只听见唐元元一个人还在说："他家应该挺有背景的吧，我刚刚看他跟院长、书记他们一起去吃饭了，他们对他笑眯眯的，跟亲戚一样……"

我把筷子一扔，说："筠凉，我不想吃了，走吧。"

午休的时候我躺在床上怎么都睡不着，高中时那些画面在脑海里像电影一样快速回放着。那个时候顾辞远看到我在学校正门，他就一定会绕道从后门进校；我给他发短信，他从来不回，打电话也很少接；别的同学当着他的面提起我，他总是一副好像踩到一坨屎一样的表情……

想起我那不堪回首的青春岁月，真是令人唏嘘不已。

我正伤感呢，手机就响了，一个陌生的本地号码，我在接通之前还纳闷："难道我这么快就有粉丝了吗？"电话一通，那个无比熟悉的声音伴随着吱吱作响的电流直抵耳膜："宋初微，我在女生公寓门口等你，快出来。"

不得不承认，命运有时候真的很捉弄人，在公寓门口看到拿着一盒抹茶味冰激凌的顾辞远，我真的觉得眼前发生的这一切太不可思议了。

我们在学校门口的公交车站台下面等车的时候，不时有路过的女生会瞟他一眼，而戴着茶色墨镜的他也表现出一副习以为常的样子。

我问他叫我出来做什么，他回答我说："陪我去买相机。"

我听见自己的喉咙里发出了豪迈的大笑："哈哈哈，我们很熟吗，我凭什么要陪你去？"

僵持了片刻，他终于说："高中时，同学们都说我是你妈妈的女婿，你说我们熟不熟？"

刚喂进嘴里的那一大坨冰激凌还来不及好好品尝，便被他这句话害得直接吞了下去，霎时，真是透心凉，心飞扬。

我无从辩驳，只好偷瞄他嶙峋的侧面，心里最想问他的那个问题始终还是没有问出口。

"填志愿的那天，你说我去哪里你就去哪里，不是跟我开玩笑的吧？"

怎么好意思开口问，只怕问了之后他会更加把我当作一个自作多情的白痴。

上公交车的时候，我捧着冰激凌一时之间不知道要抓哪里，他很自然地牵住我那只空闲的手。我看到他的无名指上戴着一枚指环，心里不知为什么，居然有点发酸。

我问他："你结婚啦？"

他又恢复了高中时期凶神恶煞的样子吼我："蠢货，我妈妈买给我的！"

我长这么大，第一次看见把妈妈送的戒指戴在无名指上的人，他居然还好意思说我是蠢货！

公交车一路摇摇晃晃,他一直没有摘下他的墨镜,所以我也就不知道其实一路上他都匿藏在茶色镜片后面坦荡地窥视着手足无措的我。

十多分钟之后,终于有空位了,顾辞远还是很君子风范地叫我去坐,自己站着,我也就不跟他客气了。

随着公交车一路颠簸,车窗的景色和路人飞驰着倒退,这对我而言是一座全新的城市,是一个全新的生活氛围,摆脱了唠叨、刻板的老妈的约束,从此之后,就算把天捅个窟窿也没人管得着我了!

我还沉溺在对美好未来的憧憬中时,顾辞远突然以迅雷不及掩耳之势跟站在我旁边的一个男人打起来了!

确切地说,是顾辞远把站在我旁边的那个男人打了!

等我回过神来的时候公交车已经停了,大家都围着看热闹,顾辞远把那个矮他一头的男人狠狠地踩在地上,一拳直击鼻梁,很快鼻血就从那个人硕大的鼻孔里流了出来。

我惊恐地拉着顾辞远,语无伦次:"干吗啊你?!法制社会,动什么手啊!"

顾辞远甩开我的手,一语不发地捡起那个人摔在地上的山寨手机,卸下电池,然后当着全车人的面,硬生生地把手机折成了两段。

拉着我下车之前,顾辞远从钱包里掏出几百块钱甩在那个人脸上,然后丢下了两个字:"下贱!"

炎热的夏天,我气喘吁吁地跟在他背后一路小跑,无论我怎么喊他,他都不应我,最后我也怒了,冲着他的背影喊:"顾辞远,你这是跩给谁看啊,老娘不陪你去了!"

吼完这一声之后，我感觉到路边的香樟树都震了震。

顾辞远那个烧饼终于停下了脚步，紧接着他反而怒气冲冲地冲到我面前，摘下墨镜，鄙视地看看我说："你就不能不要穿得这么少扮性感吗？胸怀宽广也用不着展示'那片飞机场'吧！"

我被他这一句尖酸刻薄的话弄蒙了，半天没反应过来，我下意识地打量了一下我的穿着，没什么问题啊，我实在不觉得我的打扮有什么伤风败俗的地方啊！

看我不出声，他还得寸进尺了："你看看你，领口开这么大，你的头是地球啊……"

我终于爆发了，指着他喊道："我穿什么关你屁事啊，我又没叫你给我买香奈儿，我就算不穿衣服裸着出来也轮不到你来教训……"

接下来，他懒得跟我废话了，做了一件让我恨不得跟他同归于尽的事情。

他，吻，了，我。

[2]

筠凉一边往脸上贴面膜一边自以为是地说："所以，你们接吻了，对吗？"

我都已经分不清楚嘴里嚼着的是草莓还是蓝莓还是西瓜还是薄荷味的木糖醇了，一晚上我什么也没做，时间都花在嚼这些玩意儿上了。

面对筠凉这么轻描淡写的疑问，我的反应犹如火山喷发："不是！是强吻！是我被他那个衣冠禽兽强吻了！"

我本以为筠凉作为我最好的朋友，会跟我一起唾弃顾辞远，可是她敷着面膜的脸平稳得没有一点表情："又不是第一次被他亲了，难道这不是你梦寐以求的吗？"

梦寐以求？！

我一时语塞，筠凉乘胜追击："我不觉得他有错啊，反而，我觉得他很man啊，难道你希望他瑟缩在一边任由那个猥琐男偷拍你而不出声吗？"

这下，我被呛得彻底说不出话来了。

夜深人静，宿舍里每个人都安然入睡，整个房间里只有轻微的鼻息声，可是我却像一张煎饼似的在床铺上翻来覆去，死活都睡不着。

我一闭上眼睛，脑袋里就会不由自主地想起下午那个尴尬的场面。

他身上有一种淡淡的香，不刺鼻也不突兀，像是羽毛一样轻盈地扑过来，霎时我就像被笼罩在一种奇妙的氛围里。

他放开我的时候根本不敢看我，我也是一直低着头，虽然内心一直有个声音在喊"扇他啊，宋初微，扇死他啊！"可是我的手，怎么都抬不起来。

过了一会儿，我听见自己问了一个匪夷所思的问题："你的香水是什么牌子的啊？"

问完之后我都想扇自己了，这叫什么事啊！

顾辞远一怔，连忙回答："Burberry（博柏利）周末。"

我还是没有看他，继续低着头"哦"了一声之后，就再也不晓得要怎么办了。

气氛缓和一点之后，顾辞远终于跟我解释刚刚在公交车上他为什么出手打人了："我看到那个浑蛋用手机拍你胸口，虽然你其实没什么料，但我还是觉得他该打……"

我很不满地瞪着他，我想：顾辞远，你这个浑蛋知道自己在说什么吗？

可惜我的眼神一点威慑力都没有，他根本没感觉到我的愤怒，还继续义愤填膺地侃侃而谈："宋初微，我告诉你，就算今天不是你，是一个比你还丑、还平的女生被偷拍，我一样不会袖手旁观的。那种败类，人人得而诛之！"

熊熊怒火终于彻底焚烧了我的理智，我扑过去就是一顿拳打脚踢："你个烧饼，要你管！我就喜欢被人偷拍。"

他嗤笑一声："你想得美！"

夏天的傍晚，阳光还是很刺眼，顾辞远站在西晒的这边为我挡去了阳光，而他整个人也出于逆光的原因被镀上了一圈淡淡的金色光芒。那层光毛茸茸的，让人很想伸手去触碰一下。

我不知道自己脸上的表情是什么样子，但顾辞远的脸在那一瞬间变得很温柔很温柔，就像是换了一个人一样。因为我记忆里的他，真的从来不曾好好对我说过一句话，不曾好好看过我一眼。

时间缓慢流淌着，他说："宋初微，我都亲你两次了，不对你负责吧，我良心不安；对你负责吧，说真的，我又寝食难安，两害相较取其轻吧，我不能对不起自己的良心啊。"

我的大脑还在消化着他话里隐含的信息，结论还没有出来之前，他揽住了我的肩膀："嗯，就这样了，我说了算。"

一晚上我都在胡思乱想，不知道什么时候才迷迷糊糊地睡着，感觉自己刚刚才闭上眼睛，就听到筠凉叽里呱啦念鸟语，什么"八百标兵奔北坡""牛郎恋刘娘，刘娘念牛郎，牛郎年年恋刘娘""南边来了他大大伯子家的大夯拉尾巴耳朵狗"……

我长这么大都没见过什么大夯拉尾巴耳朵狗!

知道的,是当播音主持专业学生在练声;不知道的,还以为精神病人欢乐多呢。

我觉得这样下去我迟早要被弄疯,然后就会被送回Z城那个著名的精神病院,离我奶奶住的敬老院才几百米远,我妈看完我再去看我奶奶还挺顺路。

想起我奶奶,我的鼻子就有一点发酸。

我之所以会选择汉语言文学专业,跟我优秀的语文成绩是密不可分的,而我在数学、英语成绩都极其不稳定的情况下依然可以保持语文成绩名列前茅,跟小时候奶奶的"压迫"也是密不可分的。

我记得我会背的第一首诗,不是"鹅,鹅,鹅",也不是"一望二三里,烟村四五家",而是"昨夜星辰昨夜风,画楼西畔桂堂东,身无彩凤双飞翼,心有灵犀一点通"。

年幼的时候,我最恨的人不是无暇照顾我的父母,而是一个生活在唐朝的诗人,他的名字叫作李商隐!

对,就是那个写了几十首《无题》的李商隐,他是我童年最大的阴影!

每次奶奶让我背诗我就想哭,虽然背出来之后会有大白兔奶糖作为奖励,但是背不出来就会被她用做衣服的那种木尺打手心,在当时的我看来,那真是世界上最残忍的酷刑了。

后来离开奶奶,跟父母生活在一起,他们给我买了好多好多大白兔奶糖。有一天下午,我一个人吃了一大包,可是我觉得一点意思也没有。

从那之后,我就不爱吃糖了。

筠凉朗读完毕,唐元元"画皮"完毕,我追忆似水年华完毕,同宿舍的另一个女生早就去教室占座了。

我约筠凉下课后在教学楼大厅碰头,一起去食堂,没想到她居然对我说:"每天跟你这个女的吃饭多没意思啊,今天我约了个男的。"

我大吃一惊,不是吧?!高中的时候,有个男生晚自习翻墙出去给她买酸奶,老师抓住之后被骂得狗血淋头,也没能感动她陪他看一场电影,这才刚入校几天啊,什么样的人物竟然让眼高于顶的苏筠凉如此刮目相看?

明知道我很疑惑,但筠凉还是没有给出答案。

她抛了个媚眼:"不要太舍不得我,去找你的顾辞远吧。"

经她一提醒,我立刻想起前一天晚上顾辞远送我回来的时候说:"明天一起吃饭,中午下课大厅碰面,原地不动,不见不散。"

我正想着怎么化解届时尴尬的场面,筠凉这个死女人又凑过来小声说:"第一次他亲你脸,第二次亲你的嘴,这次,直接深情拥吻吧。"

我不是装淑女,但那一刻我全身的血液真的全部冲上了头顶。我发誓,我真是杀了她的心都有。

整个上午的课,我都趴在桌上发呆。虽然我看上去好像是在认真看书,但其实我的元神早就出窍了。

虽然很不想承认,也不想提起,但顾辞远亲了我两次,这是写在我人生卷宗里的事件,有很多人证,根本容不得我狡辩。

顾辞远在我的生命里登场时,命运的齿轮刚刚开始转动,指针直指二〇〇五年。

拨开记忆湖面上纷繁的落叶,镂刻在生命中的印记如此清晰地呈现在眼前,"神六"升空,举国欢腾。年近三十忽然一炮而红的名模林志玲拍摄广告时不慎坠马，所有媒体都开始关注她的胸。大型选秀《超级女声》海选出了李宇春、张靓颖、周笔畅，直到很多年后，她们还是公认的不可被超越的超女前三甲。

最爆炸的新闻大概是被称为中国台湾第一美女主播的侯佩岑突然杀入公众视线，"双J恋"土崩瓦解。

而那一年的我，在干什么？

不堪回首的是，那一年的我，在倒追顾辞远。

其实我一直不肯承认，我永远都记得第一次见到顾辞远的时候，他的样子，像美玉。

那时的顾辞远用一句诗就能概括："陌上人如玉，公子世无双。"

我得承认我是个以貌取人，容易被美色所迷惑的、肤浅的、脑袋短路的白痴，当时他在我妈的办公室等待着办理转学手续，我正好路过，从门口看见他的侧影，顿时惊为天人，转身就告诉筠凉："我们学校来了个好帅好帅好帅的男生哦！"

筠凉看男生的眼光一贯还是很挑剔的，可经不住我要死要活地拖着她去看，之后她竟然也破天荒地说："哎呀，是不错啊，看样子我们这个草鸡窝学校要飞出金凤凰了。"

我真不晓得她怎么会想出一个这么土的比喻，但无论如何她认同了我的眼光，我还是感到蛮欣慰的。

当下我就决定：他是我的啦！

筠凉瞪着眼睛看着我："他是转到你妈那个班去，你知道吗？"

我当然知道啊，他要不转去我妈那个班，我还不一定看上他呢。我就是要让我妈知道，我就是要丢她的脸，怎么样啊？

毕业联欢会的那天晚上，我向顾辞远坦白了我当初倒追他的初衷，并且追问他:"你当时对我有印象吗?我那天穿了一件正宫红的呢子大衣哦!"

他的眼睛里蒙着一层雾气,让他看上去像个白内障患者,而他却回答:"我屁都没注意到。"

下课铃声响起的时候,我的手机里同时闯进来两条短信,一条是筠凉的:祝你度过愉快的午餐时光,我下午没课,出去玩儿啦,晚上见。

我回都懒得回她,真是有异性,没人性!

另一条是以我男朋友自居的顾辞远同学的:快点下来,我饿了!

我十分不情愿地在顾辞远身边走着,路上有很多同学都认出他就是开学大会上那个拉风的新生代表,有些女生看看他又看看我,看看我又看看他,眼神里流露出一种叫作"暴殄天物"的信息。

我真想抽死她们,真没眼光,顾辞远除了比我有钱,他还有什么比我强的?难道我长得不漂亮吗?很多年前,我被我那个狠心的妈妈寄放在H城外婆家读小学的时候,还因为长得太漂亮而被全班女生孤立过呢!

那时候我是转学生,加上我人长得漂亮还成绩好,所以经常被班上那些大姐大欺负。

但那时我也不是完全没有朋友,班上那个总穿深色衣服的胖女孩就特别喜欢跟我腻在一起。她告诉我,她的肥胖是家族遗传,同学们都叫她"肥婆",她不跟任何人来往,除了我。

我问她:"为什么呢?"

她的眼睛里有着超出同龄孩子的淡漠:"因为我们都是异类啊。"

一年之后我离开了H城,原本想跟她互相留个地址通信的,可她拒绝了,她再次用那种超龄的目光注视着我说:"你会忘记我的。"

她说得既对，又不对。

回 Z 城之后，在熟悉的环境里我确实很快就淡忘了交情浅淡的她，但每当我感觉孤独的时候，她那双不同于孩子的眼睛，总会浮现在我的脑海里。

当然，每次我告诉别人我曾经因为漂亮而被孤立时，没有一个人相信我，包括顾辞远。

为了出这口气，我故意在一大堆人经过我们身边的时候大声说："你不就是喜欢男生吗，这有什么错啊！"

在路人惊恐的眼神里，顾辞远极度震惊的状态只维持了两三秒钟，反应迅速的他很快回击了我："你不就是被人包养过吗，这有什么关系？我不嫌弃你！"

他话音落下的那个瞬间，我石化了。

其实被顾辞远这样欺负早不止一两次了。

第一次对他表白，是在楼梯间挡住正要去打篮球的他，我说："我看上你了。"

周围多少双眼睛看着我们啊，他是怎么回答的？

"可我看不上你啊。"

那次我有多丢脸啊，全校都知道"那个张扬得要死的宋初微被人当众拒绝了"，更要命的是这件事还传到我妈耳朵里去了。那天晚上她连饭都没做，一个人躲在房间里，灯也没开，不知道在干什么。

第二天在走廊上，我听到她班上一个学生很大声地说"罗老师的两只眼睛都哭肿了！"

我面无表情地走过去，故意在那个女生脚上重重地踩了一脚，在她发出惊天动地的尖叫时，我才装作吃惊地说："踩到你了？不好意思，我还以为踩到屎了呢。"

她的眼睛瞪得很大，指着我说："宋初微，你什么意思？"

我幽幽地回答她："没什么意思，教你不要议论别人家的是非而已。"

空气里充满了剑拔弩张的气氛，其他老师路过走廊时看到我们两群女生一副势如水火的架势，随口说了一句："怎么，要打架啦？"

那个女生平日里也算是比较听话的学生，瞬间气焰就熄灭了，她带着不屑的神情朝我翻了个白眼就转身走了，我顺势挽住筠凉的手臂，对周围喊了一句"别看啦，回去上课啦"也反身进了教室。

自始至终，我知道筠凉一直在观察我的表情，但我始终极力表现得不动声色。

其实有那么一瞬间，我想过放弃算了。

放弃跟母亲的对立，放弃跟她之间的斗争，放弃内心那些因为太过浓烈连自己都不肯正视的怨怼和愤怒，像世界上很多女生那样，做一个听话、孝顺，拥有温暖而澄净的笑容，在她疲倦和无助时给她贴心的慰藉，而不会去火上浇油的女儿。

但我做不到，每当我打开家里那个抽屉，看到户口本上那一页，赫然写着那个明明存在却又不存在于我生活中的人的名字时，原本熄灭的那些念想，就会在顷刻之间死灰复燃。

父亲这个人，消失了。

从H城回Z城之后，我就成了一个野孩子，从邻里那些八婆的口中听来的流言蜚语我从来没去找我妈确认过，有种奇怪的自尊心让我选择了用偏激的方式去跟她较劲和赌气。

我经常跟同学吵架，有时还跟男生打架。我有很锋利的指甲，经常抓得他们身上留有一道道血痕。

有一次有个男生的妈妈来找老师告状，我站在办公室里一脸无畏的样子激怒了她，她当着我的面说："单亲家庭的小孩子啊，就是缺乏管束，难怪这么没教养。"

这句话彻底击溃了我，我冲回教室提起那个男生的书包一路小跑到学校里的小池塘边，然后，我做了一件让所有人都目瞪口呆的事情。

我把他的书包拉链拉开，倒过来，书包里的书哗啦哗啦倾泻而出，在池塘里溅起了颇为壮观的水花。

那天我被罚一个人打扫教室，我妈来领我走的时候对老师说："我女儿是来你们这里上学的，不是来做清洁工搞卫生的。"

尽管如此，我还是不领情，回去之后我用力地摔上房门，一个人抱着被子哭得很安静却又剧烈。

很久很久以后，在尘世中目睹也经历了太多的悲欢离合之后，我才明白，或许我当年并不是真的怨恨她，而是迁怒。

巨大的爱与巨大的恨一样，都需要一个发泄的出口。

所以，就算顾辞远那么讨厌、那么可恶，我还是继续跟他纠缠。

因为他帅，他家有钱，他还是我妈的得意门生，他就是我用来气我妈的最好人选。

我们走到食堂的时候，队伍不长，但是很宽，我看见梁铮正举着两个托盘奋力地从人群里挤出来，走向坐在一旁涂指甲油的唐元元。他几乎是带着取悦的口气问："没有排骨了，我给你打鸡丁，好吗？"

我不得不感叹，梁铮真是个好班长，对待同学犹如春天般热情啊，可他对我怎么没这么好呢？难道说，我的姿色不如唐元元？

顾辞远"哼"了一声:"我肯定比他模范,我就不会让我女朋友吃这么差的饭菜,走,带你吃豆捞去。"

我翻了个白眼:"你不就是有钱吗?知道那句话吗?'易求无价宝,难得有情郎'。"

顾辞远倒也很干脆:"OK,那你跟他在一起好了。"

自从认识了梁铮之后,我一听到"OK"和"over"就想死,连忙求饶:"好好好,当我没说,吃东西去吧。"

坐在二楼靠窗的位置,顾辞远根本没给我点单的机会,他一个人对着菜单:"这个,这个,这个,还有这个……"

我想问他,我难道不是人吗?为什么不给我发言的机会?!

可是他在服务生走了之后对我露出了向日葵一样天真可爱的笑容:"我点的全是最好吃的。"

我从来没见过顾辞远这个样子,好像幼儿园那些等着老师发大红花的小朋友,炎炎夏日,我不禁打了个寒战。

他没骗我,他点的东西真的都很好吃,我在他面前反正也从来没淑女过,于是索性狼吞虎咽,所以说,熟有熟的好处,用不着装。

他叹了口气:"你斯文点,又不是吃了这顿就分手,以后多的是机会。"

我差点没喷出来:"你别毁我清誉,好吗!我不是你女朋友,好吗!"

不是我装矜持,也不是我记仇,而是因为我真的真的发自肺腑地认为,顾辞远他可能自己都没弄清楚,他到底是喜欢我还是觉得对不起我。

升入高三的时候,我买了一把红色的雨伞,在校门口的精品店里跟老板杀了半天价,最后以二十块钱的价格成交。

那把伞多漂亮啊,自从买了它之后我每天都盼着下雨,这样我就可以举着它在灰蒙蒙的人群里闪亮登场!

盼了将近一个礼拜,终于阴天了,那天我实在太激动太激动了!

而我一激动就容易做蠢事,我竟然抑制不住内心的喜悦,用油性笔在那把伞上随手一挥,写下"我爱顾辞远",然后就屁颠屁颠地撑着伞冲到雨中去了。

连我最好的朋友苏筠凉都觉得我蠢得令人发指而拒绝跟我"共伞",更何况是当事人顾辞远。

人前一直表现得很有家教的他,那天下午抢过我的伞直接扔进了垃圾桶。

这件事我一直耿耿于怀,除了觉得实在太太太丢脸之外,还有一丝隐约的心痛。

二十块钱啊,巨款啊!

我不肯承认的是,除了因为觉得浪费了二十块钱之外,还有一种莫大的委屈。

就算你真的不喜欢我,就算你真的看我很不顺眼,但不管怎么样,我毕竟是个女生,我也有尊严的!你让着我一点儿怎么了?

我是有点胡闹,可我又没杀人放火,你用得着这样羞辱我吗?

你家是有钱,二十块钱可能根本就不放在眼里,可我家不是啊!二十块钱是我几天的早餐钱,你知道吗?!

我越想越难过,眼泪就像被煮沸的开水一样冒出来。

那是顾辞远第一次看到我哭,我没有吵也没有闹,我就那么安静地望着他，一语不发地流眼泪，原本怒发冲冠的他渐渐开始手忙脚乱，口齿不清："那个……我是不是太过分了……那个……你先别哭啊……我赔一把伞给你……"

我还是没说话，停顿了一会儿，我顺手抄起不知道谁搞完卫生没收的扫把对着顾辞远扔了过去，在他还没反应过来的时候我就飞奔而去了。

后来顾辞远说他当时看着我仓皇的背影，觉得自己真是一个十恶不赦的浑蛋。

第二天早上我打开课桌抽屉的时候吓了一跳。

抽屉里摆着一把黑底白碎花的雨伞，边缘还缀着蕾丝，非常漂亮。雨伞下面压着一张字条，上面写着六个刚劲有力的大字：对不起，顾辞远。

看完那张字条，我心里的那些难受减轻了许多。后来某天我陪筠凉逛百货商店路过 La pargay，意外地看到那把伞的标价是华丽丽的四百差一元时，我就彻底忘记了那把曾经让我欢喜也让我悲伤的小红伞。

筠凉对我的行为很不齿，她说在我身上就可以充分看到人类喜新厌旧的劣根性。

哼，站着说话不腰疼，我要是富二代，我也不为五斗米折腰，起码也要七八斗！

我不知道是不是那件事情让顾辞远一直觉得愧对我，但是仔细想起来，似乎就是从那个时候开始，他对我的态度没有之前那么恶劣了。当然，从那个时候开始，我对他也没有之前热络了。

我，宋初微，是有自尊心的姑娘！我不是你用一把四百块钱还不到的伞就能收买的!

筠凉斜着眼睛看着我:"对,起码也要一个爱马仕的包包啊!"

那已经是高三的尾声,接近高考的时候了,为了全力以赴考上大学,挣脱我妈的桎梏,我也收起闲心、野心、花心,专心复习功课了。

只是我们偶尔还是会在学校里遇见对方,而他再也不像以前那样躲着我,反而还会主动对我笑一笑,或者打声招呼。

但我的自尊心真的受伤了,所以每次他对我笑,我都视若无睹。

吃完饭,我执意不让顾辞远送,要独自回寝室,正僵持着,突然听到顾辞远打招呼:"杜寻,你怎么来啦?"

我回过头去。

这是我第一次见到杜寻。

在我过去的生活里,我从来没有见过这样的男生,他不是"好看"两个字就能形容的,他的下巴有一片极其浅淡的青色,嘴唇很薄。

我依稀记得某本书中似乎说过,长着这样唇形的人,薄情。

但谁能否认,他是那样吸引人,仿佛暗夜里唯一的一簇光源。

顾辞远拍着他的肩膀向我介绍:"我从小玩到大的兄弟,A大建筑系万人迷——杜寻。"

我偏着头打量他,他也饶有兴致地打量着我。不过后来我才晓得,其实我们这种观察是建立在一个相当不平等的层面上的。

在我们初次见到彼此的这个时候,他的笑容意味深长:"宋初微嘛,久仰大名啊。"

[3]

原本顾辞远要很严肃地洽谈一下"关于我们"的问题,幸好杜寻及时出现,化解了我的尴尬。

我趁顾辞远不注意就溜了,他在我背后"哎哎哎"了半天之后也就懒得理我了,杜寻拍拍他的肩膀:"去台球室?"

其实杜寻是斯诺克高手,可是那天晚上他的发挥很失常,下杆几次都没有一个红球落网。

顾辞远倒也不是白痴,从杜寻深锁的眉头里也看出了几分端倪。

杜寻说话的方式十分迂回,他并没有直接谈自己的事情,反而先问顾辞远:"你们怎么样了?"

白球撞击红球的力度刚刚好,一杆进洞,顾辞远叹了口气:"也没怎么样,她死活不相信我喜欢她,非说我有什么不可告人的企图。"

杜寻忍不住笑了起来:"那也许是因为你以前表现得太恶劣了吧,听说那时候你可是很做得出啊,伤害了别人不止一两次呢。"

气氛有那么一点点尴尬,台球室顶上惨白的灯光此刻有一点诡异,随着杜寻的沉默,空气里有种微妙的东西弥漫开来。

顾辞远终于开口问道:"别说我了,你呢,还没有说清楚吗?"

杜寻的脸上浮起一个苦涩的笑,漆黑的瞳仁像深渊,他想了一下,回答说:"我不知道怎么说,而且,也不知道应该跟谁说。"

顾辞远看着苦恼的杜寻,这是他们认识以来他第一次看到杜寻为了某件事为难成这个样子。

他拍拍杜寻的肩膀,声音带着些许焦虑:"抓紧时间,她快回来了。"

夜风里带着植物的清香,窗外的夜幕,深蓝色的云朵飘了过去,一弯新月冉冉升起。

　　与此同时，我一个人在校园的湖边漫步游荡，不知道荡了多久，我终于在湖边的石头上坐了下来。

　　波光潋滟，一弯新月天如水。

　　带着植物清香的夜风吹动我的裙摆，我忽然觉得有一点沁心的凉意，是初秋来临了吗？

　　我叫宋初微，直到读过那首诗才晓得这个名字的出处，"桂魄初生秋露微"。

　　这本身就是一个等待的故事吧。

　　你有没有过那么一瞬间，无论四周环绕着多少嬉笑怒骂的人，无论有多么亲密无间的朋友陪伴在身边，你依然觉得孤独？

　　就像被一个无形的玻璃容器笼罩着，你看得到外面缤纷斑斓的世界，外面的人也可以看见形单影只的你，无论你们多么贴近，甚至能够感受得到对方贴在玻璃上的掌心传来的温度……但这个玻璃容器，没有入口，也没有出口。

　　寂静的湖边，我听见自己长长的吁气，那些在内心无法宣泄也无法排遣的寂寥随着这声叹息，全沉入了湖底。

　　回到公寓的我当然又是另一张面孔，一进门就大声喊："筠凉，我告诉你哦，我晓得顾辞远的阴谋了！他有个青梅竹马的男朋友，为了掩饰他真实的性取向，所以他才想要跟我在一起！好歹毒的人啊，为了一己私欲，居然要牺牲我这么美丽的女孩子……"

　　我叽里呱啦发表了一大堆废话之后才察觉到筠凉的情绪有点怪怪的，我推了推她，她才从失神的状态里恢复过来，迷茫地看着我：

"啊？"

我连忙蹲下来摸了摸她的额头，我说："你是不是身体不舒服啊？"

她摇摇头，很勉强地挤出了一个笑容："我没什么事，只是刚才给我妈妈打电话，她虽然极力掩饰，但我听得出来，她在哭。"

不要说筠凉，连我都吓一跳。

作为筠凉最好的朋友，我见过她妈妈很多次，有时候我跟我妈吵架赌气，她妈妈还会叫我去他们家吃饭。这么多年来，我从来没有见过她脸上除了微笑之外的表情。

那么优雅端庄的一个女人，生活在那样锦衣玉食的环境中，按道理来说应该没什么烦心事啊。是发生了多么可怕的事情，才会让她控制不住情绪？

筠凉紧紧地抓住我的手，我想她自己可能都没有意识到她用了多大的力气，她长长的指甲深深地嵌入我的皮肤里，眼睛无神地看着窗外。

夜空像一面倒悬过来的海，波涛汹涌，有海兽在咆哮。

筠凉的声音近乎耳语："万物自有气数。"

她垂着头的样子，让我想起我小学六年级从H城的外婆家被妈妈接回Z城，本来满心的喜悦还在膨胀，遽然发现家里少了一个人，欢喜在瞬间变成被针扎破的气球，碎了一地。

从街坊邻里的流言蜚语里，我渐渐拼凑出在我缺席的那段时光这个家庭的变故。

记忆里那个下午大雨滂沱，我穿着白色的胶鞋在大马路上狂奔，车辆的喇叭声此起彼伏，可谁也阻挡不了我，我跑得喉头涌起一阵血腥的甜，浑身被大雨淋得透湿。

红尘滚滚，黄沙滚滚，幼稚、懵懂的我就在那场倾盆大雨中，风驰电掣地长大了。

我曾经暗自编排顾辞远和筠凉，我想这两个挨千刀的要是谈恋爱了，走在人群里那会是多么赏心悦目啊！

我甚至还偷偷问过筠凉："你为什么不跟顾辞远在一起啊？"

她一脸匪夷所思地看着我："世界上的男生死光了吗？我为什么要挖你的墙脚？"

我给她解释了一下我的想法："你们都长得好看啊！"

她的眼睛瞪得更大了："要是世界上长得好看的都跟长得好看的人在一起，那你这样的人怎么办？"

我忍不住扑过去掐她："生活中从来就不缺乏美，缺乏的是发现美的狗眼！"

她也不甘示弱："我把借来的狗眼擦亮了之后看见了你，又不得不把狗眼戳瞎！"

很久很久之后，我和筠凉各自领略了爱情的甘甜与苦楚之后，平心静气地坐下来共饮一壶水果茶，她忽然问我："初微，记得吗？你以前问我为什么不喜欢顾辞远。"

我当然记得，那个时候很多很多女生都喜欢他，所以筠凉显得很另类。

夕阳将世间万物镀上一层暧昧浮动的光，天色迅速地暗沉下去，西方称这短短的几分钟为狼狗时分。在这样的光线里，筠凉眯起眼睛笑。

"那时候觉得顾辞远像个小男生,充满了锋利的锐气,但我更注重内敛、稳妥、理性这些品质。"

我一语不发地听着她的诉说,但我知道她不会再提起那个人的名字。

彼时,这个人的名字我也不知道,甚至连他的存在我都不知道,因为苏筠凉这个狡猾的家伙把他藏得很好,一点儿风声都没有走漏。

喜欢一个人,就不愿提起他的名字,不管有什么爱称,每个都不适合他,每个称呼都不足以代表他在她心中全部的渴望和期盼。

接到她的电话从公寓里出来,那个男生一眼就看到坐在石阶上的她。她太耀眼了,是"天生就是美人"这句话最好的诠释。

那个男生径直走到她面前,蹙眉看着她,她才伸出手去笑嘻嘻地说:"腿麻了,拉我一下。"

对方居高临下地看着她,挑起眉头笑,一点儿帮忙的意思都没有:"撒娇啊?我不吃这套的。"

筠凉笑盈盈地看着他:"求求你咯。"

适得其反,对方不仅不买账,还拍着胸口做呕吐状:"你别走这个路线,会要人命的。"

可是对峙了好久之后,他终于还是妥协了,一把拉起筠凉,用力弹了一下她的额头:"怕了你了。"

尽管是炎热的夏天,但筠凉还是不管不顾地挽住了他的手。

那天他们恰巧穿了同一个牌子的 Polo 衫,胸口那枚小小的鳄鱼 logo(标识)遥相呼应,鞋子也是同一款的 AF1。筠凉低下头,因这种不约而同的默契笑了。

在若干个日子之后,那个眼角有一颗泪痣的女生声泪俱下地质问他们:"你们到底是谁先主动的?"

筠凉看着她苍白的脸,脑海里迅速浮现起当日自己不依不饶地伸着手,赖皮似的坐在石阶上不肯起来的画面。

她刚要开口,就有人抢在她前面说:"是我。"

明明是她犯的错,但他愿意替她背负这个罪名。

在那个女生的手扬起来之后,筠凉忽然推开了那个男生,自己应承了那个响亮的耳光。

后来筠凉告诉我,她就是在那个瞬间下决心不放弃的。

她说,以前看过一个女生的文章里写的一句话,这个世界上有六十几亿人口,但某个瞬间,只有这一个人,就能敌得过千军万马,四海潮生。那种感觉,我在那一刻完全体会到了。

筠凉没能瞒我太久,有的时候,世界就是这么小。

周五的下午,梁铮非要开班会讨论加入社团的事情,我急得满头大汗,恨不得冲到讲台上去给这个满口"这个 OK,这个 over"的白痴班长两耳光。

唐元元的目光里带着些许戏谑的意味,说:"哎呀,你男朋友在门口等你,你急着去开房啊?"

我一怔,顺势望向门口,竟然真的看到了顾辞远站在那里笑眯眯地看着我,一时之间,我竟然没想起要回击一下唐元元。

好不容易散会之后,背着一大包行李的我如离弦的箭,唰的一下从顾辞远身边飞驰而过,没想到他竟然眼快手疾地一把将我抓住,我气得都快要疯了:"放开我,猪啊,我要去赶火车!"

顾辞远瞪大眼睛看了我两秒,突然大叫:"你怎么这样啊,我还订了位置准备带你去吃饭呢!"

我都快哭了:"哥哥啊,再啰唆就真的赶不上火车了。"

电光石火之间,他说:"我陪你回去。"

我是无意中看见筠凉的,她从街对面的甜品店里出来,手里拿着两杯平时我们两个人总要去买的柠果冰沙。

她对我真好,买杯冰沙都记得我。远远地看着她,我觉得好感动。

这么一想,就准备打个电话跟她说:"我要回Z城,冰沙你自己吃吧。"结果我刚刚拿出手机就怔住了……

不是给我的,那杯柠果冰沙被她笑嘻嘻地举到了那个从车里下来的人面前。

那个男生背对着我们,但是光看背影也觉得肯定是帅哥。

当他转过来跟筠凉一起准备过马路的时候,我呆住了。

是杜寻。

他不是顾辞远从小玩到大的朋友吗?那也就是说,只有我一个人不知道发生了什么事。

见我把目光转移到他脸上,顾辞远耸耸肩:"筠凉说她会自己跟你说的,我也就没多嘴。"

我还想要说些什么,一辆出租车停在了我们面前,顾辞远动作麻利地打开车门把我推了进去,然后对司机说:"火车站。"

一路上我都沉默不语,想起那天晚上杜寻说:"宋初微嘛,久仰大名啊。"

原来那天他是这个意思……

他知道我是宋初微,知道我就是高中时期倒追顾辞远的那个花痴,知道我就是每次考英语都叫筠凉打手势用 1234 代表 ABCD 的那个作弊狂，知道我就是德雅中学那个鼎鼎有名、仗着自己的妈妈是本校老师就目无尊长的小飞妹……

但我不知道这个人，他就是怂恿顾辞远放下顾虑跟我直接表白的那个人，他就是这么多年来第一个点燃筠凉热情的人，他就是曾经以 Z 市理科状元的身份被 A 大录取的那个人……

顾辞远用余光小心翼翼地打量我，可我就是不想理他。

我最恨别人骗我了。苏筠凉，顾辞远，你们犯了大忌了！

我们气喘吁吁赶到月台的时候离开车只有两分钟了，我的喉咙一股腥甜，眼冒金星，逼仄的车厢里挤满了人，混浊的空气里混合着各种气味，还有小孩子的哭闹。

最让人崩溃的是那个推销袜子的女人，她像精神病发作了一样奋力将袜子扯到不能再扯的程度，然后尖声叫"洪湖水，浪打浪，我们的袜子，不一样！"

让我坐在这种车厢里，不如让我死了算了！

车轮摩擦着钢轨，发出巨大的声响。我靠在吸烟处的窗户上，用了很长的时间才平复了呼吸。

我一直没有跟顾辞远说话，他也只是平静地看着窗外飞逝的风景，突然轻轻地说："宋初微，我曾经看到你哭。"

在一片嘈杂声中，他的声音很轻，却很清晰地传到我的耳朵里。

我翻了个白眼："这个我当然知道，是谁弄哭我的，你还记得吧？！"

他的目光盯着某处缝隙，一动不动："不是我扔你伞那次……"

他转过来看着我,脸上绽开一个温和的笑。

"有一天下雨,我走到门口打车的时候看见苏筠凉的妈妈开车过来接她,叫你上车,但你却不肯……"

他说的这件事其实我记得。

身为人民教师,我妈一般还是采取讲道理的方式跟冥顽不灵的我进行交流的,不过……也有意外。

她唯一一次动手打我,是因为我拿了她放在饭桌上的钱去买了少女漫画。

最令她生气的倒不是钱没了,而是她的女儿竟然会有偷窃这个恶习。

家里那根扫把都被她打断了,我的手痛得失去了知觉,她才稍微平息了一点怒火。

可是当她发现我看的那些少女漫画里竟然有她所认为的黄色内容时,她的表情真像恨不得拿把刀出来把我砍了用来祭祖。

面对痛心疾首的我妈,我其实很心虚,但嘴上却不知死活地挑衅:"这算什么黄色内容啊,不就是搂搂抱抱亲一亲吗?苏轼说'人间有味是清欢',那是骗人的,人间有味其实应该是男欢女爱!"

我这张贱嘴惹的祸,导致整整半个月我都戴着墨镜和口罩去上学,除了筠凉,没有人知道我是被亲妈打成那样的。

被打的时候我死死地咬着牙,吭都没吭一声,并不是我的意志力多么顽强,而是因为我晓得就算哭啊喊啊也没用,没人会来救我。

憋了很久的眼泪是在那个下着大雨的中午夺眶而出的,早上出门时忘记带伞,到了放学的时候很多同学的父母都拿着伞在校门口等待自己的孩子。

我第一次见到筠凉的母亲也是在那天,她坐在车里微笑着问我:"初微,我们送你回去吧?"

我摇摇头,我说:"不用了,你们快回去吧,我家不远。"

是真的不远,可是那短短二十分钟的路程我走了很久很久,雨水淋在我的身上、脸上,冲走了那些没有人看到的眼泪。

是的,我当时以为没人看到。

顾辞远忍不住笑起来,但我不是傻子,我看得出他这个笑并不是嘲笑,这个笑容里一点讽刺的含义都没有。

他转过头来看着我:"你不知道吧,我当时就站在马路对面,我看了你很久。"

往事重提,我羞愧得无地自容,可是我没想到他会说。

"其实我以前一直挺反感你的,觉得你神经兮兮的,又总是连累我被你妈找去谈话。但那天下午看到那一幕,不晓得怎么回事,忽然就觉得你其实好像也不是那么讨厌。怎么说,我当时的感觉……好像心里打翻了一杯水。"

我一直低着头,脸上像被火烧一样滚烫滚烫的。

其实,应该是我向顾辞远说声"对不起"。

顾辞远又开口:"我知道你现在很生气,觉得筠凉和我都不讲义气,但你想想看,你也有不愿意开诚布公地向我们坦白的事情,是不是?"

一句话,说得我哑口无言。

我承认,他切中了我的神经末梢。

我十六岁生日那天,拖着筠凉陪我去学校操场上放了个孔明灯,看着它渐渐升空,越来越小、越来越远,我感叹道:"要是我也能飞走就好啦。"

筠凉瞟了我一眼:"快回去吃饭吧,你妈妈刚刚给我发短信问你了。"

我对筠凉说的话充耳不闻,一屁股在操场上坐了下来,失神地看着远方的天际。

筠凉看我这样,顺势也在我身边坐了下来,一时之间,我们双双陷入了沉默。

她小心翼翼地问我:"你家里到底是怎么回事儿?"

过了很久,我听见自己轻声说:"筠凉,不是我不把你当朋友,只是……我一直不晓得怎么说。"

我读过很多诗书,写过很多作文,从小到大我一直是历任语文老师最喜欢的学生。

我口才不错,勉强也算得上舌灿莲花,除了跟顾辞远吵架没赢过之外,一直都所向披靡。

但是,唯独一谈起这件事,我就会瞬间哑口无言。

我一直不知道要怎样斟酌措辞,才能将儿时内心那不可言说的委屈表达得淋漓尽致。

那年,才十一岁吧,从外婆家去那所陌生的小学要经过一个陈旧的货运站,满地都是煤灰和泥泞。白色的胶鞋总被弄得很脏很脏,无论我多么用力地冲刷,都洗不干净。

就像时光,再有力量也冲洗不掉素白年代里悲伤划过的痕迹。

每天下午放学,路过货运站都能听到悠长的鸣笛声,铁轨向着远方无限延伸,夕阳在那头,小小的我在这头。

这些感受，要怎样才能说出来？

我组织了好久的语言，最后还是化作一个无可奈何的微笑："筠凉，以后我慢慢说给你听吧。"

看，我不也是这样，人人都有自己的苦衷，那我又有什么权利苛责别人？

顾辞远把矿泉水递给我，我回过神来，他又买了一份报纸摊在地上叫我坐，看着他一个少爷忙东忙西地照料我，一时之间我竟然还真的有点感动。

我忍不住轻轻问他："你真的喜欢我吗？"

他被我这劈头盖脸的一句话问呆了，半天没出声，继续低着头铺报纸。

我讪讪地岔开话题："你没坐过这种绿皮火车吧……肯定没有，以前高中那会儿，一下雨就看见你家的车停在门口，像你这种富二代，肯定没想到绿皮车的条件这么恶劣吧……"

他把报纸铺好，自己先坐下来，又拍拍旁边空余的地方示意我过去。

吸烟处空气很不好，有些人烟头还没掐灭就走了。顾辞远拍拍自己的肩膀，我也懒得扭扭捏捏装矜持了，索性把头靠了过去。就这样，我又闻到了他身上那种香味。

人的嗅觉对事物的记忆远远超过了视觉、触觉以及听觉。

我永远都记得他身上这种淡淡的香气。

就算后来，我又遇见了很多很多男生，他们有些很英俊，有些很干净，还有一些简直是光芒万丈，但我还是觉得，顾辞远是我人生行路中唯一一处清澈的水泽。

那天晚上也许是顾辞远跟筠凉说了什么，筠凉来向我解释了。

也许是考虑到我的手机是漫游，所以她打了我家的电话。我妈坐在客厅里看电视，我握着话筒说话很不方便，但我越是沉默，筠凉就越是以为我很生气。

彼此都沉默了一会儿，她叹了口气，说：

"初微，不是故意不告诉你，而是我总觉得有什么地方不对，有什么东西不确定，我想等一切都明朗了再跟你说。

"你也不要怪顾辞远，是我叫他先不要说的，毕竟一切还都不明朗。

"其实暑假的时候我和杜寻就……怎么跟你说呢？毕业旅行我叫你跟我一起去上海玩儿，你说你穷不肯去，我就只好一个人去了。结果谁想到在那里会碰见顾辞远，更没想到他竟然跟杜寻是发小……"

筠凉说到这里，我终于忍不住插嘴道："那你跟杜寻是什么时候认识的啊？"

她深呼吸："你还记得我艺考完回校之后跟你说，我生平第一次跟一个男生要了电话号码吧？那个男生，就是杜寻。"

生平拒人于千里之外的苏筠凉主动跟男生要号码，这个事我死都不会忘记的！

高考之前我们都在学校里总复习的时候，筠凉他们这样的艺术生正奔波于各个城市参加艺考。她来我们现在就读的这所大学考试的那天发挥得特别好，几个一起参加艺考的同学心情都不错，就约着晚上一起去酒吧喝两杯庆祝一下。

同去的女生加上筠凉也才三个，晚一点的时候，另外两个女生就提前走了。剩下三个男生,一个有女朋友,另一个是筠凉最不喜欢的那个类型——胖子,最后那个,他根本就不喜欢女生。

筠凉趴在桌上无聊地掷着骰子也打算离开的时候,杜晓风忽然像被电击了一样跑过来趴在筠凉的耳朵边大声喊:"喂,你看,左边那桌那个男生很不错吧?!"

酒吧里喧哗的音乐和激昂的鼓点声在筠凉看向那个男生的时候,忽然好像有了那么一瞬的停顿,杜晓风眉飞色舞地怂恿着筠凉:"你先去探探情况。"

筠凉被他逗得哈哈大笑,不过反正是出来玩儿,就索性放开了玩儿吧。

一脸绯红的筠凉走到这个穿着黑色衬衣的男生面前时,对方怔怔地看着她。她笑起来很漂亮,问:"帅哥,那边有个妹妹想认识你,给个号码怎么样?"

在确认了那一桌的朋友性别全为男性之后,这个男生也笑了:"你开玩笑吧,那一桌哪有妹妹啊,都是弟弟啊。"

筠凉笑得更欢乐了:"谁说妹妹都是女的呀,那边那个是个男妹妹。"

这个男生脑筋转得很快,顷刻之间他就明白了筠凉的意思。

他自嘲地笑笑:"你回去吧,我没那个爱好。"

没过多久,那个男生便要走了。路过筠凉身边的时候,他朝她笑笑算是说"再见",不知道是酒精在血液里作祟还是别的什么原因,总之筠凉在那一瞬间忽然很不舍。

那个男生走了几分钟之后,她忽然提起包包追了出去,没想到他竟然没走远,还和朋友在门口聊天。

只要稍微有点头脑的人,看到筠凉的表情就会明白她追出来是为什么了。这个男生望着她笑，霓虹闪烁的城市的夜晚，这个女生像一股清新的风。

筠凉走过去，长长地呼出一口气，直接把自己的手机伸到他面前："嗨，这次是个女妹妹要你号码，给不给啊？"

僵持了很久之后，筠凉心满意足地收起了手机："你好，我叫苏筠凉。"

筠凉坦白了事情的始末之后，我一直呆呆的。

她说："初微，这个时代人人都在谈论爱情三十六计，但我仍然相信那个叫作缘分的东西。"

我在电话里看不到她的表情，但她的声音里有一种不可名状的东西，是过去从来没有过的。

最后挂电话的时候，我在我妈X光般的目光注视下硬着头皮说："嗯，筠凉，你觉得幸福就好啦！"为了避免我妈抽丝剥茧地分析我们在大学里的生活现状，我以"明天还要去敬老院"为由，早早地缩进自己房间睡觉去了。

以前高中时我总问筠凉："为什么你从来不接受任何男生？"

她总说："知我者谓我心忧，不知我者谓我何求。"

其实在那个时候我就知道，筠凉是个活得很明白的女孩子，她身上总有一种气定神闲的力量：知我者不谓我心忧，知我者也不谓我何求。

第二章 上弦月 ○○

[1]

那声对不起,我一直没勇气说出口,即使已经到嘴边,出于自尊,我还是硬生生地给吞了下去。

高考结束之后,每个班都用班费在学校附近的KTV包了个包厢开毕业联欢会,顺便还邀请了老师们。

抢不到麦克风,我就跟班上的男生拼酒,喝得他们连连摆手:"你是个酒桶啊。"

其实我在洗手间吐得天昏地暗的样子,只有筠凉一个人看见了。

她轻轻地拍打着我的背,没有说任何责怪或者劝诫的话,她大概明白我这样做其实是在发泄心里的难过。

后来我去顾辞远他们班的包厢把他叫了出来,关门的时候我还看到我妈的脸色特别不好看,可是我管不了那么多了,我的良心驱使我一定要跟顾辞远说清楚。

这是从他扔掉我那把小红伞之后我第一次打破沉默跟他说话,我自己也没想到一开口就会有那么多句子从唇齿之间倾泻而出:"反正以后大家就各奔东西了,有些话就说开算了……其实我根本就没喜欢过你,我厚着脸皮倒追你不过就是为了气我妈而已,我很幼稚吧……但真的应该跟你道个歉,毕竟连累你扮演了一个这么无辜的角色……"

顾辞远一直没说话,大厅里温暖的橙黄色灯光让他的脸看起来有那么一点失真。我的双手用力地绞在一起,我承认其实我还是有点怕他生气的,将心比心,这事要换了我,我肯定要问候对方祖宗十八代的。

可是一直以来对我冷冰冰的顾辞远,他在知道这一切之后竟然没有动怒。

不仅没有动怒,他还很和气地对我说:"你少喝点,脖子都红了。"

不知道是出于感动还是内疚,是自责还是如释重负,我的眼泪簌簌地就落了下来。

填报志愿的那天上午我在校门口又碰到了他,他有意无意地问了我一句:"你填哪里?"

我一看到他那个公子哥的样子,就想起他在校内网的状态里写着"哪个学校的美女多啊?"我鄙视这种肤浅、恶俗的人!

所以,我就很干脆地回了他一句:"关你屁事哦!"

可能是拿了驾照之后心情好吧,他也没跟我计较,还笑眯眯地说:"那你知道我去哪里吗?"

我又瞪了他一眼,我想这个人是不是脑子有病啊,我不是跟他说清楚了我对他其实没兴趣吗?他干吗还这么一副"大明星答粉丝问"的样子啊?

算了,想来我也算是亏欠了他,就满足他这颗缺爱的心灵,关怀他一下吧:"那你去哪里呢?"

他深吸一口气,戏谑着说:"你去哪里,我就去哪里啊。"

我看着他,他满脸的期待好像在等待我给他一个热烈的回应,而我,当然也没有辜负他。

我说:"哦。"

当时只道是寻常,谁晓得他竟然是认真的。

哪怕我有那么一丝一毫的相信,也不至于在新生大会上震惊成那样。

二〇〇六年世界杯决赛的那天晚上,他这个死败家子不知道花了多少钱在他一个朋友开的小酒吧包场,呼朋引伴,喝酒看球。

不知道他发什么神经,居然把我也叫去了。

好吧,去就去咯,反正意大利队帅哥多,反正又不要我出钱买酒。

其实我是个伪球迷,除了小贝、欧文,还有曾经代言联想笔记本的龅牙小罗之外,我基本上就不认识什么球员了,但那天晚上我却表现得很亢奋:"啊……这个帅……啊……这个也帅……哇哇哇,怎么都这么帅啊!"

我的尖叫连连引得顾辞远好一阵鄙视:"把球员当男模,把球赛当走秀啊!"

他鄙视他的,我才懒得理他,水果沙拉里面的黄桃好好吃哦,趁他们盯着屏幕上的绿茵地,我毫无顾忌地用叉子在盘子里乱戳。

当决赛进入加时赛的时候,所有男生的神经都绷成了不能再多一分力的弦。齐祖那记勺子点球让顾辞远他们这些意大利队的球迷既亢奋又崩溃,看着他们一个个捶胸顿足的模样,我真的觉得自己置身精神病院了!

随着马特拉齐爆粗口,齐祖实战铁头功被红牌罚下之后,意大利队终于取得了二〇〇六年世界杯的冠军。在一片欢呼声中,顾辞远像疯了一样把整瓶冰镇过的喜力从头上淋了下来,醇香中略夹微苦的气息。

我还在到处找纸巾想要擦掉溅到我身上的泡沫时,顾辞远那个不要脸的居然捧着我的脸狠狠地亲了一下。

我的名誉……

冰清玉洁的我……

宛如空谷幽兰的我……

我好想杀了他……我……我要哭了!

在洗手间里用冷水洗了一把脸之后,我看着镜子里自己的脸上并没有臆想中的恼怒神情,这还真是有点奇怪,算了算了,就当弥补他这两年因为我而遭受的精神创伤吧!

回到喧嚣的人群中我拿起包没跟任何人打招呼就先走了,关上门的时候我看见顾辞远的头左看看右看看,我忍不住在心里骂:你以为自己是个QQ在登录啊。

我并不知道,他当时其实是在群魔乱舞中寻找我的踪迹,我只知道他酒后这个失态的举动害得我整个暑假直到大学都被筠凉当成笑柄。

火车到站的时候,顾辞远摇醒了我,我揉了揉眼睛,竟然不记得自己是什么时候睡着的。他活动了一下僵硬的手臂,不满地说:"你的头真重啊!"

我望着他略带一些稚气的神情,终于将心里酝酿了很久很久的那

句话说了出来:

"顾辞远,对不起,连累你扮演了一个无辜的角色那么长时间……"

他什么话也没说,只是把我拉进怀里,给了我一个洁净的拥抱。

他的下巴磕在我的头顶上,我们一动不动,姿态虔诚,怕惊动对方。

过了很久,我听见他说:"宋初微,别赌气了,我们好好在一起吧。"

那个初秋的静夜,隔着衣服、皮肤、肌肉、骨骼,我听到一声紧跟着一声的心跳,听起来感动又忧伤,好像要跳出整个胸膛。

在我跟顾辞远抒情的同一时刻,筠凉这个不肯陪我回 Z 城的没良心的家伙,跟杜寻恩爱地手牵着手在购物中心逛得不晓得多开心。

他们一人拿了一杯冰曼特宁,也许是太养眼的缘故,引来了很多路人侧目。

筠凉刚要说话,杜寻的脸色忽然变了一下:"我去一下洗手间,你先去看鞋子,我回头来找你好了。"

筠凉是何等会察言观色的女生,她一看杜寻的眼神便知道他是故意要支开她,但她什么也没问,什么也没说,只是笑着点点头:"好啊。"

筠凉没有问过杜寻:"为什么你跟我在一起的时候,手机永远调成振动?"

有些事情不必说破,有些表面功夫一定要做,有些真相不必追究。人生有些时候,是越蒙蔽就越接近幸福。

这个道理,她从十六岁起就明白了。

电话那头的女声很亢奋，杜寻在男洗手间里看着镜子里自己焦灼的面孔，有一种很不祥的预感。

果然，在一顿叽里呱啦的废话之后，她宣布："我下个月回来，想要什么礼物吗？"

仿佛五月的晴天，突然闪了电，杜寻沉吟了片刻，终于用了很大的勇气和力气说："等你回来，我有重要的事情跟你说。"

一阵没心没肺的笑声传了过来："什么重要的事情？是蒂凡尼还是卡地亚？"

杜寻深深地叹了一口气："回来再说好了。"

筠凉在闲逛的时候被思加图的海报上那款女鞋吸引了目光。银灰色，镶了小小的水钻，不算夸张的五厘米后跟，几乎是第一眼看到它时，筠凉就决定要把它带走。我经常说苏筠凉就是那种有一千能花一万的败家女，她自己也很惭愧，其实明明不是那么急着要啊，其实明明不是没有那样东西就会死啊，可是为什么每次看到喜欢的东西，理智总是败给冲动呢？

就像第一次见到杜寻的时候，明明高考在即，却还是忍不住要认识这个人。

就像明明知道杜寻肯定有什么事情隐瞒着她，却还是忍不住要跟他在一起。

她不是道德沦丧，也不是愚钝无知，她只是天生就像飞蛾，注定了要去扑火。

后来，黎朗在离开这个城市的时候对我说了一句话，让我站在原地半天没有动弹。

"初微,你和筠凉,都是通过被伤害这种方式来认识这个世界的。"

就像这次,明明不缺高跟鞋,但因为真的很漂亮,她又再次上演了过去无数次的戏码:"小姐,我要海报上那双,三十六码!"

专柜小姐抱歉地笑笑:"这个款,三十六码的只有一双了,这位小姐正在试。"

筠凉顺势看过去,灰色的沙发上那个穿着白衬衣的女子也正好抬起头来看着她,是错觉吗?对方的眼睛里有那么一瞬间闪过一丝异样的光芒,在四目相对时,筠凉也有微微的震动。

从前每次看到书上说谁谁谁的眼睛像星星,她总会对这种陈旧的比喻嗤之以鼻,但直到她的目光对上这个女子,她才明白,世上真的有人眼若寒星。

那是泛着清冷的一双眼眸,似乎有点深不可测,可是就在下一秒,筠凉看到她的脸上绽开了一个笑容,像是夏日枝头盛开的栀子花,清新洁白。

她说:"你很喜欢吧,那让给你好了,我看看别的。"

筠凉一愣,回过神来之后连忙摇摇头:"不不不,君子不夺人所爱。"

对方莞尔一笑:"真要做君子吗?那我开单了?"

虽然很遗憾,但筠凉还是维持了一贯以来的风度,微笑着点点头。

看着那个白衣女子翩然远去付费的身影,筠凉几乎要憋出内伤,可她怎么也没想到,那个女子付款回来之后竟然把专柜小姐包好的纸袋伸到她眼前:"小妹妹,送给你。"

师太教育我们,当你觉得一件事好得不像真的时,它确实不是真的。

筠凉难以置信地看着这个不过交谈了两句话的陌生人，心里暗想：她该不是 LES（女同性恋）吧？

对方仿佛看穿了筠凉的心思，笑得眼睛都眯成了月牙状："放心吧，我喜欢异性，既然你说君子不夺人所爱，那我就也做一回君子，成人之美好了。"

筠凉连连摆手，还是不肯收，实在没有道理啊！如果对方是个男的，这还说得过去……但她自己明明也是个很美貌的女性啊。

怎么想，筠凉都还是觉得不妥。

看筠凉迟疑的样子，她倒也不勉强，抽出一张名片："喏，给你一个礼拜的时间，一个礼拜之内没跟我联系，我就自己穿了。"

那张素雅的名片上写着她的名字：沈言。

周一中午在人声鼎沸的食堂里，筠凉把这件事告诉我，我两只眼睛瞪得跟铜铃一样大，过了片刻，我恼怒地把筷子一扔："凭什么好事都让你给占了啊！怎么没路人送我 Burberry 啊！"

筠凉翻了个大大的白眼："请问这两个牌子是一个档次的吗？"

说得也对，我气呼呼地捡起筷子夹了一块土豆送进嘴里："那现在呢……你打算怎么办呢？"

她像兔斯基一样晃了两下头："我还没想清楚，再说吧，你和顾辞远呢？"

一听到这个名字，我就好像被人戳断了脊梁骨，继而装聋作哑继续喝汤。筠凉用汤匙敲我的头："喂，问你哪！"

我无可奈何地抬起头来："姑奶奶，我承认，我妥协了。"

周末，顾辞远陪着我一起去了一趟敬老院，在休息室里看到奶奶和一大群老人围着一台电视机看着不知道哪个烧饼剧组拍的清宫戏。女主角涂着绿色的眼影,简直笑死人。

但他们不挑剔,他们无非是要看个热闹而已。

奶奶看到我们的时候很高兴,她一笑起来面孔就像被风吹过的湖面,皱纹如同波浪一样向四周晕开,漏风的牙齿也暴露在我们眼前。

顾辞远看着休息室桌上陈列的那些红豆、黄豆、绿豆,感到非常震惊:"他们还能吃这个?"

我狠狠地白了他一眼:"你还可以蠢一点吗?你咬得动啊?这是给他们活动手指的,拣豆子,懂不懂?"

他朝我竖起了大拇指:"好渊博!"

其实我也受之有愧,但我绝对不能告诉他,我第一次来这里的时候比他还蠢。我还以为那些豆子是敬老院用来招待客人的,我当时还想说,干吗不放点好吃的,瓜子、核桃,或小画片什么的,这豆子谁会愿意吃啊?

整个下午我们一直陪着奶奶,其实她听不太清楚我们说什么,不过我想她也不需要听,只要我们陪着她嘻嘻哈哈、热热闹闹的,就足够了。

我曾经看到隔壁一位瘫痪的老人躺在病床上等着护工替他换洗的场景,过去很久很久我都忘不了当时那种感受,那种丧失了意识、思想甚至尊严的行将就木的状态。

我真的很害怕有一天奶奶也变成那样,虽然她以前因为我背不出诗惩罚过我,但长大之后来看,那点小事根本就不算什么。

临走的时候,我紧紧握住奶奶那双布满了茧的粗糙的手,久久舍不得放开。

一直以来,我并不是擅长表达情感的那一类女孩子,但某些时刻,总还是会有些刻意掩盖的情绪流露出来。

顾辞远哄得奶奶很开心:"我们下次还来看你,给你带风湿膏药!"

出来的时候他伸手把我的脸颊拉得好痛,自己哈哈大笑:"哈哈,大脸猫,开心点嘛。"

那一刻我忽然觉得,有很多很多力量注入我的心脏:鼓励、坚持、偏执、盲目、激烈、疯狂。

它们融合成了一样东西,叫作爱情。

为了惩罚我这个口是心非的伪君子,筠凉非要我在周末推掉和顾辞远的约会,请她喝一顿下午茶。

顾辞远厚着脸皮想要跟去,甚至不惜使出"撒手锏":"我可以帮你们拍照嘛。"

说真的,我确实心动了一下。

想想看,我们两个如花似玉的美女坐在咖啡馆的露天阳台上小啜,旁边一个大帅哥架着尼康第一款全画幅的单反相机敬业地为我们拍照,还真是人世间幸福的事……之一!

但最终我还是没有变节,中华民族的传统美德在我身上得到了淋漓尽致的体现。

我不耐烦地挥挥手赶他走:"去找你那个'青梅竹马的男朋友'玩儿去吧!"

下午茶时光在你一句我一句的闲聊中缓慢流逝了,我仰头看着天际流云,由衷地觉得这一刻真是良辰美景。

我和筠凉都是那种第一眼喜欢的东西就喜欢一辈子的人,所以除了抹茶拿铁和曼特宁之外,我们不会给出服务生其他的答案。

这个时候的我们,还很年轻,因为生活中没有太多难以承受的苦难,所以会迷恋味蕾上那一点香醇的清苦,等到后来我们在现实世界里摔了跤,磕破了头,蹭破了皮,又会自欺欺人地用甜腻的食物来取悦唇齿。

结账之后我和筠凉一起去洗手间,出来的时候看到一个男人伸手在那个对着镜子补妆的辣妹屁股上捏了一下。我去,公共场合稍微注意一下影响吧,我和筠凉不约而同地投去了鄙视的目光。

没想到那个辣妹反手就是一耳光:"敢摸我!浑蛋!!"

那耳光声特别响亮,把我们都吓了一跳。我以为我和筠凉就已经算是够极品的了,跟这个辣妹一比,我们简直称得上淑女!

那个男人在回过神来之后破口大骂:"摸一下怎么了?就你这样的货色,怕是没人要!"

这话也太不堪入耳了……我和筠凉默默地低头洗手,在镜子里交换了一个眼神:此地不宜久留!

结果那个女生的嗓门比这个男的还高,骂声不断。

我和筠凉简直要流泪了,这女的真是一朵奇葩啊!

果然,这个女生把那男的彻底激怒了,眼看他揪住那个女生的头发就要动手了,我骨子里那种莫名其妙的正义感又发作了!

后来筠凉说,那一刻仿佛天地陷,风云变,只听见我一声怒吼:"你怎么打女人呢!"还来不及反应,我就冲上去抓住他差那么一点点就要扇在那个女生脸上的手!

可是接下来的事情让我们都崩溃了,那个辣妹不顾超短裙走光的危险,抬起穿着那款筠凉十分心仪的五厘米的高跟鞋,对准那个男人两腿之间,狠狠一脚。

全世界都静止了……

只有那一声惨叫,久久地回荡在空气里。

我们三个人坐在料理店的榻榻米上,我表情十分尴尬地问:"你真的不是……"

这个在几分钟前对我们来说还是陌生人的林暮色一边飞快地翻看着菜单一边回答我的疑问:"我真不是做小姐的……"

筠凉讪笑着圆场:"那你的穿着也确实很容易让人误会啦!"

林暮色从菜单后面抬起那双睫毛刷得跟扇子一样的眼睛看了我们几秒,说:"我的穿着有问题吗?都是真货呀,我在国外买的。"

她傲人的胸在那件性感的黑色深V领下若隐若现,见我们都盯着她那里,她把菜单一合:"服务员,点单!"

我的脑海里迅速飞过一群乌鸦,这个女生真的真的太令人大开眼界了,老天,收了我吧!

那天我们吃了很多,大麦茶甘醇的口感不过瘾,林暮色叫了清酒,我最喜欢吃的是鳗鱼饭,而筠凉一直在不停地烤着牛肉。

林暮色喝了一点酒之后脸上泛起微微的红晕,戴着美瞳的眼睛看上去更加流光溢彩:"喂,敬你们一杯吧,感谢你们拔刀相助。"

筠凉是酒精过敏的体质,不能喝酒,虽然很想留着肚子好好享用端上来的三文鱼寿司,可我还是端起了酒杯仰头灌下。

沙拉上撒着鲜红的鱼子,林暮色戳起一块,毫不顾忌吃相,笑得有那么一点暧昧:"你们是不是……"

我还没反应过来,筠凉连忙否定:"不是啦!她有男朋友,你别乱想！"

一听到我是有男朋友的人，林暮色两只眼睛都放出光了："真的假的啊？手机里有照片吗？拿来看看啊！"

我的手机里……还真有一张顾辞远的照片。

作为摄影班的学生，他非常鄙视对着手机摄像头自拍的那些人，可是我偏偏就是他鄙视的那种人啊！

不食人间烟火的富二代，你以为每个家庭都能拿出一万多元钱来买个机身，再拿出一万多元钱来配个镜头，最后再拿出几千元钱来买三脚架和《国家地理》记者专用的摄影包吗？

顾辞远被我一顿抢白之后举手认错："好好好，我是个败家子，我是个玩器材的。你牛，你用手机摄像头就能拍出震撼人类灵魂的照片来，好吗？"

我承认，其实我是有那么一点……一点点……仇富。

要不怎么说人都犯贱呢，他看我不说话了，又来哄我："好吧，那我牺牲一下形象，让你用手机拍一下吧！"

我大怒："你想死啦！"

最后迫于我的淫威，他被逼着拍了一张貌似在挖鼻孔的照片。我对自己的作品感到非常满意的同时，他作为我妈的学生为老师这些年来的教育感到悲哀："富贵不能淫，威武不能屈，我是都没做到啊！"

我横了他一眼："你淫什么了，我清清白白的好女孩，跟你这个纨绔子弟在一起是便宜你了！"

顾辞远叹了一口气，说："宋初微啊，你什么时候肯温柔一点对我说话啊？这么多年了，你总是这个德行。"

温柔在我的概念里等同于矫情、做作、肉麻，这些都是我最反感的女生的特质，他居然叫我温柔？

等到眼神留下爱情经历过后浅浅的伤痕时，我才会反思：也许是太年轻的缘故，我还不懂得怎样温柔地去爱一个人。

从那次之后，顾辞远无论带我去哪里玩儿都会不辞艰辛地背着他的相机。用他的话说，他一看到我拿出手机就会想起自己那副蠢样子，那是他从小到大拍过的最丑的一张照片。

可是这张最丑的照片却让林暮色透过现象看到了本质："哇噢，是我的菜，借我玩儿两天？"

我一口寿司卡在喉咙里都快要窒息了，筠凉一边忙着给我倒水一边打消她的邪念："人家高中就见过家长了，一人攒了四块五毛钱，到了法定年龄就要去领证，你想都别想啦！"

林暮色挑了挑眉头："那算了。吃饱了吧，吃饱了埋单！"

这个豪放的辣妹在我们离开料理店的时候再次语出惊人，墙上悬挂着的电视里正在播放娱乐新闻，着手拍摄《鹿鼎记》的大胡子张纪中正对着镜头侃侃而谈。

林暮色瞟了一眼之后惊讶地说："我去，马克思复活啊！"

筠凉忍不住拍了一下她的屁股："走吧！"

其实不得不承认，林暮色真的很漂亮。如果说筠凉是春天里一抹清新的绿，那么林暮色就是夏日里燃烧的红。

她是张扬的、高调的、活色生香的、令人垂涎欲滴的。

而我，我是一无所有的，白。

后来，我看到她的网络相册里那些参数标识为尼康D700拍摄的性感的照片，那些对着镜头妩媚舒展的笑脸，觉得自己的心好像被一双大手狠狠撕裂的时候,我总是会想起我们第一天认识时的场景。

原本只是萍水相逢,原本是不会有交集的,原本是跟我的喜怒哀乐毫无关联的,原本只是一个陌生人而已……

想起是我自己主动去招惹的她,就会有一阵冷风往我的身体里灌。

我只是一个愿望微小、卑谦的小角色,我只是希望家庭和睦,父母恩爱,将来遇到我喜欢的人,而他恰好也很喜欢我,这就可以了。

可是就连这么简单的梦想,也被命运剥夺了。

我们三个人逛了一会儿街之后,筠凉的手机响了,结果居然是顾辞远打来的:"你跟初微在一起吗,她手机怎么关机啊,偷情去了啊?"

我一边鄙视这个粗俗的人一边手忙脚乱地翻着包包,真的好奇怪,刚刚明明还拿出来过啊!

顾辞远一边在电话里叫我别急,一边往我们这边赶来。我的脑海里却是一片空白,我想我完蛋了,我妈肯定不会给我买新手机了,我以后只能养一只鸽子用来做通信工具了!

筠凉和林暮色也在一旁帮我回忆,电光石火之间,林暮色一拍额头:"该不是你出来的时候,撞了你一下的那个阿凡提吧!"

阿凡提?我和筠凉都愣住了!

林暮色瞪着我们:"是啊,就是阿凡提啊!"

想起她能把张纪中和马克思混淆,那么她将所有长了一张新疆面孔的人都当作阿凡提,也就没什么奇怪了。

我靠在筠凉的肩膀上,双眼无神地看着一只沙皮狗跑了过去,林暮色说:"要不你也养一只吧,以后把手机藏到它身上的那些褶皱里,就不怕阿凡提了。"

而筠凉的目光,始终锁定在林暮色那双银灰色的高跟鞋上。

[2]

也许是因为那双鞋太漂亮了，筠凉在犹豫许久之后最终还是翻出了当日沈言给她的那张名片，按照上面那一串数字拨了过去。

沈言的声音在电话里听起来很是愉悦，她调侃筠凉："你还真有耐性啊，今晚再不打来，我明天就穿去上班了。"

筠凉也十分不好意思："不要你送，我原价买吧。"

不知道为什么，沈言却十分坚持："我不差这么几百块钱，说了送你就送你，小妹妹，就当我们有缘吧。"

当时以为事情真的很简单啊，以为一切都可以用"缘分"这个词语来解释，只是那时候没想过，缘分也有良缘和孽缘的区别啊。

筠凉想了一下，终于妥协了，但她仍然坚持不能白收礼物："那周末我请你吃饭好了。"

沈言是个很干脆的人："也行，这样你也安心啦！"

约好沈言之后，筠凉跑来跟惆怅的我说："到时候跟我一起去吧，我怕人少没话说会尴尬。"

我耷拉着脸看都懒得看她："我手机丢了很忧伤，你不要理我，让我自生自灭吧。"

她继续循循善诱："哎呀，又没叫你今天去，周末呢，说不定周末你心情就好了呢！"

心情好？以后走在街上只要看见阿凡提，我的心情就不可能好！

我冲着筠凉大声喊："不去！周末我要去市中心找那个阿凡提！"

没有手机的日子我真的好难过，碰到那种讲课让人昏昏欲睡的老师，我就真的只能趴在课桌上睡觉，连发短信骚扰顾辞远的权利都被剥夺了。

没有手机，就不知道时间；没有手机，就不能自拍；没有手机，我就活不下去了！

中午在食堂里顾辞远被我念叨得终于崩溃了："姑奶奶，下午的课管他点不点名，老子不去了，带你买手机去！"

我吓一跳，紧接着我悲痛而仇恨地看着他："你把我当什么人了！你以为我是为了钱才跟你在一起的吗？！我告诉你，不是！我不是那种人……"

一堆废话还没落音就被他痛扁了一顿："宋初微，你能不能不要这么多废话！送个手机给你，屁大点事，用不着升华到那个档次去！"

我呆呆地看着他，心里在做剧烈的斗争：去还是不去？

莎士比亚说过，这是一个问题！

这是一个大问题啊！

拿人家的手短，吃人家的嘴软，我要是收了他送的手机，他趁机对我提出非分的要求，这可怎么办啊……可是我宁死不受嗟来之食，这与世隔绝的生活又实在太煎熬了……

左思右想还是很矛盾，顾辞远也明白我的重重忧虑，他想了一下说："那我们先去看看，总还是可以吧？"

嗯！看看当然可以，看看又不要钱，我连忙小鸡啄米般狂点头。

可能我那个样子太蠢了，顾辞远脸上浮起一个"拿你没办法"的笑，哎呀，其实我的男朋友，真的还是蛮帅的呢！

于是下午我没去上课，顾辞远也没去上课，奇怪的是我们竟然一点负罪感都没有，他叹息着说："我们真是狼狈为奸啊。"

不对，我纠正他："我们是金童玉女！"

坐在公交车上一路摇晃着，我想起刚刚开学那天陪他去看单反相机时在公交车上发生的事情，心里没来由地蹿出一阵暖流，我想不知不觉中，可能我真的喜欢上这个叫顾辞远的家伙了吧。

以前小时候看那些言情小说、少女漫画，里面总是有这种两个人吵着吵着吵出真感情来的桥段，当时觉得真荒谬啊，怎么可能会发生这种事情，明明那么看不顺眼的人，怎么就喜欢上了？怎么就爱上了？

我把这个疑问抛给他："喂，那天你看到那个猥琐男拍我，是不是有一种看到圣洁的女神被亵渎的感觉？"

他皮笑肉不笑地白了我一眼："你疯了吗？我当时最强烈的感觉就是，那个人是不是太饥渴了，连你这样的姿色也不放过。"

秋天里温暖的阳光从车窗外洒在我们紧紧牵着的手上，天气这么好，我的心情也比较好，自然不屑跟他斗嘴："对，我也觉得奇怪，性骚扰的对象不应该都是林暮色那种类型的女生吗？"

他奇怪地问我："谁？"

"就是我丢手机那天，你过来接我的时候，站在我和筠凉旁边那个女生啊，不记得了？"

他凝神想了半天，最终还是摇摇头，表示真的没什么印象。

这世界上的事还真有意思，那天林暮色看到顾辞远气喘吁吁地跑到我面前的时候，简直像苍蝇看到屎——哦，这样的形容不太恰当，应该说简直像潘金莲看到西门庆——这样也不太恰当，确切地说，就像我看到食堂里那个讨厌的大妈多找给我钱一样——心花怒放！

当我再次提醒顾辞远时，他很肉麻地揽住我的肩膀说："好了，不要说了，我知道我帅！"

真自恋！这种时候，难道不应该说"我眼睛里除了你，别的女生都看不见"吗？

我们在手机广场转了一圈,最后挤进了人最多的那家店,看着陈列柜里琳琅满目的样机,眼睛都快转不过来了,我知道,我完蛋了!

完蛋了,今天肯定不是"看看而已"了,这个世界什么我都能抵挡,唯一不能抵挡的,就是诱惑!

顾辞远看着我那副欲哭无泪的样子就笑了:"挑吧,我带着卡呢。"

我感激涕零地看了他一眼,天知道啊,从我爸消失……之后,就再也没有一个异性对我说过这样充满宠溺的话语了,我做梦都希望有一个人对我说:"我所有的不多,但我愿意把最好的都给你。"而这一天竟然真的来了。

也许是我眼里的感动过了度,在别人眼里看来就成了谄媚,那个坐在柜台里面正在帮别的顾客解决售后问题的男生瞟了我一眼,脸上分明是不屑。

我也不甘示弱地瞟了回去。哟,胸口挂着的那个工牌上写着名字呢,袁祖域,还挺好听的。

好白菜都被猪拱了,这么好听的名字怎么就给了这么个思想阴暗的人。

左挑右选,我终于选了一部诺基亚 N 系列的智能机,粉红色,据说是限量版。

我当然也没那么幼稚,会相信这种流水线上的产物是真正的限量,趁顾辞远去排队交钱的时候,我四处打量,忽然发现他们柜台上那台笔记本电脑上的苹果标志是贴上去的。

这个发现令我不禁哈哈大笑起来,袁祖域放下手中的活儿问我:"你笑什么?"

我也真傻,竟然自取其辱。我说:"我笑这个苹果是假的。"

"那关你屁事!"

顾辞远付账回来看到我满脸通红的样子觉得很奇怪:"你热啊?"

我摇摇头,牵起他的手就往外冲,临走前我狠狠地瞪了袁祖域一眼,心里骂了一句:"你个乡霸烧饼。"

就在顾辞远陪我买手机的同一时间,正在A大上课的杜寻接到一条只有两个字的陌生短信:出来。

正好是在上大课,几百个人坐在阶梯教室里,一眼望过去全是人头,他想了想,最终还是好奇心战胜了求知欲,于是猫着腰从后门溜了出来。

安静的走廊里没有一个人,杜寻的脚步声显得格外清晰。他左右看看确定是恶作剧之后便打算反身进教室,忽然耳边有风,他还没来得及做出任何反应,就被一双手臂从身后紧紧抱住了。

曾经无比熟悉的香水味让他在顷刻之间明白了身后这个人的身份。

那一把甜糯的嗓音里充满了淡淡的伤感:"先别回头,我怕我会哭。"

走廊里有穿堂而过的风。

杜寻感觉到她的身体有轻微的颤抖,过了很久,她轻声说:"这也许只是你漫长人生中平淡的一天,但我会一直记得它,无论再过多少年。杜寻,我回来了。"

没有分毫的感动,那是假的,往昔许多片段在眼前如浮光掠影般闪过,左右为难的烦恼也被久别重逢的感动所掩盖。他在转身之前迅速地调整好了面部表情,原本就是寡淡的性格,所以笑容也不需要太过夸张:"傻瓜,这么矫情干什么。"

陈芷晴的眼睛里有隐隐约约的泪光,跟两年前在机场哭得无法自抑的样子没有什么不一样。

可是别的事情,却不动声色地发生了翻天覆地的变化。

杜寻看着这张干净得没有一丝皱纹的脸,右眼的眼角那颗泪痣还在那里,是从什么时候开始,这张脸从自己的脑海里渐渐地模糊了,当它再次呈现的时候,竟然会觉得有那么一点陌生。

他忽然想起博尔赫斯那句话:一个人进入暮年时,会有很多回忆,但经常自动浮现于脑海的,大概也不会很多。这当中会有一张年轻的脸和这张脸引发的灿烂的记忆,这张脸不一定属于妻子,也不一定属于初恋,它只属于瞬间。

那一瞬间,他的脑海里迅速闪过了筠凉咧开嘴笑的样子。

然而,最终他还是点点头:"回来就好了。"

要很久以后,他才会明白:爱可以燃烧,也可以永恒,但这两者不可能共存。

周末的时候我还是陪着筠凉一起去见了沈言,反正顾辞远也不知道神神秘秘地搞什么,据说是一个认识了蛮久的老友从国外回来了,要聚会,还装模作样地问我:"一起去吗?"

我才没那么不懂事,他们一群老友,我夹在那儿又插不上话,多无聊啊,还不如跟着筠凉去蹭吃蹭喝。

远远地看着沈言朝我们走来,一袭白衣,气质清凛。

我忍不住惊叹:"看过这样的女人才晓得什么叫超凡脱俗啊!"

筠凉也啧啧称赞："第一次见到她也是穿的白色,她真是我见过能把白色穿得最好看的女人。"

而此刻的她走到我们面前,停下来笑一笑:"姑娘们,我们去吃火锅吧!"

三个人都很能吃辣,所以干脆叫了全辣的锅底,麻辣的火锅最适合沸腾的友情。

吃到一半我忽然听见身后有个声音挺耳熟的,回头一看,竟然是林暮色!

她看到我和筠凉也显得好兴奋:"啊啊啊,好巧啊,我被人放鸽子了,跟你们凑一桌吧!"

四海之内皆兄弟嘛,这算什么大事,筠凉手一挥:"快过来吧。"

坐在我旁边的林暮色这次打扮得还挺像回事,黑色雪纺配了一根白色的腰带,妆容也不夸张。我得心悦诚服地说一句,我要是男生,也会被她吸引的。

吃到一半她问我:"你买新手机了吧?我们留个号码呀,有空一块儿玩,我反正不打算读书了。"

我有点惊讶:"啊,那你打算干什么啊?"

她侧过脸来笑:"游戏人间啊,好啦,快把号码给我。"

接下来的时间便是我跟林暮色交换手机号码,我跟沈言交换电话号码,筠凉跟林暮色交换电话号码。既然都交换了这么多,也不差最后一次了,所以原本八竿子打不到一块儿的沈言跟林暮色竟然也交换了电话号码。

噢,这个世界真的太小了!

埋完单之后我们四个人在洗手间的镜子前统一整理仪容，林暮色一边嚼着口香糖，一边从包包里掏出一个小小的瓶子在手腕处喷了喷，又在耳后涂涂抹抹，我好奇地问她："你随身带香水？"

她很坦然："对啊，口香糖和香水是一定要随身携带的啊，谁知道什么时候要接吻、要上床啊，当然得随时做好准备工作啊。"

这番言论把比我们大了六七岁的沈言都震撼了："太生猛了！"

林暮色不以为然地挑挑眉毛："韩剧里那个胖子金三顺不是说，去爱吧，就像没有受过伤害一样，这话有点矫情，应该说，去爱吧，就像还是个处女一样！"

我发现要跟林暮色做朋友，真的需要一颗强壮的心脏，要不真吃不消！

筠凉曾经跟随她极富艺术气质的母亲去越南、老挝、柬埔寨那些国家旅行，回来之后跟我说："你知道吗，柬埔寨有好多好多地雷。"

那是早年战争时埋下的，没有清除干净，有很多无辜的人被地雷炸残，甚至炸死。

所以，在那里生活的人都知道，野草丛生的地方不可以去，山羊去的地方不可以去，关着门的房子更加不可以去，那些地方有地雷，一不小心可能就会要了你两条腿或者是一条命。

有的地雷只有一瓶香奈儿五号的瓶子那么大，但波及的范围却有好几十米。

当时我听完她惟妙惟肖的讲述之后很笃定地说："那跟我没关系，我又不会去柬埔寨，炸也炸不到我。"

那个时候的我不懂得，其实在太平盛世，也一样埋有炸弹。

这些炸弹是无形的，是看不见的，但它一旦爆炸，带来的伤痛也许比那些埋在土地里的地雷还要巨大，还要深远。

我清楚地记得在筠凉连字条和短信都没有留给我就匆忙赶回Z城的那天晚上，天空中忽然电闪雷鸣，下起了像是要把整个世界都淹没的倾盆大雨。

我在宿舍里像头困兽一样踱来踱去，已经睡下了的唐元元忍不住叫我小声一点，换作平时我可能还会跟她斗斗嘴、闹一闹，可是眼下我全部的心思都在筠凉身上，所以干脆关上宿舍门跑到外面走廊上。

筠凉的电话不是打不通，而是打通之后没有人接，这更让人担忧。漫长的忙音每一秒在我听来都是煎熬，我对着手机喃喃自语：接电话啊，接啊，筠凉，你接电话啊！

我们不是最好的朋友吗，有什么事情不能一起扛呢？我知道你性格骄傲，可是我不是别人，我是宋初微啊，我是你唯一的朋友宋初微啊，为什么你连我都要躲着呢？

静谧的夜晚，我的哀求显得那么无助，又那么凄惶。

顾辞远的声音在手机里听起来那么缥缈却又那么真切："初微，今天《Z城日报》上的头条新闻你看了吗？"

我觉得很奇怪："没啊，我又不是新闻专业的学生，看报纸干吗？怎么了？我们高中被评上全国重点中学了？"

他沉默了足足一分钟之后，终于开口："筠凉她爸爸，被双规了。"

夜幕突然惊现一道如经脉般的闪电，树影鬼魅，雷声轰然炸开。

我握着手机站在漆黑的走廊里，一句话也说不出来。

筠凉是赶深夜的那趟火车回去的，因为是临时买的票，所以没有座位的她只能站在吸烟处。

夜晚的车窗像是一面镜子，筠凉死灰一般的眼睛盯着镜子里自己苍白的脸。

她紧紧地抿着嘴唇，想要抓紧一点什么去获取一点力量，最后双手却只能停在冰冷的车门把上。

调成静音的手机在包包里亮了又灭，灭了又亮，整个晚上所有人都在找她，我、顾辞远、杜寻，还有她妈妈，可是她一个电话都不想接。

她一句话都不想说，仿佛只有不开口，才能留住一口真气支撑自己回到 Z 城。

窗外的山野偶尔有几点灯光，过了很久很久，她闭上了眼睛。

镜子里的那张脸上，有眼泪大颗大颗地掉下来。

掏出钥匙打开家门，筠凉看到自己的母亲坐在沙发上看着电视，电视里的内容是她们平时最讨厌的电视购物，一对表情和动作都很夸张的男女在推销一款跟 iPhone 一模一样的手机："超长待机四十八天！"

要是换作平时，筠凉一定会很鄙夷地说："远看以为是 apple，近看原来是 orange！"

可是今天她连开口的力气都没有，从玄关走到沙发不过短短几米的距离，她却走得十分艰难。

偌大的房子中除了电视里那对聒噪的推销员的声音之外，再也没有别的动静，时间一分一秒地过去，她妈妈终于开口了："你不上课跑回来做什么？你回来也于事无补。"

筠凉倒了一杯滚烫的开水，等灌下之后才终于恢复了一点精神："你可以离婚，但我永远是他的女儿。"

这句话像一把尖刀划破了她母亲伪装悲伤的面具。面对这个已经洞悉了真相的女儿,她忽然觉得自己已经无力再去掩饰什么;她忽然察觉到,原来自己一直以来粉饰太平的那些苦心和手段都是那么低级。

筠凉重重地叹了一口气:"妈妈,我没有指望你能陪他共患难,这对你也不公平。过去这些年里,他纵然在外面是有些……但起码他还是给你、给我提供了衣食无忧的生活,这个你不要忘了。"

她妈妈气得从沙发上弹起来,指着她,声色俱厉地说:"筠凉,有你这样跟妈妈说话的吗?!"

筠凉抬起头来看着眼前这个色厉内荏的女人,她不会明白,身为女儿的自己在说出这番话来的时候,心里有多难过。

如果她接下来要说的这些话会像尖刀一样伤害到妈妈,那也是因为在多年前,妈妈的所作所为就像尖刀一样捅在她的心脏上,一直固定在那里。

她不是没有想过拔掉,但那个地方是心脏,她不敢冒险,她不确定自己能够承受得起那种痛,痛不欲生的痛。

筠凉定了定神:"妈,你知道,我说的都是实话。退一万步讲,你敢说你从来就没有做过对不起爸爸的事情吗?"

这是多年来筠凉与母亲第一次正面冲突。她与我不一样,我的叛逆不过是虚张声势、小打小闹,而她的叛逆却是深深埋藏在内心,一直慢慢蓄积,等到一个合适的时机,便会像火山一样爆发,地动山摇。

她妈妈也是第一次意识到,自己的女儿在时光的洪流中已经长成了目光坚毅的成年人,她根本不是自己臆想中的那样,她已经对这个家庭、对这个社会甚至对这个世界有了清晰的认知,她有完全属于自己的价值观与人生观。

她不再是可以被轻易蒙蔽的小姑娘，不是三言两语可以敷衍得了的不谙世事的少女。

她曾经是来自自己身体的一团骨血，而今，她是一个完全独立的生命。

对峙了很久，母亲终于理屈词穷地瘫坐在沙发上，筠凉转身去自己的房间，关门前她听见母亲幽幽地问她："你是什么时候开始知道的？"

她轻声苦笑："十六岁……或者更早吧。"

一直以来，筠凉从来没有告诉过任何人在她十六岁生日那天到底发生了什么事情。

我只知道那天下着鹅毛大雪，下了晚自习她执意不肯回家，要我陪她走一段路。

记忆中，那天街灯照出一脸黄，她一直沉默着，什么也不说，直到分手的时候才对我说出那句话："初微，你是我唯一的朋友。"

可是我作为她唯一的朋友，她也没有让我知道她在那天中午目睹了什么。

一个戴着墨镜的女人在学校门口拦住她，说要带她去看一样"很有意思的东西"，筠凉一贯胆大，竟然没问对方身份就跟着走了。

在某家酒店的对面的甜品店，那个戴着墨镜的女人替她叫了一份热饮——姜汁撞奶。

筠凉说："不用热的，冰的也可以。"

对方笑："还是热的好了，待会儿看到的东西，会让你感到全身都冰凉。"

看着自己的母亲跟一个男人从酒店里走出来,这是什么感觉?

我没有经历过,我不知道。

多年后,筠凉终于当着我和沈言的面说出了这件事,她形容起当时的感受:就像被人强灌了镪水,整个胸腔都无声地溃烂了。

母亲脸上的笑容像利刃一样刺瞎了她的眼睛,也划伤了她原本纯白无瑕的青春。

虽然穿着厚厚的呢子外套,还戴着手套和毛线帽,可是那一刻,她就像被人剥光了衣服绑在马车上游街示众,所有人看向她的眼神都像是在嘲笑、讥讽、唾弃,所有的眼睛里都充满了恶毒⋯⋯

忽然希望有一块足够大的布,将自己包裹起来。

忽然希望自己在那一刻,灰飞烟灭。

那个女人很聪明,也很厉害,她直到最后也没有取下墨镜,只是在临走的时候对筠凉说:"我只是想让你知道,你妈妈端庄优雅的面具背后,也不过是个不要脸的婊子。"

这是筠凉十六岁生日收到的最震撼的生日礼物。

多年后这个雷电交加的夜晚,她再次想起当日的场景,在黑暗的房间里,她蜷缩成一团,紧紧地抱住枕头,把脸埋在被子里无声地痛哭。

脚步声在她房门口停了下来,过了良久,那个疲倦的声音隔着门传了进来:"我们在事发前,已经办妥了离婚手续,明天带你去律师那里,再咨询一下相关的事宜。"

房间里一片死寂,得不到回应的女人在迟疑了片刻之后,最终还是转身走了。

暗夜里唯一的光亮来自筠凉的手机,杜寻的名字仿佛神谕。

终于，她按下了通话键。

[3]

天蒙蒙亮的时候，我背着背包站在男生公寓楼下心急如焚地等着顾辞远，他从朦胧的晨曦里跑过来摁住我的肩膀说："再等等，杜寻马上就到了。"

也许是一夜没睡的缘故，我的脑袋嗡嗡作响，一时之间没有反应过来。

顾辞远买来了热豆浆给我当作早餐，可是我真的难过得一口都喝不下。曾经看一个女生说，世界上从来都没有感同身受这回事，我承认她说得有道理，可是筠凉与我情同手足，她遭遇这样的变故，我的心情沉重也不是装出来的。

杜寻连出租车都没下，朝我们挥手："走啊，还磨蹭什么？"

如果说之前他们对我隐瞒恋情，让我心里还有些许不高兴，但在这个清晨，看着杜寻凝重的脸，我真的完全都不计较了。

只要他是真的喜欢筠凉，爱护筠凉，别的什么都不要紧。

一直到我们坐上了回Z城的火车，我那颗忐忑不安的心才算稍稍平定了一点，余光瞥到依然深锁着眉头的杜寻，我拍拍他的肩膀，轻声说："我很了解她，她不会做什么伤害自己的事情的。"

他对我挤出一个勉强甚至算得上敷衍的笑，虽然这笑容里没什么诚意，不过也能够体现他对筠凉的担忧。

其实，我只知其一，不知其二。

杜寻之所以忧心忡忡，不光是因为筠凉家中的变故，还有另一个原因就是他不知道要怎样在这乱成一团的情况下厘清他跟陈芷晴之间的关系，如果选在这个时候向筠凉坦白，那无疑是火上浇油。

坐在我身旁的顾辞远紧紧握住我的手，我靠在他的肩膀上紧紧闭上了眼睛，过去的一切犹如黑白的默片一帧一帧闪过，然后定格，放大……

筠凉曾经笑言，如果将来我们两个人之中有一个人出名了，比如她得了普利策奖，我得了茅盾文学奖的话，上台致辞的时候一定要提起对方的名字，并且还要说"如果没有她这个美貌与智慧并重的闺密，那就不会有我的今天……"

小时候隔壁邻居家买了一个叫作VCD的东西，连接好电视机之后就可以放光碟听歌。

我记得好清楚，那是一九九五年，因为哮喘病复发，邓丽君与世长辞。

后来有个记者说，采访保罗时，他的脸上全无哀伤，真叫人唏嘘。

斯人远走，却依然可以从光碟里看到她穿着大摆的白色纱裙温柔地吟唱："如果没有遇见你，我将会是在哪里，日子过得怎么样，人生是否要珍惜……"

长大之后，有时候我看着筠凉，脑海里总会出现这首歌。

她说过，我是她唯一的朋友。

我不知道春风得意的她到底是遭遇了什么事情，才会在万般感伤之中发出这样的喟叹。

以我的性格，虽然从来没有说过这样的话，但是筠凉一定很明白，她何尝不是我唯一的朋友。

在被送去H城之前，我并不是一个让父母头痛的顽劣的小孩。

我也有过乖巧、听话的时候，周末我穿着体操服，提着牛皮底的舞蹈鞋去学芭蕾，节假日的时候作为班上的文艺骨干在全校师生面前表演节目，头发绑成两个小羊角辫，再戴上两朵巨大的头花，眉心中间用口红点一个红点算是美人痣。

那些照片至今还夹在陈旧的相册里，只是我早已不会打开抽屉去翻启。

不去看，就可以一直逃避；不去看，就可以当作从来没有发生过，一切不曾存在过：曾经，我也是让父母与有荣焉的孩子。

每个人的一生中总有那么几个重大的转折点，站在人生的十字路口踌躇，生怕行差踏错，因为人走出了这一步之后，永远都没有机会知道别的路上有些什么样的风景。

我人生中第一次重大的转折点就在十一岁那年，平铺直叙的生活里，突然出现了一声惊天动地的炸雷。

那个事件是父母不顾我的拼死反抗，执意要将我送去H城。

当我第一次听到这个决定的时候，我惊呆了，可是他们严肃的神情确切无疑地证明他们是知会我，而不是跟我商量，硬邦邦的语气听起来没有丝毫转圜的余地。

那是我长那么大第一次撒野，我哭得面容扭曲，把饭桌上的碗筷全部推到了地上，瓷器破碎的声音一声接着一声，中间夹杂着我鬼哭狼嚎般的咆哮。

没有用，任我怎么反抗都是徒劳的，他们根本就不顾及我的感受，收拾好行李，飞快地办好了转学手续之后，将我送往了H城。他们看起来那么急切，好像我是一个他们急于甩掉的包袱。

大概就是从那个时候开始，我变得非常非常非常没有安全感。

但与生俱来的那种奇怪的自尊心，又使我羞于承认这一点，所以在我走矫情路线的那些年里，我经常说，我就像水一样是没有伤痕的。

可是后来我在顾辞远面前再次说起这句话的时候，他很认真地跟我争辩："水怎么会没有伤痕呢？水是最容易有伤痕的，因为就算是很轻微的触碰，也会泛起涟漪啊……"

其实在听到顾辞远说这句话的时候，我心里有种很温柔的情愫慢慢荡漾开来，但是我要做个矜持的姑娘，所以我给他的回应就是一个白眼："少给我装文艺腔！"

在H城的那一年时光，在我后来的成长中很少被想起，也许是因为它整个基调太灰暗，也许是因为那个时候的我太孤独，总之，那段时光就像是万紫千红中一抹素白，也像是急管繁弦中的一点寂静，是不重要的，是理所当然被忽略的。

但很少想起，并不代表真的忘记。

突然置身在一个陌生的新环境当中，曾经的同学和伙伴都遥远得像前世的记忆，周围全是带着探究的新奇的目光。

不管顾辞远日后怎么当笑话听，我都可以理直气壮地说一句，那个时候，我确实长得很可爱！

所以，女生们都不跟我做朋友，而还没成长到懂得欣赏美丽异性的男生们，更加不会跟我做朋友。我就像是班上多余的人，只有每次考试的时候，会成为全班瞩目的焦点。

从小我就听我那个当老师的妈反复絮叨，万般皆下品，唯有读书高。

所以，我再不懂事也知道，书是一定要好好读的。

好在我并不是班上唯一被排挤的异类，跟我有同等待遇的还有那个胖姑娘，她最擅长做的事情就是把教科书的封皮揭下来套在课外书上，在全班同学的琅琅晨读声中，津津有味地看着那些充满了萌动气息的少女漫画。

她对我说过的所有话中，我记忆最深刻的就是关于"嫉妒"的。她说，嫉妒是七宗罪之一，所以你要宽恕她们。

她所说的"她们"是我们周围那些尚不了解人性邪恶却已经彰显出些许端倪的女孩子，比如在我的课桌里放死老鼠的A，在楼梯上伸出一只脚绊得我当众摔倒的B，还有在老师面前说"宋初微考试的时候躲在下面翻了书"的C……

那些我不愿意回想起来的往事，却实实在在地镂刻在了原本纯良的少年时光里，随着白云苍狗般的日子成了不可篡改的历史。

这期间每个月妈妈都会来看我一次，给我买些吃的，虽然她一次比一次憔悴，可是一点也激不起我的怜悯之心。

我是怨恨他们，我知道肯定有些什么事情在我懵懵懂懂之中已经发生了翻天覆地的改变，否则为什么每次都是她一个人来看我？爸爸为什么不来？

妈妈给我的解释听起来总是那么牵强，爸爸工作忙……爸爸出差了……爸爸本来都上车了，临时有事又回去了，下次一定来……

我总是冷眼看着她编着这些听起来十分苍白的借口敷衍我，她以为我智障吗？在把我强行发配到H城来之前，父亲逐渐减少的回家次数……以为我真的什么都没有察觉吗？

如果不是她没有尽到一个做妻子的责任，如果家庭里多一点温暖，怎么会这样？

每当我用那种冷冰冰的眼神看着她的时候，被我暗地里称为"狼外婆"的外婆总会在旁边添油加醋："看看她，小小年纪就是这么看人的，长大之后不得了……"

后来我跟筠凉提起过一点关于在 H 城的生活，我说："你可以想象吗？每天上学路过那个废旧的车站，看着铁轨朝远方无限地延伸，那种感觉……很苍凉。"

那时候年纪小，就算是"为赋新词强说愁"也不懂得要怎么说。

后来长大了，第一次看到"寂寞"这个词脑海里第一时间就想起了那两条铁轨——无限延长，永不交接，这就是寂寞吧……

那种犹如炼狱一般的生活在六年级时结束了，妈妈来接我的时候很惊讶地发现我已经噌噌长到一米六了，她的表情有些震动，有些欣喜，还带着一些握手言和的卑谦。

可是没有用，我不会原谅她。

那些辗转反侧的夜，那些蒙头哭泣的夜，那些明明步履蹒跚却依旧要倔强地强撑着，假装自己很骄傲的日子，它们不允许我忘记。

在回 Z 城的火车上，妈妈伤感地对我说："初微，以后家里就是你跟妈妈两个人生活了……"

我看车窗外飞速倒退的山庄和田野，眼眶里很不争气地蓄满了泪水，可是我始终背对着她，就是不肯转过来。

回到 Z 城之后我就像变了一个人，邻里之中时常有些长舌妇碎碎念，一不小心就会听进耳朵里。关于父亲的失踪，我没有开口问过妈妈一个字，那种奇怪的心态就像是鸵鸟一样，我很怕我一问，就成真的了。

　　自从这个家由三个人变为两个人之后就变得非常安静，安静得甚至能听到对方呼吸的声音，我们越来越少说话，越来越少交流和沟通，对于日渐加深的那道隔阂，谁也没有勇气去推翻它。

　　我说过，如果没有遇到筠凉，我的人生肯定就是另一番景象。

　　但是呢……没有如果。

　　筠凉是在初一的下学期转到我就读的班级的，听说她是因为生了一场病之后耽误了功课，所以她父母决定将她送到我们这所以教学质量为荣、傲视群雄的中学来恶补一把。

　　那个时候的她显得有些鹤立鸡群，老师好心要她站在讲台上向同学们自我介绍一下，谁也没想到这个大小姐居然那么不给老师面子："介绍什么呀，有什么好介绍的？我叫苏筠凉，可以了吧？"

　　班主任的脸涨得通红，我想如果不是看在筠凉她爸爸的面子上，老师肯定当场就"打死"这个不知天高地厚的小丫头了。

　　坦白地讲，其实我对筠凉的第一印象并不好，她太过傲慢的姿态让我当即断定她"非我族类"。如果不是后来发生的那件事，也许我们的交情也仅限于在若干年后的同学会上点头微笑，算是打个招呼，而从实质意义上来说也不过是陌生人而已。

　　顾辞远把我从放空的状态里摇醒，杜寻脸上原本就很凝重的表情又加重了几分。

　　虽然我知道他很喜欢筠凉，但他给我的感觉仍然是太过沉重了，好像被双规了的那个人是他的父亲似的。

　　难道他本来是打算做苏家的上门女婿？

这个念头一冒出来，我立刻打了自己一巴掌，我真不厚道，真的，难怪顾辞远说我永远没有正经的时候。

我们敲开筠凉家的门时，她刚从律师事务所回来，虽然她强打着精神对我们微笑，可是脸上却有着完全掩饰不了的疲倦。

坐在沙发上的四个人谁都没有先开口，我用眼神逼迫顾辞远打破沉默，可是他也用眼神回敬我："你难道是哑巴？"

最后还是筠凉自己先说话了，即使是在这么难堪的情况下，她依然维持了自己的尊严和风度，而不像有些女生看到男朋友来了扑上去抱着就一顿狂哭。

她的声音里也充满了倦怠："让你们费心了，其实……事情总会过去的，我比你们、比所有人，甚至可能比我自己以为的，都要坚强，人一辈子总要遇到些大的小的灾难，我以前过得太好了，现在一次报了……"

我本来还没什么事，听她这么一说，鼻腔里突然觉得酸酸的。

杜寻什么话也没说，只是揽住她的肩膀，深深地叹了一口气。

筠凉跟她妈妈最后一次谈判是带着我一起去的。

我本来死都不肯，虽然我们是亲密无间的朋友，可是这说到底还是筠凉的家务事，我一个外人坐在旁边，想想都尴尬。

可是筠凉犟起来真的很可怕，看着她阴沉的脸，我所有的坚持都化为了乌有，只好硬着头皮去讨人嫌。

虽然我很不好意思，但筠凉的妈妈态度却十分友好，她脸上暖暖的笑容让我产生了一种她跟筠凉的父亲没有任何关系的错觉，似乎那个面临牢狱之灾的男人根本就不是她的丈夫。

等我们落座之后没多久，我从她们母女二人的对话里才听出来，原来不是我的错觉,那个男人真的已经不是她的丈夫了。

我这才明白为什么筠凉一直要我一起来,如果没有人陪伴她,如果没有一个人可以让她暂时卸下伪装依赖一下,她说不定真的会崩溃的。

我和筠凉的手在桌子下紧紧地握在一起,她的掌心里有微微的潮湿,也只有这点异样,稍稍泄露出了她内心慌张的些许端倪。

筠凉端起茶杯不急不缓地吹了一口气,小心地啜了一口之后才开始说:"妈妈,其实现在发生的这一切,我都不感到意外,我只是很难过罢了……以前老人说,夫妻本是同林鸟,大难临头各自飞,我从来没想到有一天这句话会用到我的父母身上。"

我怜悯地看着筠凉倔强的侧脸,心里泛起一些难以言叙的伤感。

这么多年来,她在外人眼里总是表现出一副高高在上、唯我独尊的样子,就像站在顶峰上睥睨众生的公主,她不容许自己有一丝一毫的丑态落入别人眼里。

我也问过她:"你这样做人累不累?"

她反问我:"活在这个世界上,怎样做人才不累?"

早慧的孩子总不那么快乐,但只要表面上依然是风光鲜亮的就够了。

可是命运不是一块橡皮泥,不会任由我们随心所欲把它捏成自己想要的样子。这次筠凉家变,不仅摧毁了她的生活,还摧毁了她在外人面前一直拼力维持的骄傲和尊严。

筠凉的母亲面有愧色,语气也有些刻意的迎合:"不要想那么多了,以后你的学习费用、生活费用,妈妈会负担的。"

筠凉笑一笑，有些淡淡的不以为然："不用了，妈，我一直有个秘密没告诉你，我有存款，而且数目不容小觑。"

这下不要说她妈妈，连我都觉得极度震惊。

怎么可能呢？！那么爱买大牌彩妆套盒，那么迷恋限量版发售的香水，坚持从帽子到鞋子都一定要在商场的专柜买，从来不上淘宝的败家女苏筠凉，她居然说她有存款？

看着我们一个个目瞪口呆的样子，筠凉只好解释说："其实很早以前，爸爸那些事我就有所耳闻了，所以今时今日这个结果我一点儿也不觉得惊讶，他在做那些、享受那些、接受那些的时候就应该想到会有今天。妈，那天在律师那里你不是说了吗？你只是一个女人而已，你自己不为自己打算，没有人会为你打算……很庆幸，我遗传了你的基因，并且早早就付诸行动，我虽然爱漂亮，经常乱花钱，但是从小到大的压岁钱我全部都存着，一分没有动过。"

筠凉在说这些话的时候，她妈妈的眼睛里渐渐蒙起了一层雾气，几次张嘴想要说什么却都没有说出口。最后，筠凉伸过手握住了她颤抖的手，坚定地说："妈，我知道，以后的生活跟以前的水准是不能比了，但你不用担心，我已经是成年人，我很清楚自己应该做什么，你去过你想过的生活吧。有一点是不会变的，我永远都是你的女儿。"

这场谈话的后半段几乎是筠凉的独白，而她母亲的沉默是这场谈话结束的那个符号，不是句点，是省略号。

我们起身离开的时候，筠凉的声音里忽然有些抑制不住的动情："妈妈，祝你幸福。"

出了咖啡厅之后我看到筠凉眼睛里那些憋了很久很久的眼泪终于碎裂成行，我没有安慰她，我实在也不知道要怎样安慰她，只能做些阿猫阿狗都能做的事：拿出纸巾递给她。

她看了我一眼，感激地笑笑，千言万语都用这个淡淡的笑概括了。

就如同多年前那个残阳似血的黄昏，我在昏暗的教室里，从逼仄的座位上站起来对她展露的那个微笑一样。

从 H 城回来之后我虽然长了个子，但并没怎么长脑子，所以很多细小的变化我都没察觉到。而日益恶化的母女关系，又让我拉不下脸来去询问一些懵懂的我隐约察觉到却不明就里的东西。

初潮是在这种情况下到来的。

整整一个下午我坐在位置上不敢动弹，连老师上课喊起立我都乔装成不舒服的样子趴在课桌上。

曾经在 H 城时如影随形的恐惧和孤单再次像潮水一样将我包围，我死死地咬着嘴唇，恨不得就地死了才好。

下午放学之后所有人都走了，我还趴在桌子上，十几岁的年纪，第一次懂得了什么叫作绝望。

我不知道要怎么办，穿着邋遢的裤子，在路人们耻笑的目光里走回去？我做不到，真的做不到……

筠凉出现的时候我已经哭得满脸都是泪了，她轻轻地叩响我的桌子，我抬起头来看着她，不明白这个平日里连话都没有说过一句的同学为什么会在这个时候站在我面前。

她把卫生棉塞到我的手里，话语很短促："贴上。"

在那时的我看来，她简直就是一个天使。

一切弄好之后，我看着她，心里那些关于感谢的句子一句也说不出口，所有的话语都包含在我那个笑容里。

筠凉在那个时候就已经不是个矫情的人了，她什么话也没说，只是脱下自己的外套让我系在腰间。

分开的时候她终于带着一点嫌弃似的跟我说:"洗干净再还我哦。"

那件事情就像一个分水岭,从此之后我跟筠凉成为非常要好的朋友,我们甚至不介意别人怎么编排或者扭曲我们。那个时候,我们都是活得那么自我而又放肆的孩子。

从我自孩童蜕变为少女的那一天开始,到我们各自十六岁,再到一起上大学,还有以后漫长的人生,我们会一直驻扎在对方内心最深处,做永不过期的居民。

想起年少的往事,我们都有些伤感,我连忙转移话题:"筠凉啊,真没想到你那么有远见,竟然晓得要自己攒钱,我一直觉得你就是个败家女呢!"

她耸耸肩:"师太有句话怎么说的,当大人不像大人的时候,孩子唯有快快长大。"

在她很小的时候,就读过一个关于所罗门的故事。

所罗门是神的宠儿、地上的君王,无人能比。

有一日,他在梦里听见一句话,突然惊醒,胆战不已。然而他在惊恐中却忘了是什么,于是召集天下智者,令他们想出这句话。

筠凉转过脸来对我笑:"初微,你知道那句话吗?"

我默然地点点头:"当然,我知道。"

故事里说,三个月后,智者们献上一枚戒指,上面刻着:一切都会失去。

真的,一切都会失去,筠凉轻声叹息道:"从我察觉到我爸爸那些事情之后，我就预计到了今天。在过去的那些年里，有时候我真的希望是我杞人忧天了，我真希望我那笔存款永远也不会派上用场。"

事情处理得差不多的时候，我接到了梁铮的电话，他在手机那头义愤填膺地吼我："宋初微，你彻底over了！你居然翘三天课，再不回来我就上报班导了！"

尽管我被他气得快要吐血了，但看在他掌握着生杀大权的分儿上，我也只能俯首帖耳对着空气猛点头："好好好，我明天就回来！我明天要不回来，我是你女儿！"

真没想到啊，这个平时满口"之乎者也"的榆木脑壳竟然回了我一句："我才不想有你这么不求上进的女儿！"

挂掉电话的那一刻，我的咆哮几乎响彻云霄！

回到宿舍的时候唐元元那个八婆正好在化妆，看到憔悴的筠凉，她竟然口不择言地问："呀，你脸色怎么这么难看啊？跟才打完胎一样！"

也许是近来发生的事情让筠凉已经疲于反击了，她只是瞪了唐元元一眼就再也没别的表示了。我直接拿起一本书扔过去，说："唐元元，你去找梁铮约会吧，别在这儿缺口德了。"

化完妆的唐元元对我媚笑一下："约我的人可不是只有梁铮一个哦。"

看着她瘦骨嶙峋的背影消失在门口，我真的觉得这个世界很荒唐："这个世上的女的死光了吗？为什么连唐元元这种女生都可以游走在多个男生之间？"

洗完脸的筠凉恢复了一点精神，面对我的疑问，她又展示了昔日的毒舌风采:"初微,你文章写得好,不如别人风情万种。"

我超级鄙视地看着她:"你说话怎么越来越粗鲁了,你是林暮色啊?!"

同一时间,回到A大的杜寻打开关闭了三天的手机,陈芷晴的短信和未接来电的提示像雪花一样飞来。

杜寻沉思了一会儿,给她打了过去,陈芷晴的惊呼还没落音,他就抢先说:"芷晴,方便见个面吗?我有很重要的事情跟你说。"

初冬的雨,淅淅沥沥地落下来。

第三章 凸月 ○○

[1]

从满城风雨的Z城回到校园这个相对而言还算单纯、干净的环境中，筠凉的心情稍微平复了一点点。晚上我陪着她在学校里散步的时候，她挽住我，把自己的手伸进我的衣服口袋里，用一种劫后余生的口吻说："现在班上的同学看我的眼神都有点怪异，不过幸好我从小到大也都习惯了。"

她这种逞强的口吻比哭诉还令我觉得心酸，我握住她的手，像在她十六岁生日那个夜晚陪她走路时一样。

我们都明白，有时候言语的安慰真的很苍白，但我还是对她说："我们甘愿忍受眼下的痛苦，是因为我们知道将来必定会因此而获得成长。"

入冬以来的第一场雪纷纷扬扬地落下，筠凉苦笑着说："不，初微，我们甘愿忍受眼下的痛苦，是因为我们没有别的选择。"

也许是因为这么多年来从来没有见过如此消沉的苏筠凉，在她说完这句话之后很久很久，平时还算伶牙俐齿的我竟然不晓得要如何反驳她。

站在学校的湖边看着跟我们一般大的同学们兴奋地从公寓里冲出来打雪仗，有个男生甚至穿着人字拖就跑出来了，很多人拿着相机、手机围着他拍照。

我和筠凉相视一笑，看吧，其实世界上有意思的人和事还是挺多的，想起曾经我们也是这么活泼、疯癫，我不由得感伤地说："唉，我们真的长大了。"

筠凉附和着点点头："是啊，到了过年都能杀了吃了。"

林暮色也是个很有意思的人，在认识她之前我真的没想到原来女生也可以这么粗俗，但又粗俗得不讨厌，反而让人觉得率真、可爱。

基于这层好感，所以她打电话来说好无聊，叫我陪她去逛街买衣服的时候，我也蛮爽快地答应了。

因为是周末，试衣间的门口排着好多人，林暮色骄傲地对导购小姐发号施令："这个，这个，这个，全给我拿最小的码。"

我被噎得说不出话来，外星人啊，你们什么时候来抓这些身材好的地球人走啊？

我坐在沙发上一边等她一边用手机上 QQ 跟顾辞远有一搭没一搭地聊天，我说："你喜欢丰满的女生吗？"

顾辞远过了半天才回复我："我又不养奶牛，你这个型号勉勉强强 OK 啦。"

我刚把一坨大便的表情发过去，林暮色就推开试衣间的门出来了，见我错愕的表情她很不解："不好看吗？"

当然不是不好看，丰胸、细腰、长腿的妞穿什么衣服都不会不好看。让我错愕的是，从隔壁试衣间走出来的竟是唐元元。

她穿着当季新款的一条裙子，明黄色，配了一根黑色的腰带。我觉得那条裙子如果穿在筠凉身上，一定会非常合适，可是穿在唐元元身上，就有点不伦不类，不是衣服不好，而是衣服的光华盖过了人。

世界上的势利眼真的太多了，你看，我也是其中一个。

唐元元的表情闪过那么一瞬间的不自然之后就很坦荡了，她径直走向跟我坐在同一张沙发上的那个胖胖的男生，喜笑颜开地问："好看吧？我进来第一眼就看中它，果然很适合我。"

我正在心里为毫无自知之明的她叹息时，她转过来跟我打招呼："哎呀，宋初微，真是你啊，我刚刚没看清楚呢。介绍一下，这个是我男朋友。"

这句话比她装作不认识我还让我意外，我茫然地看着这个满脸堆着笑容的胖乎乎的男生，我想如果他是唐元元的男朋友，那个整天满口"之乎者也"的班长梁铮又算什么？

唐元元当然没有解答我的疑问，她迅速地把胖男生拖走去开票付款，动作果然干脆得没有给我表达疑问的机会，他们走了之后林暮色才说："真是饥不择食啊。"

我问她："你说女生吗？"

她耸耸肩："反了，我说那个男生，什么眼光啊。"

我很不厚道地笑了一通之后才告诉她："其实你看到的这个版本已经算是不错了，你要是去我们宿舍看看卸妆后的她，恐怕会吓死你。"

她还是很无所谓地耸耸肩："我才不信，她能吓死我？"

如果说我的一生中有什么事情是最后悔的,也许以我怨妇一样的性格会啰里八唆地说出一大堆来,但绝对绝对不会包括我们从购物中心出来之后发生的这件事。

也是要等亲身经历了之后我才明白,原来世界上最让人难过的事情,是说不出来也写不出来的。

当林暮色提议"叫你男朋友一起来吃饭吧,多个人热闹点嘛"的时候,我这个猪脑子竟然真的什么也没多想,二话不说,拿出手机就给顾辞远打电话。

我始终相信,林暮色在那一刻是没有恶意的。

我始终相信她在提出这个建议的时候,初衷也是很单纯的。

就像所有的生命,在最开始的时候都是纯白无瑕的,我们并不是生来就了解社会的险恶、命运的不公和人性的丑陋,可是时间总会在原本素白的底片上涂上一层一层又一层的污垢。

挂掉电话之后我对她做了个 OK 的手势,她看着我,轻轻地扬起嘴角,笑了。

本来只是吃饭而已,谁晓得吃着吃着居然就开始喝酒了,看着林暮色一仰头一杯,我不禁感叹,真是女中豪杰啊!

偏偏顾辞远也是个要面子的人,士可杀不可辱,不就是喝酒吗?死都不可以输给女生!

于是局面变成了他们两个人开怀畅饮,我在一旁百无聊赖地吃菜。

中途去洗手间的时候,忽然有个人拍了拍我的肩膀,一回头我忍不住大声叫出来:"沈言姐,好巧啊!"

她穿了一件白色的毛衣,领口很大,露出了漂亮的锁骨,脸上化了一点淡妆,笑起来十分温婉:"我跟男朋友在这里吃饭,你跟筠凉一起吗？"

我摇摇头："不是，我也跟男朋友，还有……林暮色。"

提起这个名字，沈言脸上匪夷所思的表情真叫人忍俊不禁，我原本想向她解释一下筠凉为什么不在，可电光石火之间，我被另一个念头紧紧抓住了："男朋友？你谈恋爱啦？！"

不知道是不是我的样子看上去很傻，沈言忍不住笑起来："我都这么大年纪了还不能谈恋爱啊，你真希望我做剩女吗？"

我连连摆手，词不达意，她倒是不介意，拍拍我的头，丢下一句"吃完饭过来找我"就翩然而去。我站在洗手间的门口看着她的背影，心里想的是，这么好的沈言，要什么样的人才配得上她啊？

等我回到桌上才看见林暮色脸色酡红，东倒西歪，嘴里还嚷着："继续喝啊……"

我狐疑地瞄着顾辞远，他连忙做一个"关我屁事"的表情跟眼前这个局面撇清关系，眼前的狼藉让我昏了头："你埋单，然后送她回去。"

顾辞远的眼睛瞪得跟铜铃一样大，可是迫于我的淫威还是掏出钱包不情愿地付了账。我们一起驾着林暮色在街边等出租车的时候，我对顾辞远说："待会儿送她回去之后给我打电话，我先去找沈言姐玩儿，顺便去看看她男朋友长什么样子，好吧？"

虽然我用的是疑问的口气，但顾辞远很明白，这是一个陈述句，他白了我一眼之后什么话都懒得讲了。

仗着高中时他欺负过我，我们在一起之后，我在他面前一直作威作福，我知道他也不是完全没有怨言，但他拿我没办法。

我替他们关上车门的时候还笑眯眯地叫顾辞远小心，不要让林暮色吐到他身上。后视镜里的我还露出一脸诚挚的笑容。

蠢得跟头猪一样的我怎么会想到，在我转过身之后，酩酊大醉的林暮色会忽然睁开眼睛对顾辞远笑。

然后，她凑过去，亲了一下他的脸。

沈言的男朋友黎朗鼻梁上架着黑框眼镜，看得出不是青葱少年了，但好看的男人无论到了什么年纪都是好看的。青年才俊般的他跟沈言站在一起，一个儒雅，一个清丽，我在心里感叹道，真是绝配。

筠凉跟杜寻也是绝配。

就我跟顾辞远不是，我看上去永远像是他的丫鬟！

沈言见我两袖清风的模样很是诧异："你怎么一个人，男朋友呢？"

我向她解释完来龙去脉之后，她一脸的不可思议："初微，你脑袋真的被门夹了，你怎么放心让他们独处呢？！"

我目瞪口呆地看着抓狂到几乎要暴走的沈言，站在一旁的黎朗连忙出来打圆场："初微小妹，很高兴认识你。如果你的肚子不是太撑的话，我请你吃冰激凌吧。"

沈言那一声轻叱害我半天没回过神来，见我失魂落魄的样子，她也是于心不忍："好了好了，当我什么也没说，走吧。"

也许是沈言那句不经意的话点破了之前一直充斥在我心里的那些不可名状的东西，一晚上我都心神不宁的，好几次手伸进包里握住手机，却又拉不下脸来主动打给顾辞远。

我只能用那句老生常谈的话来安慰自己：是你的，别人抢不走；不是你的，怎么努力也没用。

沈言和黎朗大概是从我的眼角眉梢里看出了一点什么,轮番讲笑话哄我,我再怎么不懂事还是要领这个情的,于是对着他们挤出了一个皮笑肉不笑的表情。

沈言手里的不锈钢勺子啪的一声跌在玻璃桌上,也许冥冥之中,她已经洞悉了什么。

她凝视着我,斟酌了一会儿才开口:"去看看吗?"

我当然明白她说的是什么,可是却佯装不懂:"去看什么?"

沈言无可奈何地长叹一口气:"初微,你这么要面子,迟早要吃亏的。"

太直接的话语就会叫人难堪,我硬着头皮就是不承认,还非要转移话题:"上次我们一起吃火锅,你还是单身呢,快给我说说你们是怎么认识的。"

沈言白了我一眼,从包里摸出一盒寿百年点了一根,烟雾袅袅里,沈言缓缓开口:"还真就是在上次吃完火锅之后认识这个人的。"

坐在一旁的黎朗脸上始终挂着淡然的微笑,这笑容里有些许的纵容,还有些许的宠溺。

也许是怕沈言不好意思,黎朗借口去洗手间起身离开,沈言回过头去看了他的背影一眼,转过来对我说:"初微,我跟你们不一样,我已经过了爱得轰轰烈烈的年纪。现在对于我而言,爱情就是在我不舒服的时候,有个人能帮我倒一杯温开水。

"而黎朗,恰好就是这个人。"

那次我们四个人吃完火锅出来之后就分道扬镳了,我和筠凉回学校,林暮色去找放她鸽子的"旧男朋友"谈判,而沈言决定先去一家自己经常光顾的甜品店买一份杧果优酪蛋糕再回家。

有时候真的不得不感叹,有些人真是天赋异禀,沈言那个仙风道骨的模样,真看不出是一个对甜点充满了狂热的饕餮之徒。

她朝我们眨眨眼:"因为以前买不起,所以后来赚钱了,就拼命买给自己吃。"

我们都只把她这句话当成玩笑话,笑一笑也就散了,谁也没有认真地去相信。

坐在回学校的公交车上,我对筠凉说:"沈言姐真的很有气质啊,她怎么会是个单身呢?"

筠凉的注意力全放在她那双银灰色的鞋上:"啊……嗯!"

黎朗便是在这个时候以一个不争不求的淡然姿态走入了沈言的人生。

甜品店的服务生跟沈言已经算是熟人,最后一份优酪蛋糕是特意给她留着的,用漂亮的纸盒装好之后,沈言打开钱包这才发现现金不够了,只得去马路对面的ATM机上取钱。

她对服务生抱歉地笑笑:"一定给我留着啊,没它我晚上睡不着的!"

她这话倒不是玩笑,每个人都有那么一点怪癖。有些人会把拔掉的智齿用来做装饰品,有些人会把自己喜欢的人的名字用颜料刺进皮肤里,还有人喜欢在身体上打很多很多的洞……而沈言,她的怪癖就是每天晚上睡觉之前,一定要吃甜点。

取了钱之后,她长吁了一口气,开开心心地就过了马路冲进店里付款结账,提着纸盒就准备走……突然,她的表情像是看见了什么鬼魅,店员都被她的样子吓到,紧接着她一声尖叫冲出了店门:"啊!我忘记取卡了!"

过马路只有一个红绿灯而已,可那短短的一分钟却让沈言如坐针毡,好不容易变绿灯了,她踩着高跟鞋像离弦的箭一样从斑马线上咻地飞过。惊魂未定地趴在ATM机上反反复复、仔仔细细地确认了数遍之后,终于无可奈何地接受了"卡已被人取走"这个残酷的事实。

平复了一下心情之后,她掏出手机准备打电话先挂失,忽然一个温和的男声在耳后响起:"小姐,这卡,是你的吧?"

她忘了摁掉拨出去的电话,愕然地回过头去,看到了一双深潭似的眼睛。

那双眼睛,真的很容易就让人想到"天荒地老"。

我迫不及待地问:"后来呢?"

"后来啊,为了表达我衷心的感谢,就请他去那家叫'飞'的小咖啡馆喝了一杯摩卡,才三十五块钱,哈哈,是不是很划算啊?"

沈言说完她跟黎朗相识的过程之后自嘲地笑一笑:"很老的桥段是不是?一点儿也不惊心动魄,让你失望了吧?"

"不是啊……"我很诚恳地说,"一点儿都不失望。本来这个世界就没那么多天灾人祸,没那么多绝症分别,大家不过都是凡夫俗子,哪会每天遇上电影里的那些情节啊?"

沈言笑道:"初微,第一次见你的时候,觉得你是小女孩,不及筠凉沉稳懂事,看样子我错了,其实你心里什么都懂。"

我也笑了,是啊,每一朵花都有保护自己的方式,也许我的方式就是装傻吧。

尽管沈言和黎朗坚决要把我送回学校,但是依然还是被态度更坚决的我拒绝了,我对他们质疑我的智商和方向感感到很不满:"我又不是白痴,自己能回去的!"

事实上在他们走了之后,我并没有马上回学校,而是在霓虹闪烁的大街上心不在焉地游荡。

左思右想,我终于还是打了顾辞远的电话,可是居然关机。

我难以置信地看着手机屏幕,我简直怀疑自己出现幻听了!

关机?顾辞远……他关机!

说不清楚为什么,我竟然没有勇气去打林暮色的号码,潜意识里我似乎是在逃避着一些也许很难堪的东西。我握着手机蹲在路边,脑袋里一阵轰鸣由远而近。

我并没有意识到,自己其实在发抖。

犹如神使鬼差一般,我忽然把手机用力地摔出去,好像这样就能把我心里那些说不清、道不明的恐惧也摔出去一样。

那一刻,手机砸到一只脚,然后我听见一个男生对我叽叽歪歪:"喂,你有毛病啊,砸到人了晓得吗?"

我没好气地抬起头来看着眼前这个鸡婆的男生,他的眼睛也像深潭,但一点也不能让我联想到天荒地老,只能让我联想到"去你的吧!"

也许上辈子就是冤家,否则为什么我跟袁祖域每次见面,都一定要弄得这么不愉快呢。

他捡起电池都被摔出来了的手机,看了一下之后说:"哎呀,居然贴了我们店的标,没想到是我们店的客人啊。"

我一言不发地看着他,也许是我那个森冷的表情提醒了他什么,他恍然大悟地拍了一下脑门:"哦,是你哦,我想起来了,你男朋友很有钱,对吧?那就摔吧,摔碎了再买,正好帮我增加点收入。"

我发誓,手里要是有把刀,我真控制不住自己。

我跟袁祖域以这么奇怪的方式相遇在街头,冷静下来的我看着他拿着被我摔成零件的手机组装了半天之后,才胆战心惊地问:"还能用吗?"

他白了我一眼:"发小姐脾气的时候,怎么没想想后果?"

我被他噎得说不出话来,无语问苍天啊,我是个什么倒霉命啊,连这种萍水相逢的人都可以板起脸来教训我!

他又捣鼓了一阵子之后向我宣布:"以我的技术是回天无力了,还是拿去找专业人士帮你看看吧。"

一句话说得我都快哭出来了,也许是我那个委屈的表情让他觉得再刺激我也没什么好处,便稍微收敛了一下话语中的刻薄:"哎呀,反正还在保修期,拿去看看嘛……"

才稍微缓和了一点点,他又补充了一句:"实在修不好,叫你男朋友再给你买嘛,你们这样的女生多的是,我都见惯了。"

这个晚上的我情绪非常难以形容,换作平时我肯定会跟他争执起来或者是一笑而过,但这天晚上我怎么样都做不到,泪点陡然变得很低,似乎只要再稍稍地触碰一下,满眶的眼泪就会迅速地碎裂。

袁祖域看了我一会儿,路灯底下的他看起来跟个小孩子没什么两样。

我很努力地克制着自己声音里的哭腔,夺过他手里的手机,转身就往站台走,他在我身后连声"喂"了几句之后居然跟着我一起上了公交车。

一路上我们什么话都没有说,我的脸始终对着窗外,我想:今天晚上这是怎么了?怎么连路上的陌生人看上去都比以前更陌生了?

从站台走回女生公寓的那一段路并不远,但我的脚步却是从未有过的沉重,袁祖域跟在我身后喊了一句:"喂,你到了吧?那我走了。"

我这才从恍惚中反应过来原来他跟我上同一路公交车并不是顺路,而是有心要送我回来。

我也不是不知好歹的人,就算他的言语再怎么尖酸,也看得出这个男生心地还是挺好的,于是我连忙对他笑笑:"嗯,我到了,谢谢你!"

他不耐烦地挥了挥手,似乎是讨厌这种矫情的调子,干脆利落地转身就走。就在一刹那,我们同时听见顾辞远冰冷的声音在不远处响起:"他是谁?"

我转过头去,看到一脸怒气的顾辞远。

袁祖域停下来,站在原地一副挺无赖的样子冷眼看着我们。

我在那一瞬间从沮丧转变为愤怒,这是我跟顾辞远认识以来第一次真正意义上的吵架,从前那都是小孩子不懂事闹着玩儿,但这一次不是。我冷笑着看向看上去比我还要生气的顾辞远:"他是谁关你什么事,林暮色没留你过夜啊?"

顾辞远平日里的谦让和冷静也一下子消失殆尽了,可能是我的话让他觉得自己被狠狠羞辱了——还是当着一个不知道从哪里冒出来的外人的面被羞辱了,他也冷笑一声:"宋初微,你被疯狗咬了,是吧?不是你叫我送她回去的吗,你发什么神经?!"

"是啊,我叫你送她回去的,我没叫你……留在她家做客吧!还关机,怕我打扰你们是吧?"

面对他的盛怒,我也是一副据理力争的样子,本来我差点脱口而出的是"我没叫你把自己送到她床上去吧",但残存的那一点点理智还是在关键时候让我悬崖勒马了。

顾辞远气得脸都扭曲了，我们认识以来，我还从来没见过他那个样子：什么话都不说，就是用一种几乎能杀死人的眼神盯着我，过了片刻，他嗤笑了一声，狠狠地瞪了我一眼，一语不发地掉头跑了。

气得浑身发抖的我到了这个时候，反而一滴眼泪也流不出来。

如果不是袁祖域咳了一声，我都不知道我要在公寓门口站多久，他临走之前远远地冲我说了一句"保修记得带发票"才把我拉回到现实。

那天晚上筠凉看出我有什么不对劲，可是我却故意躲避她关心的眼神，借口"太累了"早早洗漱完之后就爬上了床铺。

当然没有人知道，这是我从小到大的唯一的发泄方式：先用被子蒙住头，再无声地哭。

[2]

接下来的一个礼拜，无论筠凉和杜寻怎么想尽办法做和事佬，我跟顾辞远的表现都如出一辙，约我吃饭我就躲，约他吃饭他就推，两个人闹得筠凉都来火了："我家里出了那么大的事，还要我反过来哄你们是吧？！"

看到筠凉真的生气了，我和顾辞远才灰溜溜地凑到一块儿吃了一餐饭，可是这餐饭吃得极不愉快。我点的菜，他筷子都不伸一下。

原本就满腹委屈的我气得差点拂袖而去，杜寻死活拉住我，又朝顾辞远不住地使眼色，他才勉强夹了一根芦笋放进我的碗里。

终于被我找到报复的机会了，我面无表情，二话不说夹起那根芦笋就丢到地上。

这次真的玩儿大了，下一秒钟，顾辞远铁青着脸站起来对筠凉和杜寻说了一句"我吃不下"，扔掉筷子就走了。直到他的身影消失之后我都一直没有抬头，我的眼睛死死地盯着地上那根无辜的芦笋，心里暴涨的酸涩像潮汐一样将我淹没。

筠凉也放下筷子，长叹一口气："初微，辞远已经跟我们说过了，那天晚上他手机没电了，送完林暮色之后找不到你，回宿舍充了电之后打你手机又无法接通，活生生地在公寓门口等了你一个多小时。我跟他说了你不小心摔坏了手机……本来一人退一步，吃了这餐饭，也就过去了，你看你这又是何必？"

"是啊，我活该。"我强忍着哭腔说。

再不起身只怕会在大庭广众之下号啕大哭了，我真丢不起这个人，连忙站起来踉踉跄跄地往外跑，出去的时候，连声"再见"都没来得及说。

我真的怕我再一开口就会决堤。

可能我真的太高估自己的演技，当我以为只有筠凉一个人知道我不开心的时候，作为班长的梁铮也来给同学送温暖了。

上课的时候，我漫不经心地在书上画着蜡笔小新的屁股，冷不防一把低沉的男声凑到我耳边："宋初微，你是不是失恋了？"

被他吓了一跳的我发出了小声的惊呼，讲台上的老师用很不满的眼神瞪了我一眼，我立即把这个眼神转赠给了这个缩头缩脑的班长："关你什么事啊！你才失恋呢！"

他很骄傲地看了我一眼："我才没失恋，我跟唐元元好得很，倒是你啊，你去照照镜子吧，乌云盖顶！"

要不是在上课，我真想直截了当地叫他滚，可是想起我上次翘了三天课而他没上报班导这个人情……我又只好忍气吞声，不跟他计较。

见我不说话，他倒是以为我默认了，居然苦口婆心跟我谈起了关于他对感情的见解："世上本来就没有完全合拍的两个人，没有谁是为了谁而生的，总需要一个磨合的过程……当然，我和元元属于例外，我们从来没吵过，她不开心的时候我让着她一点，我不开心的时候她就给我时间冷静一下，所以我们一直相处得很好……"

看着梁铮得意扬扬地现身说法，我心里那种叫作悲哀的情绪更加浓烈了。我想跟他比一下，其实我真的还算好了，顾辞远并没有做对不起我的事，这次我确实有点小题大做了，而梁铮，他肯定不知道在他不开心，在唐元元体贴入微地让他"一个人冷静"的那段时间里，有另一个人替他担负起照顾女朋友的重任了。

是否人类的满足感都是通过跟比自己不幸的人的对比而获得的呢？

下课铃响的时候，梁铮还想继续开导我，被我果断地阻止了："行了，我去找他道歉。"

说到做到，因为手机坏了不能用，所以我午饭都没去吃就一直站在男生宿舍门口等着顾辞远。远远看着他走过来的时候，我紧张得整个人都发抖了。

其实才短短两三天的时间，可是再见面，两个人却有一种恍如隔世的错觉。

不用我说什么，站在这里他就明白我的意思了，我咬着嘴唇在心里骂自己："你哑了啊，快说对不起啊！"

"对不起。"

我一怔，这声音并不是我的啊，抬起头看见站在我面前的他眼圈都有一点红了,不知道为什么,我忽然又好想哭啊。

"初微,对不起。"他又说了一遍。

好了,既然他说了,那我就什么都不用说了。

我伸手把他拉过来,把脸埋进他厚厚的外套里,他像摸着他家那只金毛一样轻轻摸着我的头。

我一边把眼泪、鼻涕都蹭到他的衣服上,一边想其实顾辞远真的很好啊,我要为他文火煮红豆,并肩看细水长流。

如果他在这一刻跟我求婚,我绝对嫁给他。

纵然时光易逝,但在那一瞬间,我无比笃定。

为了尽快恢复跟外界的联络,我翘了下午的课带着发票去修手机。老师点完名之后我正要从后门溜走,一不小心又惊动了梁铮,但这次他选择了睁一只眼闭一只眼。

我真的很感动,看着他的背影,觉得我如果再不走,说不定我的良心就会驱使我去告诉他:唐元元背着你偷情!

坐在梁铮旁边的唐元元也顺势看了我一眼,只是一个眼神的交会,她便急匆匆地转过脸去。

她认定了我会选择明哲保身,认定了我不会把那天的所见所闻告诉梁铮。坐在公交车上的我愤恨地想:这个世界上,人一旦不要脸,随便做什么事情都比别人要厉害!

见我一个人带着发票来修手机,袁祖域假装很热情地用一次性纸杯给我倒了杯水,然后凑过来很鸡婆地问:"你们还没和好啊?"

想起那天我狼狈的样子全被他看进眼里我就好想一头撞死,或者,让他一头撞死。

他看我没回答，便自作主张地认定自己的推测是正确的："算啦，再找一个吧，我看你长得也不是很难看，应该不至于没人要啦。"

我瞪着他，真的好想问问他们店长，这样的员工为什么还没被开除？！

维修人员适时出现，拿着手机跟我说："你这是人为损坏的吧，不在保修范围里啊，非要修的话要加钱的，你看怎么办？"

我看怎么办？我能怎么办？

如果我有办法的话，我当然会挖条时光隧道回到那个晚上，抓住那个发神经的宋初微，扇两个耳光抽醒她：不要摔！

也许是我可怜巴巴的样子打动了袁祖域，不知道他跟那个同事在一边叽里咕噜说了一串什么，那个维修人员用很复杂的眼光看了我一眼，一声不吭地转头找零件和工具去了。

看着袁祖域对我做了个 V 的手势，我这个市井小民顷刻之间便轻易放弃了自己原本的立场：其实这个"小痞子"……也不是很讨厌呢！

修好我的手机之后袁祖域伸了个懒腰："好啦，正好我也下班了，一起走吧。"

我像小鸡啄米一样对着那个帮我修好手机的维修人员狂点头道谢，他一脸的戏谑："没事没事，应该的啦……"一边说还一边对袁祖域使眼色。

可是我转过去看袁祖域，他却是一脸无辜的表情。

不管怎么说，他帮我的忙，这个人情我一定要还，反正修手机也没花钱，那就用这些钱请他吃顿饭吧。

当我提出这个建议时，他竟然连假客气都不装一下，一副君子坦荡荡的模样，脸上写着四个字：受之无愧！

我心里一惊，完蛋了，早知道还不如出维修的费用呢！

没想到，袁祖域倒并不是乘人之危的人。坐在麦记二楼靠窗的位置，一人一个汉堡，他的饮料是加冰的中可，我的是热朱古力。

其实当他拉开麦记的玻璃门时，我心里就已经对他改观了，所以面对面坐下来仔细看着他，竟然觉得这家伙其实还蛮帅的。

我为自己的发现感到有点心虚，要知道我可是有个很帅的男朋友的人啊！我怎么能觉得别的男生帅呢？！要是顾辞远跑来跟我说他觉得哪个女生漂亮，我肯定立马掐死他！

所以说，我就是这么个"严以待人，宽以律己"的无耻之徒啊！

袁祖域啃汉堡的方法跟我们都不同，他先把中间那层肉吃掉，然后再啃两片面包。我皱着眉头看着他，真是无法理解他这种吃法。

他倒是挺不以为然的，吃完之后又开始八卦："那天你们为什么吵架啊？"

一句话问得我嘴里的朱古力差点喷出来，这个人真的很八卦啊！他怎么不进狗仔队啊，窥探明星的私生活难道不比窥探我这种平民的感情生活要有意思得多吗？！

但是……其实……也没什么不能说的啊，又没什么不能见人的丑事。这么一想，我就竹筒倒豆子一般把事情的始末全部对袁祖域和盘托出了。

他听完之后仰天大笑三声："你男朋友怎么会跟你这么个脑残女在一起啊！"

"喂，你怎么说话呢！"我非常不满地咬了一大口汉堡，咀嚼的力道让袁祖域不寒而栗。

"本来就是啊，你既然叫他送那个妞回去，就说明你相信他，既然不相信他，又何必故作姿态？口是心非那一套真的好玩儿吗？"

原本气焰嚣张的我被他两句话问得哑口无言。

连筠凉都没看破这一点，竟然被这个萍水相逢的袁祖域一语道破了。

是，我内心一直不肯承认：那天晚上，我确实是在用林暮色考验顾辞远。

你明白那种感觉吗？

在华丽的玻璃橱窗里你看到一件很喜欢很喜欢的东西，漂亮，精致，昂贵。

你只能眼巴巴地站在对面的街道默默看一眼就走，并且——从那以后，为了眼不见为净你会选择绕道而行。

就算真的有一天获得了那样东西，你的心情也不是单纯的满足和快乐，这快乐和满足里总是夹杂着诚惶诚恐和患得患失。

你总疑心某天会失去它，总觉得握在手里的那根风筝线随时可能会断……

就是这种感觉，你明白吗？

在我读小学三年级的时候，班上有一个小胖子的爸爸是副食品公司的经理，经常会给他弄一些我们这些同龄人看起来高大上的零食吃。

也许是因为他得来全不费功夫，所以他对我们这些同学也很大方，经常从家里把那些好吃的带到学校来跟大家一起分享。

我很清楚地记得我人生中第一次吃到的费列罗，就来自这个小胖子。

它是一颗由金灿灿的锡箔纸包起来的小圆球，不同于学校小卖部里那种廉价的巧克力，咬下去硬邦邦的，仅仅只有甜味。

可是这颗费列罗不一样，它在唇齿之间一层一层融化，醇香，丝滑，最里面是一颗脆生生的榛子……

那时候我最大的梦想不是做个科学家，而是……做那个小胖子！

我多想跟他交换人生啊，只因为他每天都可以吃到那么美味的费列罗。

但是说不清楚什么原因，下一次小胖子再跟大家分享的时候，我没有伸手去接。

长大之后我解释给自己听，说这是源于一种穷人的自尊，可是在那个时候，我只是很纯粹地想着，今天吃了，不见得明天还有。

所以，我宁可一直都不要有。

多年后坐在麦记里，我认真地对袁祖域说，选择绕开橱窗，也许不是不喜欢里面那样东西，而是买不起。

我第一次如此坦白，顾辞远给我的爱，一直以来其实都是我的青春里不可承受的奢侈品。

袁祖域很直接地问我，既然这段感情让我觉得这么没有安全感，又何必继续跟他在一起？

我看着眼前这个青年棱角分明的脸，静静地笑了。

因为爱啊。

和顾辞远在一起以来，虽然也会有争执，也会有摩擦和矛盾，但感情却是随着时间的流逝、季节的嬗变，一天一天在加深。

虽然有时候我气得简直想杀了他，可是除有时候之外的所有时间，我都只想好好爱他。

但这些话我是不好意思当着袁祖域说的，我甚至不好意思当着筠凉或者顾辞远本人说。沈言说得对,我这么要面子,迟早会吃亏的。

从麦记出来袁祖域送我去公交车站坐车,我忽然想到一件事:"你跟你同事怎么说的?为什么他愿意免费帮我修手机啊?"

"噢……"他漫不经心地看着从眼前走过去的一个辣妹,寒冬腊月,她竟然只穿了一条黑丝袜!

"问你呢!"我真是鄙视这种好色之徒。

他转过脸来,忽然绽开一个恶作剧的笑:"我跟他说,就当给我个面子,你是我的妞。"

再次见到林暮色,我的表情十分不自然。

我一遇到尴尬的状况就喜欢低着头看脚下的大地,这么一来,顾辞远脸上的微妙和林暮色眼底的意味深长,我也就全都错过了。

林暮色此番前来开门见山:"听说你们最近发生了点不愉快的事情,我来看看有没有什么我能帮得上忙的。"

一听这话,我立刻抬起头狐疑地看着她:"你听说?你听谁说?"

她伸手打了我一下,满脸的不屑一顾:"你的QQ签名上整天挂着'顾辞远是浑蛋',我就是个傻子也看出来了啊!"

这么一说,倒也合情合理。

出于惭愧和羞涩,我很心虚地背对着顾辞远,所以我又没看到他脸上一闪而过的惊慌。

林暮色挽起我的手臂说:"现在和好了吧,寒假之前我们再一起聚次餐吧,把筠凉也叫来。"

其实我并不想吃自助餐,但看他们一个个兴致都挺高昂的,我也不好说些扫兴的话。

五个人围着一张桌子大快朵颐。林暮色最爱三文鱼刺身，杜寻帮筠凉剥清蒸大闸蟹的壳，极度热爱烤鱼的顾辞远侧过脸来发现我除了把面前那份山楂蛋糕戳了个稀巴烂之外，毫无食欲。

他忍不住小声问我："初微，你怎么了？"

我茫然地看着他，啊，我怎么了？我并没有意识到自己在发呆。下一秒，我便看见他皱起眉，眼神里有些说不清楚的东西，像是不耐烦，又像是在极力克制自己的不耐烦。

这种发现令我在陡然之间，全身如坠冰窖。

好像某种美丽的果实，被一层一层掰开表皮，渐渐地，露出了丑陋的核。

林暮色眉飞色舞地问我们："要是前任结婚，你们会去参加他们的婚礼吗？"

以我对她的了解，这个问题应该是为了她接下来要说的话做铺垫，可是另外三个人竟然认认真真地思考这个假设。筠凉斟酌了一下，笑着对杜寻说："将来你要是跟别人结婚，希望我去吗？"

杜寻笑了笑说："还是别来了，我怕你背着液化气罐来。"

顾辞远也很配合地对我说："你要是嫁人，不要嫁给别人，更不要嫁给我……"

其实我们都知道，这只是他的一句玩笑，但或许是我提前几十年进入了更年期，我竟不觉得好笑，反而很生气："你放心，死都不会嫁给你的！"

这话一出口，顾辞远脸上的笑容就像是瞬间被冰封了，旁边三个人也露出了尴尬的神色，一时之间谁都不好再说什么。

见气氛这么尴尬，我也很不好意思，稳定了情绪之后我根本不敢看顾辞远的表情，只能怯懦地低着头，小声地说一句："对不起，我去一下洗手间。"

走出两步，听见身后林暮色大声而爽朗地说："收到请帖那天我打电话跟他说，花圈我早准备好了，我根本不想参加你的婚礼，我只想参加你的葬礼……"

他们都在笑。

那笑声里没有我。

在洗手间里，我用冷水扑了一把脸，抬起头来凝视镜子中的自己。

心底有个小小的声音在问：宋初微，你快乐吗？

镜子里的我看上去不知如何是好，从前清亮的瞳仁像是被一层薄薄的雾所笼罩。

忽然，我头昏，目眩，幻听，弱视，口干舌燥，肺脏俱焚。

不知道是怎么走出洗手间回归原位的，他们的声音忽远忽近，直到筠凉狠狠地掐了我一下，我才从这种浑浑噩噩的状态里清醒过来，周围每个人的脸看上去都像是隔了很远。

顾辞远把我拉到一边问我："你最近到底怎么了？"

我的脸映在他的瞳孔里，这是我深爱着的人。

忽然我心里一声感叹：顾辞远，这些年来，离我最近的是你，离我最远的也是你。

是啊，我到底怎么了？我也很想问问他：为什么现在我只要看见你，就会莫名其妙地很想哭啊……

坐在钱柜的包厢里，我努力想要表现得合群一点，所以在林暮色和筠凉抢着点歌的时候我也假装很想参与进去,可是假装出来的热情跟发自肺腑的热情到底还是不一样,到后来我自己都觉得太虚伪了,这才跑到顾辞远旁边一屁股坐下来。

他的眼睛盯着屏幕,手却伸过来揽住我的肩膀,我整个人顺势就被他拉过去一把抱住了。他身上那种熟悉的香味让我之前所有的浮躁都得到了平息,我握住他的手,在很大声很大声的音乐里,我听见了自己的心跳。

他趴下来在我耳边说:"你放心,我不会去找别人的,你也要乖一点。"

我安静地趴在他的膝盖上,什么话都没说。

杜寻趁筠凉跟林暮色抢麦的时候去超市买零食、饮料,我本来想叫顾辞远跟着一起去,可是杜寻拍拍我的肩膀,笑了一下,示意我不必了。

杜寻跟顾辞远不一样。顾辞远的脸上一天到晚都挂着笑嘻嘻的表情,眉目之间总是一团阳光喜庆,而杜寻总是淡淡的,就算是笑起来也是极为含蓄的。我曾经背地里跟筠凉说,我觉得杜寻是那种就算要晕倒了,也要先找一块干净地方的人。

可是也许就是因为他的笑太难得了,所以更让人觉得温暖。

看着他低着头关上包厢门的样子,我由衷地替筠凉感到高兴。

我想幸好还有杜寻,要不然,可怜的筠凉怎么办呢?

筠凉的妈妈在办好所有的出国手续之前来学校看过她,当时我推开宿舍门一下子就呆住了,筠凉脸上是一种淡然而疏离的神情,尽管她妈妈的眼眶里饱含着泪水。

我沉默地装作收拾桌子，尽量减少自己的存在感，好让她们母女无所顾忌地聊天，可是一路听下来，彼此话语里的生疏和客套，叫我这个旁观者都忍不住心酸。

筠凉的妈妈对宿舍的环境很不满意，这里挑点毛病，那里看得不太顺眼。末了，她的语气里有真挚的担忧："筠凉，要不去租个公寓住吧？"

筠凉微微一笑："妈，其实我没你想象的那么金贵，大家都能住，我有什么不可以？"

我的余光瞄到唐元元冷冷地看了她们一眼，那个眼神里包含着满满的轻蔑，但我想这轻蔑之中或多或少也有些嫉妒吧。

筠凉说完那句话之后，气氛有一点冷场，她妈妈踌躇了半天，转过来叫了我一声。

我连忙走过去，毕恭毕敬地等待她吩咐，她伸出手摸了一下我的头，就像多年前我第一次跟着筠凉回她家吃饭的时候那样，霎时，我有种时光倒流的错觉。

但错觉毕竟是错觉，她深深地叹了一口气说："初微，以后你和筠凉，要互相照顾对方，有机会的话来看阿姨。"

我点点头，不知道自己脸上是什么样的表情，我想我们心里都很清楚，那一天太远太远……

筠凉没有去送机，但是那天下午我们都没有去上课。

坐在广场的木凳上，我们一人捧着一杯滚烫的柚子茶，她忽然说了一句我听不懂的话："从十六岁开始，我看到姜汁撞奶就想吐。"

见我一脸的迷茫，她又笑了。

"初微，有时候站在路边看着人来人往，我会觉得城市比沙漠还要荒凉。每个人都靠得那么近,但完全不知道彼此的心事,那么嘈杂,那么多人在说话,可是没有人认真在听。"

我一动不动,也一声不吭,坦白地说,我真的无言以对。

她把头靠过来倚着我的肩膀,声音里有掩饰不了的疲惫:"初微,你说有些面具戴久了,会不会变成脸?"

我原本以为苏筠凉从此会变成一个消沉的人,然而,我错了。

只有那么一天。那一天过后,她走在人群里依然是睥睨众生的女王姿态,除了偶尔跟我在一起才会稍微松懈一点。

渐渐地,我才明白她说的那句话是什么意思。

有些面具戴久了,真的就取不下来了。

冗繁的思绪让我看上去显得心事重重,顾辞远把我拉起来:"我们出去透透气吧。"

我看了一眼纵情高歌的林暮色和筠凉,想来自己这副嗓子也不好意思献丑,便同意了。

在大厅的沙发里坐着,一开始,我们谁都没说话,但我们同时想起了毕业联欢的那个晚上。顾辞远揉了揉我的头发,温和地说:"初微你知道吗?我每天觉得最幸福的时刻,就是晚上睡觉之前给你发一条短信说晚安,虽然你很少回我。"

其实我真的不习惯他说这样的话,他一说这样的话,我就特别想哭,很丢脸!

我不知道怎么跟他说,其实目睹过筠凉的家变之后,我已经比过去懂事多了,现在的我真的很少去抱怨生活,只要每天能够看见他,不开心的时候想起还有这么一个他,我也就觉得很幸福了。

在那次跟袁祖域聊完之后我才发现,原来自己是个这么奇怪的人:

越是在乎，越是要表现得不在乎。

但这世界上有三样东西是无法掩饰的：咳嗽、贫穷，还有爱。

越想掩埋，越欲盖弥彰。

我们的包厢在走廊的尽头，接近安全出口，进门之前，我隐隐约约听到黑暗的楼梯间有激烈的争执声，也算我无聊，竟然拉着顾辞远一起去听。

不知道是我还是顾辞远，不小心碰到了墙上触摸延时的开关，灯一下亮了。

在刺眼的灯光下，我骇然地看到了目瞪口呆的杜寻，以及他旁边站着的满脸都是泪的女孩——她不是筠凉。

[3]

我半夜起来上厕所，月光照在筠凉的床上，猛然发现床上没有人！

电光石火之间我被自己脑袋里那突如其来的想法吓坏了，刹那间，冷汗涔涔，顾不得唐元元，我啪的一声打开灯，果不其然，她扯过被子蒙住头愤怒地喊："宋初微，你怎么这么缺德啊，上个厕所你不会开台灯啊！"

我没心情跟她计较，更没时间跟她解释，随手扯过一张毯子裹在身上就往外冲。

在爬上天台的那短短几分钟里，我一颗心都提到嗓子眼儿了，不知道是在祈祷还是在自言自语，口中一直念念有词，仔细听才会发现原来我一直在叫着筠凉的名字。

筠凉，不要，求你了……

我听说人是在长大之后才会呜咽的，在我们小时候，无一例外全是号啕。

就在我脚上那双笨重的拖鞋踏上最后一节阶梯时,我听见一声短小的呜咽,不知为何,那一刻,我原本揪着的心一下子尘埃落定了。

还能哭出来,就没事。

我在黑暗之中站了很久,也静默了很久,直到冻得全身都僵硬了才转身离开,自始至终我没有发出一点声音。我想筠凉或许也知道当时我跟她只隔了一面墙,但她也执意不叫我。

也许就是在那个晚上,冥冥之中的某些事情,已经有所预示。

当一脸憔悴的杜寻跟顾辞远一起站在我面前,恳求我帮他想办法约筠凉出来见个面时,我整个人就跟打了鸡血一样激动:"见你个大头鬼啊!你还有脸见她!你怎么不去死啊⋯⋯"

我从小就有这个毛病,一激动起来说话就口不择言。

杜寻一脸哀愁地任由我羞辱,倒是顾辞远听不下去了,费尽九牛二虎之力才把我拖到一边:"初微,你冷静一点,这是筠凉跟杜寻之间的事,轮不到你在这里充当正义的使者⋯⋯"

我瞪着他,要是眼睛能放箭的话,此刻他恐怕已经千疮百孔了。

顾不得顾辞远的劝阻,我又冲着杜寻说:"你不要再来打扰她了,她家里发生那么大的事情,已经令她很难过很难过了,只是她一贯要面子,不肯表现出来⋯⋯她妈妈出国的时候她都没哭,要不是伤心到极点,她怎么会半夜三更跑到天台上去躲着哭⋯⋯杜寻,你真的太坏了,你太坏了⋯⋯"

或许是物伤其类,我说着说着,竟然流下了眼泪。

顾辞远抱住我,慌慌张张地翻着纸巾,可是真正把纸巾递到我眼前来的人,却是杜寻。

他一开口，我就从他的声音里听出了端倪：这几天，他也不好过。

这一把嘶哑的声音里充斥着焦虑、忏悔、伤感和无奈："初微，都是我的错，我承认……你帮我把筠凉约出来，我会给所有人一个交代。"

我替杜寻约筠凉的时候，她的表情淡淡的，只是说了一声"好"。

因为看不出她的悲喜，所以我对她心里的想法完全没有把握，但作为好姐妹，我还是劝她不要去："算了，筠凉，好聚好散，没必要见面了，就算他想给你一个交代，但又能交代什么呢？你难道还会信任这个人吗？"

她的嘴唇上涂着樱桃色的唇彩，笑起来更显得牙齿雪白，她拍拍我的脸："你别担心，我自有主张。"

我当然知道她有她的主张，我们一起长大的这些年，她待人接物处事总是很有自己的一套，那一套未必符合传统观念，但总算对得起她自己。

多说无益，沉默是金，顾辞远说得对，说到底这还是他们自己的事情，我一个局外人，还是不要插嘴的好。

筠凉去跟杜寻以及陈芷晴三方会面的时候，我打电话叫顾辞远一起去逛书店，没想到他竟然告诉我：他，没，时，间！

我顿时火冒三丈："你装什么日理万机啊！"

他解释说是他们班组织去古镇采风，四天以后回来，看我这几天忙着陪筠凉，也就没跟我提，反正就四天嘛，眼睛一眨就过去了。

我闷闷不乐地挂掉电话，嘟嘟囔囔地说了一句只有我自己才知道的话。

没跟你在一起，一天都很难熬。

也是到了这个时候，顾辞远和筠凉都有各自的事情要去忙的时候，我才察觉到原来我的生活圈子这么小，除了他们之外，我几乎没有别的朋友，这个发现简直令我惶恐！

怎么能这样呢！将来筠凉结婚之后肯定要守着老公啊，而顾辞远……他万一背信弃义没跟我结婚……我岂不是孤家寡人一个？

太可怕了，真的太可怕了！

这么一想，我立刻意识到了我必须找到除了筠凉和顾辞远之外的朋友，等到某天他们找我的时候，我也可以颐指气使地对他们说：真不好意思，我没空呢！

可是……我能找谁呢？我跟唐元元气场相斥，跟林暮色之间又似乎有一种很微妙的东西，也许说不上有多不喜欢她，但她不来找我，我绝对不想去找她，至于沈言……人家工作之余应该要谈恋爱，我又何必做个不懂事的电灯泡？

我一边默默地自言自语，一边翻着手机里的号码，忽然眼前一亮，决定恶作剧一下。

电话通了之后，那边说："我没存号码，你是？"

废话，我当然知道你没存我号码，你要存了，我还怎么玩得下去呢！我尖着嗓子说："哎呀，你个没良心的，怎么连我都不记得了，我是你前女友啊！"

一阵窒息的沉默过后，他冷静地问："那你找我有什么事吗？"

没想到竟然歪打正着，我内心一阵狂笑，但表面上依然情深义重："没什么事，我只是想告诉你，孩子我会一个人带大的，你就放心吧！"

如果我妈知道她生的女儿有这么无聊，她会不会后悔当年没掐死我?

那边又沉默了一会儿之后,终于说:"嗯,那就麻烦你好好教育孩子,别让他长得跟宋初微那个脑残一样了。"

…………

还是麦记,老位置,玻璃窗外的马路上车水马龙,对面灯火辉煌。

我憋不住了终于问他:"你怎么知道是我啊,难道我变声不成功吗?"

袁祖域用那种极其不屑的目光看了我一眼:"是你对我不了解,我对数字相当敏感,任何号码我看过两遍都能倒背如流。"

"哇,"我忍不住惊叹,"真没看出来你这么有才华呢!"

他的眼底闪过一丝异样的光,停顿了片刻,他忽然轻声说:"当年奥数竞赛,我也是拿过奖的。"

这句话里充满了淡淡的伤感和浓烈的沧桑,其实我原本不是个喜欢追根究底的人,但看到平时吊儿郎当、没个正经的袁祖域忽然像是换了一个人,我还是忍不住八卦起来:"那为什么没继续读书呢?"

他的目光从可乐移到了我的脸上,确定我并不是在讥讽而是真诚的询问之后,他长长地叹了一口气说:"说起来,其实也只是简简单单几句话……"

我真的没有想到,这个看着像个小痞子一样的袁祖域,当年竟然也是优等生。

虽然从小到大读的一直都是普通的学校,但也一直都是老师最喜欢的学生。在他的讲述中,我仿佛看到了另一个顾辞远:聪明、调皮、心高气傲。

但不同的是，顾辞远家世优渥，而袁祖域家境较为普通。

在他高一那一年，原本普通的家境随着父亲的去世发生了巨变。

多年后他说起这些，几乎可以一笑而过："那时候真是觉得家徒四壁，一贫如洗。"

看着他微笑地说这些原本很沉痛也很残酷的事情，我心里没来由地泛起了淡淡的酸楚。

袁祖域的父亲是某家物业公司的管道维修工人，工资待遇并不丰厚，但好歹也是家中唯一的劳动力。他妈妈生他生得比较晚，加上身体不太好，早早就办了退休，生活重心也就是照顾一下家人的饮食起居。

如果没有他父亲突如其来的那场灾难的话，本来也算是幸福安乐的一家三口。

其实很久之前，他父亲自己隐约就感觉到身体不适，但一来嫌麻烦；二来也是自欺欺人，总想着没什么大事；三来最现实的，也是害怕花钱……所以就一直忍着。

说起这件事，袁祖域的眉头一直紧紧皱着，明显感觉他心里很不好受。

他说："真的没想到，七尺男儿，说病倒就病倒了……躺在医院里，瘦得皮包骨头，连说话的力气都没有了，脸颊全部陷下去，皮肤松弛，每一根骨头都看得清清楚楚……"

袁祖域抬起头来看着一脸不忍的我，苦笑道："能够想象吗？人生真的可以溃败到那种地步……我每天恨不得用头撞墙……"

其实我很想告诉他，我明白。

虽然不能感同身受，但是那种无力的感觉，我真的很明白。

起先还会有些亲戚、朋友、同事去看望，渐渐地，便门可罗雀了。

谁赚钱都不容易，谁都怕他们开口借钱，这是个无底洞，谁也不知道借出去的钱要何年何月才收得回来。

世态炎凉，冷暖自知，原来真的有这么一回事。

自懂事以来从来没掉过一滴眼泪的少年，在父亲的病榻前，怎么都忍不住汹涌而出的泪水。病房里常年有一股消毒药水的气味，眼泪打在父亲瘦骨嶙峋的手背上，是温热的。

医生将病情据实相告："虽然化疗可以延长寿命，但也是一个痛苦的过程，而且……最多也不过两个月而已。"

连父亲自己都放弃了，他气若游丝地对他们母子说："算了，时日不多了，别浪费钱了……"

某天中午，袁祖域送粥去医院，惊喜地发现父亲的精神似乎好了很多，在那一刻，他还相信生命有奇迹这回事。

十五岁的少年，阅历尚浅，哪里能想到"回光返照"这样残忍的字眼。

那天下午上课，他莫名其妙地一阵胸闷，气喘，眼皮狂跳……他从来都不是迷信的人，可是也知道发生了什么事……

"最后一面都没见到，身上连打出租车的钱都没有……"他仰起头灌下一整杯冰可乐。

我连忙起身下楼去前台又要了一杯，因为我真的觉得，再不找个借口回避一下，我真的会当着他的面哭起来。

在我失神地排着队买可乐的时候，筠凉和杜寻以及陈芷晴在一家甜品店碰面了。

这是筠凉第一次正式见陈芷晴，唱歌的那天晚上，杜寻怕事情弄得不可收拾,在我回头去叫筠凉的时候拼命把陈芷晴带走了。

在筠凉认真打量陈芷晴的时候,陈芷晴也在细细端详着这个在自己作为交换生期间"横刀夺爱"的情敌。

陈芷晴有一张毫无杀伤力的面孔,并不是不漂亮,而是这种美是需要认真地、耐心地审视的,不像筠凉,往那儿一坐,冰雪容貌,气质凛冽,立刻反衬得周围所有女生都成了庸脂俗粉。

杜寻犹豫了一下,最终还是在筠凉旁边坐了下来。

不管这个时代"男女平等"的口号喊得多么响亮,有时候,男生的选择总还是能在某种程度上满足女生的虚荣心。

否则,陈芷晴的脸色怎么会在那一瞬间变得灰白?

其实没有什么好说的,无论如何斟酌措辞,无论理由多么完美,都不能减轻伤害。这个道理,杜寻和筠凉都明白。

甜品店的角落里,红色的沙发顶上吊着一束黄色的光,往日美味的甜品在灯光下泛着惨白的光,令人失去了食欲。

陈芷晴忍了又忍,可是眼泪还是不受控制地掉下来,过了很久很久,她低声问:"你们怎么认识的?"

杜寻和筠凉对视了一眼,像是交换某种默契,最终还是杜寻把话题岔开了:"芷晴,千错万错,都是我一个人的错……我也不晓得要怎么说了,你要我怎么样,我就怎么样……"

陈芷晴满脸都是泪,但听了这话,还是忍不住笑出来:"我要你怎么样……我能要你怎么样……那我要你跟她断绝来往,我既往不咎,你能做到吗?"

筠凉心里一动,但理智还是克制住了冲动,这个时候,她的身份确实不便多说什么。

杜寻终于带着鱼死网破的心情对陈芷晴说:"芷晴,我不想否认我们过去的确是有感情的,你就当我人品低劣,这两年间我真的没有动过背叛你的心思……"说到这里,杜寻也难以控制自己的情绪,声音里竟然有些哽咽,"芷晴,你不要太难过,我这样的人……不值得。"

坐在一旁的筠凉僵硬如石雕一般一动不动,可是一颗心,不断地往下沉。

墙上有斑驳的光影,角落的位置如此静谧,陈芷晴的声音很轻很轻。

"杜寻,两年前在机场,你来送机,我当着我父母的面哭得那么狼狈。你跟我说,什么都不会变的……因为有你这句话,在国外的两年,无论多么孤单、寂寞的日子,我都咬着牙告诉自己,我熬得过去。无论多优秀的男生向我示好,我总是告诉他们我有男朋友,虽然我们不在一起,但是我很爱他,我也相信他很爱我……

"刚到那边的时候,我不太跟别人交流,食物也吃不惯,每天晚上躺在床上看着月亮想起你都会哭……可是,我不敢打电话给你,不敢让你知道我过得不开心,半夜小腿抽筋醒过来,真的恨不得买一张机票飞回来,守着你,哪里都不去了,前途也不要了……

"为什么会这样?杜寻,你看着我,你告诉我,为什么会这样……"

没等杜寻有反应,筠凉整个人像是被开水从头淋到脚,浑身发麻,她从沙发上弹起来,一句话、一个字都没有说,就慌慌张张地往外跑。

几乎是下意识,杜寻跟着冲了出去,留下陈芷晴一个人。

原本温暖的黄色灯光,此刻,这么刺眼。

站在大马路上,筠凉奋力地推开杜寻,这是她有生以来第一次崩溃。就像是积攒了很多年的火药,突然爆炸。筠凉蹲在地上声嘶力竭地对杜寻喊着:"不要管我,不要碰我,你走吧,你走吧,求求你走吧……"

一连数十声,叫人不忍卒闻。

风那么大,车灯那么亮,路人的脚步那么仓促,偌大的天地,这一刻,苏筠凉只有她自己。

良久,杜寻蹲下去紧紧抱住瑟瑟发抖、喃喃自语的筠凉,那种心酸的感觉从来没有过,他明白自己的选择,也明白这选择所要付出的代价。

选择我们所选择的,便将要承担我们所承担的。

杜寻的声音很轻,语气里带着酸楚和无奈:"筠凉,是我连累你了,如果结束这些乱七八糟的事情能够让你好起来的话,那以后……我保证不去见你,不去打扰你,好不好?"

那一刻的苏筠凉,哪里还有精力去思考杜寻说的话,她只是一个劲儿地呜咽,一个劲儿地点头:"我再也不想看见你们……我再也不想听到关于你们的事情……你们以前、现在、以后……都跟我没关系……"

"那好吧……"杜寻看着车行道上川流不息的车辆,苦笑道,"好吧,那我送你回去,过了今天晚上,你再也不会见到我这个人,放心吧。"

坐在副驾驶上的筠凉疲乏得没有一点力气,她把车窗全部降下来,听到杜寻在给陈芷晴打电话:"你在那里等我,哪里都不要去,我待会儿来接你,再送你回家。"

这些话筠凉其实都听到了,但她没力气管了,要怎么样,随便吧。

过了这个十字路口再开十五分钟就到女生公寓了，回去之后，倒头就睡，没什么大不了的。

杜寻的车驶过这家麦记的时候，袁祖域已经把第二杯可乐喝掉一半了。

其实我已经不忍心再问下去，但不知为什么，他却愿意继续跟我说。他说："宋初微，你自己没意识到吧，你有一双很善于倾听的眼睛。"

我"切"了一声，这人真是个文盲啊，眼睛是用来看的，哪里是用来听的。

"喏，你这就是死读书的人说出来的话，没一点文艺细胞，我这种另类的表达，你当然不明白啦。"他白了我一眼。

既然如此，我便不客气地问下去："那后来，你为什么退学呢？"

说起这件事情，袁祖域首先重重地叹了一口气，过了好一会儿，他的脸上露出了自嘲般的微笑："因为……穷啊。"

父亲逝世，不仅意味着失去了骨肉血亲，同时也意味着失去了家中最重要的经济来源。

袁祖域深夜看到母亲卧室里的灯光从门缝里透了出来，本想去敲敲门，可是才靠近门就听见屋内那隐忍而压抑的哭声。

"你听过那种哭声吗？那种感觉……就像把一只鸽子放进箱子里，然后盖上盖子，翅膀扑棱的声音渐渐地、渐渐地变得悄无声息。"

袁祖域的手紧紧地攥成拳头，从前坚毅得如同顽石一样的男生，在黑暗中摸到自己的脸，一片潮湿。

可是第二天起来，母亲依然准备了热气腾腾的早餐：从街口买回来的油条、自己家里熬的小米粥，看着眼前这些，他原本已经涌到了嘴边的话语又只得咽下去。

从那天开始，袁祖域好像变了一个人。

从前他并没有花什么心思也能取得不错的成绩全有赖于天赋，可是从那之后，他用在学习上的那股投入劲儿连老师都觉得震撼。

多年后袁祖域说起那段日子，"就像古代的那些秀才、举人一样，脑袋里除了考状元，出人头地之外，没有任何别的想法"。

与他一般年纪的很多男生还沉迷在动漫、武侠、篮球，甚至产生对异性那种朦朦胧胧的好奇和对生理变化的忐忑，唯独他没有，在他的世界里只有书本和功课。

如果没有那件事，如果不是母亲眼中深深的谅解反而狠狠地刺痛了他，也许真的就一直坚持下去了。

那个时候，埋头苦读的袁祖域不相信运气，不相信侥幸，他只相信一件事：天道酬勤。

杜寻的车停在女生公寓前面空旷的场地，筠凉睁开眼睛，看到熟悉的公寓，打开车门就要下车，却不想被杜寻一把抓住。

天上只有稀稀拉拉几颗疏散的星星，整个世界都像是再也不会亮起来。

那一刻他们犹如置身旷古荒原，筠凉听见杜寻轻声地问："可不可以再抱你一下？"

久久没有得到回应的杜寻嘴角挑起一丝弧度，淡然的表情里却充满了自嘲的意味，想来也是，自己还有什么资格提出这样的要求，自己怎么还有脸提出这样的要求？

他挑挑眉："那你快回去休息吧……我以后……不会再来打扰你了。"

筠凉轻轻地点点头，转身就走，才刚走一步，又被杜寻叫住。

不过是一步的距离，回过头去看着那个人，怎么仿佛隔了一生？

杜寻的眼睛很亮，他顿了顿，微笑着说："筠凉，珍重。"

杜寻拉开车门的那一瞬间，有一双手从身后抱住了他，电光石火之间，杜寻动都不敢动，生怕惊醒了什么。

就那样静默地站了很久很久，仿佛所有的青春都从指缝里一点一点地倾泻了，筠凉把脸埋在他的背后，呜咽了很久。

"杜寻，我已经失去了爸爸妈妈，我不想再失去你。"

同一时间里，经过一天跋涉的顾辞远在旅社里洗完澡之后才想起自己的手机还没充电，骂了一句"Shit"之后手忙脚乱地从包里找充电器，让他自己都无语的是，竟然只带了个万能充。

没办法，只好把电池取出来充电，充满了再打电话报平安好了。

充电的这段时间里，他把单反里的照片拷进了电脑，一张一张地筛选，一边选一边自言自语："同一个场景拍一百张，总能选出一张出彩的吧……可是这样就不够专业了啊，专业摄影师应该找好角度，做到即使只拍两三张，也能选出一张优秀的照片嘛……"

用 Wi-Fi 联网之后登上 QQ，奇了怪了，宋初微不在，杜寻不在，苏筠凉不在，陈芷晴也不在……难道这四个人约着打麻将去了？

正纳闷呢，房间的门响了。

一定是哪个烧饼没带读卡器跑过来借，顾辞远连猫眼都懒得看，直接打开了门。

门外,是那张艳丽的面孔,笑起来有说不出的魅惑。

她拍拍顾辞远僵硬的脸:"亲爱的,这家旅社全满了,收留我一夜吧。"言毕,她推开顾辞远,长驱直入。

从麦记出来,我和袁祖域同时说了一句话"走走?"说完两个人又笑。

今夜有风,我们并肩走在寂静的长街上,脚下踩着的树叶发出轻微的声响。我忽然想起一句歌词,"还记得街灯照出一脸黄"。

可不是,街灯真的照得我们一脸黄。

袁祖域在这个晚上完全退去了平日里的暴戾和乖张,他拍拍我的头:"没公交车了,打车送你吧。"

我连连摆手:"不用你送,我自己回去好了。"

但不管我怎么推辞,他的态度还是十分强硬,说起来我运气还真不错,认识的男生各个都还挺有风度的。

我下出租车的时候,没有注意到杜寻的车从我的身后呼啸而过,他和筠凉的脸上都带着一种悲壮的神情。

陈芷晴还傻傻地在原地等着一个迷途知返的人,她并不知道,那个人已经走得太远太远,根本没有打算回头了……

我对袁祖域挥挥手:"拜拜啦!"

他笑着对我说:"下次别冒充我前女友了啊,实在对我有想法,就做我现女友好了。"

"切,想得倒是蛮好的,我做你女朋友,那顾辞远怎么办呢?"

说起顾辞远,我才想起来,这个浑蛋一天没给我打电话了,知不知道"死"字怎么写啊?!

好吧，我打给他也是一样的。

我一边拾级而上，一边拨他的电话，我死都没有想到，那头不是我熟悉的男朋友的声音，而是冷冰冰的机器女声："对不起，您拨打的电话已关机……"

第四章　下弦月 ◯。

[1]

那个晚上我怎么都睡不着，时光仿佛倒流到多年前，我躺在 H 城外婆家逼仄的木板床上翻来覆去，看着窗外亘古不变的苍茫夜色和如水的月光。

睡不着的深夜最容易胡思乱想，而这些杂乱的思绪又根本不受理智的控制。

想起过去的这几年我跟顾辞远之间的点点滴滴，想起长久以来，我目睹发生在筠凉身上的所有变故，想起独自一人在 Z 城的妈妈——很奇怪，想起自己母亲的同时，竟然想起了袁祖域。

也许是因为他在今晚跟我讲的那个故事太伤感了吧，虽然不能感同身受，但将心比心地想一想，那真是一段残酷的青春。

在我最初认识袁祖域的时候，我纯粹以为他如同很多混迹社会的人一样，不爱读书，厌倦日复一日枯燥的校园生活，所以早早离开了那个环境，用最愚笨的方式对抗他们所鄙弃的应试教育。

我从来都不认为那是一种勇敢，在我看来，卧薪尝胆的勾践比拔刀自刎的项羽更值得敬重。

但袁祖域在这天晚上告诉我，不是的，他退学，纯粹情非得已。

命运总以不同的方式，将每一个人的青春揠苗助长。

那年冬天来得特别早，失去了父亲的袁祖域仿佛一夜之间从懵懂的孩童蜕变成了坚毅的少年，眼角、眉梢总是挂着一丝让人不敢直视的凛冽。

生活在逼迫他，他也在逼迫自己。

在经济日渐拮据的状况下，他母亲微薄的退休工资已经不足以应对生活，也是迫于无奈吧，她跟袁祖域商量着出去找点事情做，哪怕就是做钟点工，多少也能减轻一点负担。

袁祖域刚听到这件事的时候简直都要疯了，看着母亲日益加深的皱纹，他真恨自己怎么没早出生十年。

母亲温柔的笑，那笑容也令人心酸："你是怕妈妈丢你的脸吗？"

血气方刚的少年哪里受得了这句话，他当场拍案而起："妈，你说什么呢！我知道你现在无论做什么都是为了我，我只是怕你的身体受不了！"

父亲的遗像挂在墙上安详地注视着眼前相依为命的母子，母亲低下头想了一会儿，也做出了让步："那我就学学人家在街口摆个摊，卖点早餐什么的吧，也不用到处跑，你看怎么样？"

原本还想说点什么的他，看着母亲期待的眼神，最终还是把所有的话都咽了下去："妈，总之……你的身体要紧。"

从那天开始，每天天还没亮，袁妈妈就会推着那个小推车出去，等袁祖域醒来时只看到桌子上摆着的早餐,看不到妈妈的身影。

没有人知道,在大口大口灌下妈妈熬的小米粥的那些日子里,多少次,他的眼泪总是在袅袅的热气里簌簌地砸下来。

除了更加用功地读书,还有别的办法吗?

在睡不着的深夜里只能数绵羊,绵羊的数量一天一天在增加,厨房里的灯光总是要等到夜很深很深很深时才会灭,他不敢起来去看一眼母亲用力和面的背影,哪怕是一眼。

袁祖域在跟我说起这些的时候,已然是笑嘻嘻的表情,那种淡然或许能够骗到一些不谙世事的女生,但我不是。

我们都不是表演系的学生,演戏这件事对我们来说,真的太累了。

在某一个父亲节的时候,我和筠凉正逛着街,不想忽然被电视台出外景的记者拦住了,那个化着浓妆的主持人对着镜头先是叽叽歪歪地说了一堆废话,然后转过来把麦克风对着我们说:"都说女儿是父亲前世的情人,两位美女,在父亲节这天,有什么话想对你们的爸爸说吗?"

那时候筠凉贵为高官千金,面对镜头还是表现得十分知书达理:"我很感谢我的父亲在我身上所倾注的心血……爸爸,我一直在努力,希望自己能够成为让你骄傲的女儿。"

主持人收回麦克风夸张地喊了一句"好感人"之后,又把麦克风伸到我的面前:"那这位美女,你呢?"

我面无表情地看着她:"如果说女儿是父亲前世的情人的话,可能我前世把我的情人阉了,所以这一世我遭报应了……"

我话还没说完就被筠凉拖着跑掉了,当天晚上我们一起守着电视看了很久很久。那段采访里有很多没我们漂亮的女生都露了脸,但就是没有我们。

筠凉气得把我的手臂都掐红了,说:"都怪你乱说话,讨厌死了!"

这个世界上人人都是演员,别人都爱装正经,我就爱装不正经。

确实是有那么一类人,永远都以说笑的方式来诠释和表达鲜血淋漓的事实,他们并不见得有多坚强,但就是天生爱逞强。

我是这样,袁祖域也是这样。

那个飘着大雪的下午提前放学,一群同学一起回家,袁祖域也在其中。

快走到他家附近的那个街口时,风雪里那个坐在小推车旁守着最后一笼包子的灰色的身影,让他在刹那间完全呆住了。

脚就像在雪地里扎了根似的,再也不能多走一步。

灵魂都像是被冰封了,不能说话、不能动弹、不能思考。

到了这个时候,他才知道的确是高估了自己,没错,每个人都会说"不要看不起那些生活得不好的人""没有劳动人民就没有现在的我们"或者"只要是靠自己的双手赚钱的人,都值得尊重……"

但知易行难,真正发生在自己和自己的亲人身上,又不是那么一回事儿。

袁祖域被潜藏在内心的那种淡淡的羞耻击倒了。

旁边有同学叫他的名字:"喂,袁祖域,你怎么了?"

这一声叫唤唤醒了他,他急中生智,装作有东西忘在学校的样子猛拍额头:"哎,你们先走吧,我回去拿东西!"

不等任何人的反应,他急速转身,往学校的方向一路狂奔而去。

也许就像我曾经在雨中狂奔那样的心情吧,只想一直跑一直跑,跑到地球的尽头、世界的末日……

那天晚上他很晚才回去,推开门看到一桌还冒着热气的菜和汤,他心虚地喊了一声:"妈。"

母亲脸上一点不悦都没有,只是仿佛从一种冥思的状态里突然抽离了出来:"啊……你回来了,我每隔十分钟就热一次菜,饭还在高压锅里,快点放下书包洗手吃饭吧……"

水龙头哗啦哗啦的水声就像是奔腾在心里的眼泪,袁祖域自嘲地问自己:你何时变得这么多愁善感了,跟个娘儿们似的?

饭桌上母子二人谁也不说话,袁祖域大口大口地扒了两碗饭之后把筷子一放:"妈,我看书去了。"

就在他起身的那一瞬间,妈妈的一句话让他整个人好似被扒光了衣服游街示众,瞬间被一种强烈的屈辱击倒。

"今天下午,我看见你了。"

多久没有看过这样的大雪了,漫天漫地满世界的白,小时候,也曾经相信圣诞老人的存在。

平安夜的晚上,也会傻乎乎地在床头摆上一只袜子,怀着期待甜美地睡去,梦里是驾着麋鹿的圣诞老人送来最新款的拼图、模型或者仿真枪。

…………

满室寂静里,袁祖域凝视着窗外,思绪飘到了很久很久以前,直到母亲的下一句话说出来:"妈妈……是不是让你觉得很丢脸?"

灯光里,母亲的眼神充满了谅解。

自父亲去世的那天开始,所有憋在心里的委屈、痛苦、悲伤,加上自责、愧疚,所有的情绪在这一刻完全溃堤了。

　　自以为已经成为男子汉的他,终于还是在母亲面前哭得像个孩子。

　　第二天去办理退学手续的时候,所有认识他的老师都跑来阻止他,每个人脸上的惋惜和怜悯都不是乔装的,可正是这种同情,更加促使袁祖域下决心一定要退学。

　　离开学校之前,一直很喜欢他的班主任把他叫进了办公室,关上门,泡了一杯热茶给他,这俨然是成年人的待遇。

　　在班主任的注视下,他轻声说:"老师,还记得我们刚进高中的时候,你要我们每个人说一句自己最喜欢的古训,我当时站在讲台上铿锵有力地说,'穷,则独善其身;达,则兼济天下'。我现在这种处境,根本没资格去谈兼济天下,我唯一的心愿就是不要加重我妈的负担,她一个人……身体又不好……读书的机会,将来还有,但妈妈,只有一个。"

　　同为人母的班主任在听完他这番话之后忍不住湿了眼眶,平复了一下情绪之后,她微笑着拍拍曾经的得意门生的肩膀:"好孩子,一时的分道扬镳未必就是永远的分离,经历过磨难才会成大器,老师一直相信否极则泰来,加油!"

　　否极泰来?袁祖域在走出校门之后看着灰蒙蒙的天。

　　已经否极了,泰何时来呢?

　　听完袁祖域叙述的一切之后,我心里对这个人的感觉变得很难以言叙,但无论怎么样,我不会告诉他我发自肺腑地对他产生了怜悯。

　　他那么火暴的性格,要是听到我把这样的词语用在他身上,说不定一杯冰可乐就从我的头上淋下来了。

像是一种默契的交换，我把脸抬起来对他笑："其实……我也是单亲家庭长大的小孩呢！"

迷迷糊糊、朦朦胧胧，我终于睡着了，不知道为什么，对于顾辞远的手机关机这件事，我似乎也没有上次那么介怀了。

是因为对他的信任加深了，还是袁祖域的故事转移了我的注意力？我没空想那么多。

因为生活中总是充满这样那样难以预计的变故，所以我更希望自己能够豁达一些、宽容一些，甚至神经大条一些。

小时候，幸福是一件简单的事，长到一定的年龄才明白，其实简单就是一件幸福的事。

抱着枕头流口水的我，当然不知道在同一时刻，筠凉和顾辞远的人生里，正上演着怎样的戏码。

陈芷晴胸腔里那颗活蹦乱跳的心，在看到从杜寻身后走出来的筠凉时，变得死寂。

之前一直在克制自己的她，忽然开始大笑，那笑声简直令人毛骨悚然。笑着笑着，她提起自己的包，推开杜寻，推开筠凉，跟跟跄跄地就往外走。

夜已经深了，路上没什么行人，在树影与树影之间，陈芷晴摇晃的身体犹如鬼魅。

杜寻追上去拉住她，却没料到她会那么干脆利落地对着他的手腕一口咬下去。剧痛使得杜寻连忙松开手，再一看手腕，被咬过的地方已经迅速地红肿起来。

陈芷晴的眼神是涣散的，语气却是凄厉的："杜寻，痛吗？我告诉你，再痛也不及我心痛的万分之一！"

筠凉跑过来想要查看杜寻的手腕，却被陈芷晴手中扔过来的包砸中了头，金属铆钉的分量不轻，一时之间，筠凉自己也痛得龇牙咧嘴。

"哈哈哈，真是好笑，真是可笑……"陈芷晴笑着笑着，眼泪流下来，"杜寻，亏我竟然真的还在这里等你，亏我竟然蠢得以为还有挽回的余地，你们这对贱人，你们不得好死！"

这仿佛咒怨一般的话语让筠凉不由自主地打了个冷战，她定了定神，走上前去，一脸视死如归地对陈芷晴说："我知道，现在说什么都于事无补，你要对我怎么样，我都认了，但我一定要跟杜寻在一起！"

一定要跟他在一起！

夜晚的古镇没有往日城市里的喧嚣和嘈杂，但在这样的氛围里，越是安静，便越是容易滋生一种叫作暧昧的东西。

沐浴完毕的林暮色连内衣都没有穿，睡裙外只是裹了一件厚外套便在顾辞远的身边坐下来，涂着香槟色指甲油的手轻轻地覆盖在顾辞远握着鼠标的右手上。

顾辞远僵了僵，不着痕迹地抽回了自己的手："你去睡吧，我把床让给你，我待会儿再去要床被子打地铺。"

林暮色挑了挑眉梢，凑近他的耳边，呢喃般耳语："你怕我啊？"

像是被蜜蜂蜇了一下，顾辞远从椅子上弹起来，窘迫地说："要不我把房间让给你吧，我去同学那边睡……"边说他边往门口走，却没料到林暮色一个箭步挡在他的面前。

动作太大，外套敞开了，白色的蕾丝睡裙下，美好的胸形若隐若现，下一秒，顾辞远的脸上唰地腾起两团火烧云。

林暮色收敛起笑容，正色对他说："你很明白我来这里的目的，谁都别装腔作势了，我林暮色喜欢有话直说，没错，我就是喜欢你，我就是想跟你在一起。"

话说到这个份儿上，顾辞远也懒得扮无辜了，他直视着林暮色："你别发神经了，让我出去，这件事我不会让初微知道。"

"宋初微？呵呵……"林暮色一声冷笑，"你以为，我会怕她知道？"

顾辞远一动不动地看着眼前这个女生，她不化妆的样子也很漂亮，可是这"漂亮"在此时此刻看起来，却是那么危险。

僵持了片刻，他的语气有些退让："够了，林暮色，上次初微已经很伤心了，我不想她再因为我们受到伤害，你放过我行不行？"

"我们？"林暮色又忍不住笑起来，"顾辞远，你说'我们'……你扪心自问，你对我真的一点感觉都没有？"

万籁俱寂，万物静默，夜幕的怆掩下，世界都在等着他的回答。

仿佛是一个世纪过去了，终于，他说："没有。"

"你要跟他在一起？那我算什么？！"陈芷晴在大声喊出这句话的时候，已经完全崩溃了。

如果可以的话，筠凉简直想给她跪下，如果下跪可以弥补自己的过错，她愿意长跪不起。

但是错就是错，这错被永远镂刻在时光中，不能被谅解，更不能被原宥，筠凉她比任何人都清楚这一点。

杜寻走过来，看着正瑟瑟发抖的两个女孩子，一个跟他有过美好时光，一个令他想携手一起朝未来走下去。而此时此刻，因为他，她们都受到了重大的创伤。

如果他真的可以做到完全视礼法道德于不顾,如果他内心真的丝毫没有良知,那么他也不必承受巨大的自责和煎熬。

他并不是优柔寡断,其实在很早很早的时候,他就想要跟陈芷晴说清楚,又或者是跟筠凉说清楚,可是那个合适的时机一直没出现,一拖再拖,终于拖成了眼前这个不可收拾的残局。

喉咙里像是落了一把厚厚的灰,发不出一点声音。

过了很久,陈芷晴颤抖着问:"你们之间,谁先主动的?"

筠凉刚要开口,却被杜寻一把拖到身后:"是我。"

所有的细枝末节全被陈芷晴收入眼底,她一声冷笑,迅雷不及掩耳之间,她扬起手朝杜寻的脸上扇去……

安静的夜晚,这一记耳光显得那么响亮。

筠凉捂住自己的左脸,久久没有转过头来。

说"没有"的时候,顾辞远并不敢直视林暮色的眼睛,是反感是无奈还是心虚,一时之间他自己也说不清楚,而这种矛盾的心情对游刃有余的林暮色来说,简直就是孩童的把戏。

她脸上浮起戏谑的笑意,到了这个时候,她反而是比较放松的那一个。

在她劣迹斑斑的青春期不知道交过多少男朋友,发生过多少次一夜情,男女之间那点小破事对她来说都玩腻了,可是顾辞远,他跟那些男生似乎又不太一样。

她记得装醉的那天晚上,宋初微那个笨蛋居然真的让顾辞远送自己回家,坐在出租车上。窗外吹进来的风很凉,其实在她凑过去吻他的脸之前,内心也是做过一番心理斗争的。

跟宋初微虽然算不上两肋插刀的生死之交,但好歹也算朋友一场……虽然自己并不是什么卫道士,但主动挖朋友墙脚的事情却是没做过的。

顾辞远的侧面真的很帅,他咬着下嘴唇的样子看起来是有那么一点呆,但又很可爱……

懒得想那么多了,就当是酒精迷乱了心智吧,她微醺的脸上露出一个狡黠的笑容,然后凑过去亲了他一下。

之后顾辞远那副手足无措的模样,简直叫她笑个半死。

"顾辞远,我就是看上你了,当着宋初微,我也敢这么说!"

这句话犹如在平静的湖面里投入一枚重磅炸弹,顾辞远什么都顾不得,气急败坏地对她吼:"你是不是疯子啊,那天送你回去我不是告诉你了吗?我只喜欢宋初微,我不会让任何人伤害她的。"

他的话音未落,就被林暮色扑过来抱住,在他大脑一片空白的时候,她柔软的嘴唇触到了他的嘴……

罪恶感像褥疮那样爬满了顾辞远的背脊,他一动不动地站着,过了很久很久,林暮色放开他,眼睛里波光潋滟。

"你怕宋初微被伤害,那我呢?

"我也是人,我也有自尊心的,你想过我的感受吗?"

她的眼泪像蜿蜒的小溪在光洁的皮肤上流淌,顾辞远原本垂着的手,终于还是抬起来,伸向了她的脸。

第二天早上起来我惊讶地发现筠凉的床上似乎一夜都没有人睡过,我顾不得刷牙、洗脸,抓着正在化妆的唐元元问:"你看到筠凉了吗?看到了吗?"

她画了一半眉毛的脸看上去非常滑稽,一脸不耐烦地甩开我:"没有!她一晚上都没回来……你的鼾声吵得我一晚上都没睡好,拜托你今天去买个口罩吧!"

我居然打鼾?这实在太让我难以置信……不过这不是重点,重点是,筠凉到哪里去了?

我的手机一直都是二十四小时开机,可是当我从枕头底下翻出手机来的时候,它一切正常,一条信息、一个未接来电都没有。

没有筠凉的,也没有顾辞远的。

我得承认,我的心情从这一秒开始变得很糟糕。

中午下课,同学们一窝蜂地往食堂冲过去,那个场面真可以用气壮山河来形容,我却一点胃口都没有。

整整一个上午,我的手机就跟死了一样,连被我存为"不要脸"的 10086 都没来催我交话费,这种被全世界遗弃的感觉真的很不好。

我在回宿舍的路上整个人失魂落魄,我真的很想打个电话过去把顾辞远的祖宗十八代都骂一顿,可是前一晚那个"关机"的事实已经让我丧失了勇气。

我安慰自己说,不会有什么事的,肯定是太忙了,我现在要做个懂事的姑娘,将来才能做个贤惠的好太太嘛!

身后传来梁铮的声音,我茫然地回过头去,他满脸的欲言又止,认识他这么久,我还真没见过他这个鬼样子。

踌躇片刻,他终于问我:"你跟元元同一间宿舍,你有没有察觉她最近有什么异常啊?"

"啊?"我更加茫然了,难道说我们那间宿舍的风水真的有问题?我还以为只有我和筠凉过得不太顺心呢,在这种情况下,我们确实也无暇去顾及唐元元……

梁铮看我不说话也有点急了,说:"她好像想跟我分手。"

"啊！"虽然发出的感叹是一样的，但语气跟之前完全不是一回事了。

梁铮的表情看上去有些痛苦又有些迷惘，停顿了一下，他求助似的对我说："宋初微，如果你方便的话，帮我问问她吧。我不想去烦她，等她想清楚了再来找我吧。"

坦白地说，我一直都不是很看好梁铮和唐元元这段感情，更加不太待见梁铮这个人。也许是第一印象就不太好，倒不是说他长得怎么样，而是他总给我一种婆婆妈妈、斤斤计较的感觉，可是在他说完这句话之后，我忽然觉得，其实唐元元被这样一个人爱着，未尝不是一件挺幸福的事。

爱一个人，才会设身处地替她着想，才会不惊扰她，不逼迫她，也不伤害她。

那一刻，我忽然很想问问顾辞远：你是真的爱我吗？

筠凉是下午回来的，她推门进来的时候，我正在做作业，一边写字一边抱怨这个世界没有天理，为什么大学生还要写作业？！简直让人崩溃！

因为是背对着她的，所以我也没看到她的表情，只是随口问了一句："你昨晚去哪里了，电话也不打一个？"

过了很久，她才轻声说："我昨晚去酒店了。"

我头也没抬，还没来得及开口，她又补了一句："和杜寻。"

手里的笔啪的一声掉在一张干净的稿纸上，我难以置信地回过头去看着她，她的表情像是一切都已经预料到了的样子，镇定、冷峻。

是我听错了吧？我还存着一丝侥幸，笑着问她："你说什么呢？怎么可能……"

"是真的,初微,我没有跟杜寻分手。"

人的一生中总是充满了断绝。

所谓"断绝",并非一定是关山路远,道阻且长,而是一种难以名状的情愫,一种难以命名的瞬间觉得疏离的感觉。

就像我在拨打顾辞远的电话时,听到"关机"的语音提示。

就像此时此刻我最好的朋友苏筠凉站在我的面前,以一副慷慨的模样告诉我,她不仅没有跟那个脚踏两条船的人分手,反而昨天晚上还跟他去了酒店。

这种感觉谁明白呢?就像眼睁睁地看着一块无瑕白璧掉进了泥潭。

筠凉的眼睛里有一种炽烈的光芒,她看着我,却又不像是仅仅在对我说:"爱,有时候,就意味着背叛。"

我盯着她,这么多年来,从来没有一刻,我觉得我们之间竟然是如此陌生。

手机的铃声在凝重的氛围里突兀地响起,筠凉从包包里翻出来摁下通话键,一句话都还没说,就呆住了。

我走过去,推了推她:"筠凉,怎么了?"

她的瞳仁急速收缩又急速放大,她说:"陈芷晴,跳楼了。"

仿佛万马奔腾,海啸飓风,沙石飞扬……

下一秒,筠凉马上转过来抱住我,失魂落魄地喃喃自语:"怎么办?怎么办……"

[2]

袁祖域在我面前出现的时候气喘吁吁的，过了两三分钟才把气喘匀，紧接着就问我："你怎么了？在电话里哭成那样，我还以为你被抢劫了！"

我哆哆嗦嗦地看着他，连话都说不清楚，他焦虑地看了我半天，最终什么话也懒得说了，牵起我的手就走。

为什么要哭，我真的说不清楚，按道理说，陈芷晴与我非亲非故，她有多悲惨，真的跟我没关系。

可是我就是觉得很难过，非常非常难过。

陪着筠凉一起去医院的途中，我们的手紧紧地握在一起，两个人的掌心都冒着冷汗，有那么一瞬间，我觉得之前横亘在我们中间的那道隔膜消失了，一切好像都回到了最开始的模样。

可是在见到杜寻的第一眼，我知道，那不过是我的错觉。

看到筠凉在众目睽睽之下跑过去抱住杜寻，看到杜寻像抱着全世界最珍贵的宝贝那样紧紧地抱着筠凉……那一刻，我真的为急救室里那个叫陈芷晴的女孩子感到不值。

让时间回到前一天晚上三个人的拉锯战。

筠凉被陈芷晴狠狠地扇了一个耳光之后，久久没有转过脸来。那个耳光有多重，在场的三个人都知道，筠凉只觉得自己的面孔像要炸裂了一般，耳畔回响着嗡嗡的声音……但最难承受的，并不是来自生理的痛感，而是来自心理的屈辱。

陈芷晴呆了几秒之后，开始边哭边笑。

那是一种很奇怪的表情，有些骇人，也有些令人心酸。她从前给人的感觉一直是个知书达理的大家闺秀，从来没有谁见她为什么事情哭成这样。

她撕心裂肺地喊着"我恨你们，我恨你们，我恨你们……"安静的夜里，这一声声控诉仿佛梦魇一般笼罩着杜寻和筠凉。

直到喉咙沙哑，直到再也没有多余的力气，陈芷晴终于捡起地上的包，伸手拦了一辆出租车，绝尘而去。

杜寻追了几步没追上，也就罢了，回过头来去看筠凉，她的眼睛里噙着泪水，却始终没有哭出声来。

对不起，这三个字，杜寻已经说得不想再说了，可是除了这三个字，他还能说别的什么吗？

他们在那条街上站了很久很久，谁都没有说话，只有偶尔路过的车辆发出的鸣笛声突兀而悠长、苍凉，像呜咽。

杜寻轻声说："筠凉，我送你回去吧。"

可是她站在原地，没有动，慢慢地吐出一句话："杜寻……你带身份证了吧……我……不想回去。"

陈芷晴回到家中，父母都已经睡了，她蹑手蹑脚地走进自己房间，抱着床上那个巨大的加菲猫哭得死去活来。

从来都不晓得自己有这么多眼泪可以流，从来都没想过自己最在乎的人会在自己的心上捅一刀。

是什么可以令曾经最信任的人放下尊严、放下原则，当着自己的面去那样捍卫另一个女孩子？人心，到底是多么不可靠的东西？

爱情？

陈芷晴手脚冰凉，心里充满了无能为力的悲哀和心有不甘的愤慨。

"我不会这么轻易放过你们……"连她自己都没察觉，在说这句话的时候，脸上露出了多么扭曲、狰狞的表情。

"我绝不允许别人对我予取予求，然后云淡风轻地把我抛诸脑后！"

在她的心里，有一些柔软的、善良的、谦和的东西正渐渐溃散如烟尘。

杜寻是在送完筠凉回到学校之后接到陈芷晴的电话的。

折腾到后半夜才去酒店休息，筠凉明显已经疲惫不堪了，洗完澡之后稍微恢复了一点精神，打开浴室的门看到杜寻站在窗边，背影里满是寂寥。

她的心在那一刻，好像被一把无形的钝器狠狠地锤击。

夜凉如水，杜寻轻声地对筠凉说："你先睡吧。"

可是等他洗完澡出来却看见筠凉还是没有睡，暖黄色的床灯照着她忧愁的面容，看上去就像一幅陈旧的挂历画像。

杜寻走过去，在床边坐下，俯视着她。

也不过一两年的时间，比起当初从酒吧里跑出来笑嘻嘻跟他要号码的那个小女生，眼前的苏筠凉眼睛里明显多了一种叫作沧桑的东西。

那种像花朵一样清新的笑容，以后还看得到吗？如果看不到了，自己要负多少责任呢？杜寻心里也忍不住一酸。

筠凉坐起来靠过去抱住他，沐浴露淡淡的馨香迎面扑来。

"杜寻。"

"嗯？"杜寻等了半天也没等到下文，他以为筠凉哭了，可是抬起她的脸，又没发现什么端倪。

在杜寻疑惑的目光里，筠凉微笑着说完了之前不好意思说的那句话。

"杜寻,我爱你。"

古镇的夜晚,远处似乎有缥缈的歌声传来,顾辞远站在旅社的走廊里抽烟。

他原本是很少抽烟的人,这烟还是林暮色从包里拿出来给他的,她替他点火时的笑容就像那种芬芳的花朵,充满了罪恶的媚惑。

深夜的走廊里没有一个人,顾辞远仰起头吐出很大一口烟,手机电池已经充满了电,可是这个时候打电话过去,怎么说?能说什么?

能伴装成什么事都没发生过,那么泰然自若吗?能像来之前一样那么轻快地开玩笑吗?

他知道自己是不能的,有些人天生就会左右逢源,说起谎话来面不改色、心不跳,可是,他不属于那种人。

走廊的灯煌煌地亮着,从这头看向那头,就像一个越来越模糊的隧道。

想了很久很久,终于还是没有开机。

回到房间里,林暮色已经睡了,一条雪白的手臂还露在外面,顾辞远忍不住替她盖上被子。

"还没见过初微的睡相呢",顾辞远突然被自己这个念头惊了一下,很快地,之前那种深深的内疚又将他包围了。

脑海里浮现起宋初微那双眼睛,清亮得就像这古镇的潭水。

清晨,阳光从窗帘的缝隙里洒进房间时,筠凉睁开了眼睛,看到身边还在沉睡的杜寻。

终于确认了某些事情,之前一直没有把握,一直患得患失,在这个夜晚之后终于尘埃落定了。筠凉心里也有些微微地轻视自己,但这种感觉稍纵即逝。

她轻轻地伸出手去描着杜寻的眉毛,告诉自己:有失必有得。

她得到的不是侥幸,在她前一晚下决心说出"我不想回去"这句话的时候,就已经预计了一切,所有的事情都在她的意料之中。

"我不后悔。"

她凑过去轻轻地吻了一下杜寻的脸,眼泪迅速地充满了她的眼眶。

"我真的不后悔!"

像是某种心理暗示,她又加重语气重复了一遍。

她当然不知道,就在同一时刻,她最好的朋友在学校里,因为她彻夜不归而担心得连早餐都吃不下。

我的眼泪扑簌簌地落着,袁祖域坐在我的对面什么话也没问,他也看出来一时半会儿我的情绪难以平静,除了耐心等待之外,根本没有别的办法。

我不知道自己抽泣了多久,但我晓得在我埋头落泪的时候,周围三三两两路过的客人和服务生都向我们投来了探究的目光。

我终于受不了这种被人围观的感觉,止住了眼泪,抬起哭肿的眼睛和哭红的鼻头对袁祖域说:"我们换个地方吧。"

在这家叫作"飞"的咖啡馆,我喝到了沈言推荐的曼特宁,袁祖域什么都没点,他说:"咖啡这种饮品不适合我这种社会底层的劳苦百姓,我喝白开水就可以了。"

我第一次在袁祖域面前抽烟,他的眼睛里闪过一丝讶异,很快又表现得见怪不怪:"我第一次看见你,就不觉得你是那种很乖的女生,果然啊。"

香烟中那种叫作尼古丁的东西是否真的有让人安定的作用,我并不清楚,但事实上就是我确定逐渐恢复了平静。

在袁祖域的注视中,我把我所知道的一切和盘托出。

六层楼高的老房子,在这个城市已经不算多了,陈芷晴坐在栏杆上给杜寻打电话,言简意赅:"你现在不来见我,以后永远都别想再见到我了。"

刚送完筠凉的杜寻,只好马不停蹄地又跑去见陈芷晴,因为极度的焦灼和疲倦,在一个拐弯的地方,差点跟迎面而来的一辆出租车撞上。

在出租车司机心有余悸的叫骂声中,一种不祥的预感涌上了杜寻的心头。

杜寻气喘吁吁地爬上六楼,看见栏杆上那个孤单的女孩子,她的脸上写着决绝。

是什么令一切变成了这样?杜寻不敢想,也不愿意去想,他只能哀求她:"芷晴,不要这样,你下来,我们慢慢谈。"

"还有什么好谈的呢?"她微笑着反问他,语气是毫不掩饰的讥诮。

杜寻一时语塞,陈芷晴却自顾自地说下去:"长恨人心不如水,杜寻,你知道这句话是什么意思吧……你那么聪明,当然知道……但你想过这句话有一天会被我用来说你吗?"

曾经所有的感情就这样被牺牲掉了,就像战场上阴森森的白骨被沙尘掩埋,谁还会记得那些虽不荡气回肠却也刻骨铭心的回忆呢?

陈芷晴的目光一动不动地看着六层楼下的水泥地板:"杜寻,你说,是头先着地好,还是脚先着地好呢?"

像一根被绷紧的琴弦终于不堪过重的力道而断裂,杜寻整个人像元神涣散一般抱住头，痛苦地喊道："陈芷晴！"

被叫到名字的女孩子回过头来对他笑："你觉得我很卑鄙是吗？告诉你，还有更卑鄙的……"

听到这里，袁祖域不禁打了个寒战，手里握着的玻璃杯也顺势一抖，有些水洒了出来。

我真的难过得几乎都说不下去了，这件事我不晓得可以跟谁说，我是筠凉最好的朋友，杜寻是顾辞远最好的朋友，于情于理我似乎都不应该向着陈芷晴。

也是要等到某些真相揭示之后，我才会明白，原来冥冥之中真的充满了隐喻，我在为陈芷晴落泪的时候，何尝不是在为自己落泪？

我停顿了一下，袁祖域迟疑着问我："那她说的更卑鄙的事情，是什么？"

"定位，在杜寻提出分手的时候，她就悄悄对他的手机进行了定位，所以那天晚上她才会出现在钱柜。"

杜寻在崩溃之余也被这件事弄得非常愤怒，各种难以言叙的情绪交杂起来令他口不择言："陈芷晴，你是从哪里学到的这么龌龊的手段？！"

她笑了，露出雪白的牙齿，无所谓地笑着，甚至看都不看他一眼。

"龌龊吗？可能是有一点吧，可是，你有什么资格说我呢？"

一切都已经变了，所有的事情都不可能再回到起点，伤害被撕裂得越来越大，曾经亲密无间的两个人被一股不知名的力量拉得越来越远。

到了此时，杜寻反而平静下来了。

面无表情的他看上去极其残酷和无情:"你说得也对,我有什么资格说你呢,我自己本身不也是个浑蛋吗?"

陈芷晴脸上那无所谓的笑容渐渐消失了,像是不敢相信杜寻会这样对她,她的眼神里充满了不可思议:"你说真的?"

"真的,道歉的话我也说了,我想要做弥补你的事,你也不给我机会,我还能怎么样呢?只能尊重你的选择了,你想跳就跳吧!"

陈芷晴真正的慌张是从这一刻开始的。她是从这一刻开始意识到,当杜寻把对待别人的那种态度拿来对待她的时候,一切真正到了不可挽回的地步。她目瞪口呆地看着杜寻冷漠的脸,忽然,所有准备好的刻薄的、想要拿来奚落他和筠凉的话语,都像是卡在喉头的鱼刺,吞不下去,也吐不出来……

杜寻继续说:"你恨我,我明白,你口口声声说把最好的年华给了我,难道这种事不是互相的吗?我难道不是把一样的岁月给了你吗?你在国外的那两年,我难道没有去看过你吗?这段感情,难道我没有努力维系过吗?"

一连串的反问令陈芷晴应接不暇,很久很久都没有任何回应。

杜寻顿了顿,接着说:"我也不愿意这样,但是,事已至此,我也无能为力了,你想怎么样,就怎么样吧。"

杜寻说完这句话,不等陈芷晴再说什么,反身就下楼。

这是陈芷晴小时候住的地方。几年前他们刚在一起的时候,陈芷晴非要带他来这里看看,说是要让他了解自己的过去。

那个时候,怎么会想到在这里开始的事情,竟然也要在这里结束。

他在下楼梯的时候心里有一种说不出来的、如释重负的感觉,也许每个人都会有这样的时刻吧,在自己掌控不了事态变化的时候,便选择听天由命。

让那个叫作命运的东西来安排接下来的人生。

在下到最后一节阶梯的时候,他听见一声凄厉的尖叫:"杜寻!"

然后,传来一声沉闷重物坠地的声音,只有老宅的屋顶上突然盘旋而起的鸽子,看到了少女飞身一跃的身体,是以怎样不可抗拒的决绝姿态遽然落地!

脑袋里似乎有无数金属嗡嗡作响,随即成为巨大的轰鸣声。

人声鼎沸嘈杂,救护车与警车的呼啸,远处的天空一声接一声的闷雷……世界上所有能发出声响的物体都在这一刻齐鸣……

杜寻只觉得自己的灵魂在这一刻灰飞烟灭。

袁祖域握住我因为激动而剧烈颤抖的手。

他有一双在男生中罕见的修长的手,掌心干燥而温暖,我并没有在第一时间里做出反应,而是等了等,才装作擦眼泪的样子不着痕迹地抽回了自己的手。

我陪着筠凉赶到医院的时候,陈芷晴的父母还没有来,杜寻一脸惨白地坐在椅子上看着天花板。

筠凉甩开我奔向他的动作那么自然,我傻傻地看着他们在我面前紧紧拥抱。

"我忽然,很想吐。"我对袁祖域说。

很奇怪,我的声音里有种咬牙切齿的意味,似乎人性里某种"恶"开始彰显出来,我的语速很快:"他们真的不怕报应吗?陈芷晴还在手术室,生死未卜,他们竟然在一墙之隔的地方拥抱?我怎么会有这样的朋友！"

不知不觉间，天都黑了。

昏黄的灯将我们的影子投射在斑驳的墙壁上，隐约、灰暗，像是某部黑白默片里的剪影，简单而模糊的轮廓。

袁祖域本来一直沉默着，过了很久很久，他终于说："宋初微，我真的不觉得他们罪无可恕。感情的事情原本就是分分合合，本来可以好聚好散，你看这条马路上，哪个人没有失恋过？是那个女生的偏激害了自己。"

我瞪大眼睛看着他，这样的言论，不过是同为男性的他站在杜寻的角度看待问题而已。

"不是这个意思……"他摆摆手，"我是旁观者清，你对待这件事的态度夹杂了太多的主观意愿，换句话说，你太入戏了。"

好像有一道闪电在我的眼前闪过，一瞬间，所有的角落都被照得通亮，我怔怔地看着袁祖域的嘴唇一张一翕："你认真想想，是不是我说的这么回事。你潜意识里想起了上次你跟你男朋友那件事，你痛恨不忠，所以迁怒你的朋友，而事实上，他们并没有你说的那么罪恶滔天。"

我全身一冷，不得不承认，他说得有那么几分道理。

我快步走着，袁祖域跟在我身后喊了很多声我的名字，可是我执意不回头。

真是可笑，我干吗要跟这个萍水相逢的人说那么多？我干吗要向他倾诉我的看法？我怎么想，关他屁事啊！

我嗤笑一声，并没有放慢自己的脚步。

但在袁祖域停下来对着我的后脑勺吼了一句话之后，我也停住了。

他说:"宋初微,你这是恼羞成怒!"

我转过头去,冷冷地看着他,那一刻,昔日高举着反叛大旗的宋初微又回来了,对于良善的规劝,她总是这么不识好歹:"笑话,你是我什么人,我会因为你说的话恼羞成怒?"

大风呼啸而过,就那么一瞬间,原本靠得很近的我们之间仿佛竖起了一道屏障,而可悲的是,无论是我还是袁祖域,都没有打算去破除这道屏障。

他也冷冷地看着我,过了一会儿,他冷笑着说:"是啊,你也不是我什么人,再见。"

看着他抢先一步转身就走,我气得攥紧了拳头却不晓得往哪里挥,要是旁边有扇玻璃窗,我肯定毫不犹豫地一拳就抡过去了。

沈言的电话就是在这个时候打过来的:"初微啊,我刚刚路过时,好像看到你了,是不是啊?"

心情不好的时候去吃自助餐是一个很不错的发泄方式,我和沈言端着餐盘站了很久,我夹了很多很多慕斯蛋糕、黑森林蛋糕,还有平日里最喜欢的抹茶蛋糕。

沈言自己并没有要蛋糕,可能是顾忌卡路里的缘故吧。其实我也怕胖,但是心情坏到极点的时候,哪里还顾得了那么多!

生鱼片上沾着嫩绿色的芥末,我光是看着都忍不住龇牙咧嘴,沈言吃下去却面不改色。

她轻描淡写地说:"我在沿海城市长大的,我们那边的人吃芥末都这样,没事儿。"

"哦?"我第一次听沈言提起她的过去,产生了一点好奇,"沿海城市的,那你家肯定很有钱吧……"

其实我都觉得自己问了一句废话,有钱没钱和有品位没品位完全是两回事,光是看沈言平日的言行举止、着装打扮就知道她一定是过得很不错的那种女生。

可是没想到,她的表情迅速地黯淡了一下,像是有些什么事情不愿意启齿一样转移了话题:"你多吃一点啊,年纪这么小,胖一点没关系的。不像我啊,到了这个年纪,夜不敢熬了,东西也不敢吃太多,要不是今天恰好碰到你,我就打算随便买几棵青菜回去水煮吃了。"

我挤了个笑:"黎朗喜欢你就好了啊。"

不知道为什么,每个人的脸在这种黄色的灯光底下看起来都显得那么心事重重。

沈言笑了笑:"也许你说得对吧……对了,你怎么一个人呢?筠凉呢?"

每次看到我,沈言都会下意识地问起筠凉,在某些事情尚未凸显端倪的时候,我并未意识到她对筠凉的关心有些不同寻常,尤其是在发生了这种事情之后,我更加没心思去想那么多。

"筠凉……发生了一些事情……"我把蛋糕上那颗小草莓揪下来,用刀切成两半,"她男朋友的前女友,跳楼了。"

顾辞远是在三天之后回来的,这三天我一个人在学校里犹如行尸走肉。

他没有打电话给我,也没有在 QQ 上发任何留言给我,而我竟然也就真的忍住了三天完全没有去找他。虽然我心里很明白,这貌似平静和淡定的处理方式,其实不过是为一次彻底的爆发在做准备。

筠凉也没有找我,我不知道她和杜寻要面对的是怎样一场狂风暴雨,当然,我也懒得知道了。

无端地就被一种叫作"沮丧"的情绪笼罩着,每天抱着课本无精打采地去上课,又无精打采地回宿舍。我妈在这中间还给我打了一次电话,两个人哼哼唧唧也没说出个所以然来。

有时候真觉得,生无可恋啊。

我趴在床上一声哀号。

唐元元最近的行踪也越来越诡秘了,脸上若有似无的微笑和眼睛里熠熠闪烁的光彩都像是在密谋一件很重要的大事,可是我真问她时,她又什么都不说。

想起梁铮的嘱托,我咳了咳:"你……要跟梁铮分手啊?"

她从百忙中抬起头来看了我一眼,意味深长地问:"他跟你说的?"

我不置可否,受人之托忠人之事,这个道理我还是懂的,于是我就那么静静地看着又开始对镜梳妆的唐元元。

她说了一些不相干的话:"你知道为什么我每天都要化妆吗?因为不知道什么时候,就有可能会碰到改变自己一生命运的人。"

我呆住,依稀记得这句话本应该是"不知道什么时候就会遇见自己喜欢的人",看着唐元元挺得笔直的脊背,我不得不说,她真的很现实。

但是现实有错吗?现实跟爱情冲突吗?

化妆完毕的唐元元提起包包出门,临走之前很认真地对我说:"很明显,梁铮绝对不是能够改变我一生命运的那个人。"

爱情有多重要?

爱情比在下着滂沱大雨时能够端坐其中的一辆保时捷重要吗?爱情比在房价以骇人速度上涨时的一套居室重要吗?爱情比你饥肠辘辘时一桌美味佳肴重要吗?爱情比日新月异的高端数码产品重要吗?爱

情比锦绣前程重要吗？

这么一想，唐元元似乎真的没什么错。这么一想，甚至在失去亲人之后急于付出点什么来紧紧抓住杜寻的筠凉，也没什么错。

是我宋初微不够入世，是我宋初微太幼稚。我倚靠在窗边，悲伤地想。

既然这么无聊，就上网吧，登录QQ，重要的人那一栏里一片灰色。

点开自己的空间正想随便写点日记，却意外地看到好友更新的提示里，某个人的相册上传了数十张新照片。

真是手贱，我忍不住点进去看了一下……

啪的一声，我合上电脑，浑身如置冰窖。

夜幕降临，一下午的时间竟然过得这么快，我看着夕阳的余晖从窗台上渐渐消失……陈芷晴，你从六层楼上往下跳的时候，是一种什么样的心情？

在那短短数秒之内，你可曾有一丝后悔？

黑暗而逼仄的房间里，我紧紧地抱住自己，瑟瑟发抖。

沉寂的手机终于在这个时候响起，我看都懒得看名字就摁下接听键，暌违的那个声音里听不出任何歉疚："初微，我回来啦，出来吃饭啊。"

"好啊，正好我也有事要跟你说。"

"嗯？什么事？当面再倾诉你的思念也不迟啊。"顾辞远在电话那头还笑得很大声。

"也好，分手这种事，还是面谈最好。"

说完这一句,我干脆利落地挂掉了电话,不容他再多说一句。

没错,顾辞远,我们分手!

[3]

"你听我解释……"顾辞远急得满头大汗。

我冷冷地看着他,这一刻,我真的很想把他伪善的面具撕下来,我真的很想一刀捅进他的胸膛!

"我跟她真的没什么,不告诉你,就是怕你多想……"他这些废话听起来那么苍白,看着我的表情,他难道还不明白现在无论说什么都是徒劳的?

"她是喜欢我,上次你叫我送她回去,她就跟我说了……但是我很明白地告诉她,我不可能跟她有什么,我只喜欢你,我只想跟你在一起……这次她看到我 QQ 签名说要出去采风,跟着来的,我真的什么都不知道!"

在他结结巴巴、断断续续想要做最后的垂死挣扎的时候,我已经动作麻利地把手机关机,取出手机卡,然后把空壳子伸到他面前:"还给你。"

他几乎不敢相信眼前这一幕,过了很久,才用颤抖的声音问我:"初微,你来真的?"

我没有正面回答他的问题:"顾辞远,我不像陈芷晴那么有勇气,也没那么笨,我不会用别人的错误来惩罚自己。在一起这么久,除了这部手机,我不欠你任何东西,现在手机也还给你,我们一刀两断。"

他怔怔地看着我,我倔强地仰着脸承接着他的目光,真好笑,被辜负的那个人是我,怎么眼睛里有泪水的那个人反而是他?

时间在此刻已经彻底地失去了意义，公寓顶上的灯亮了，他逆着光，我渐渐看不清楚他的表情。

斑斓的灯光擦亮了夜，可终究还是会被空旷苍穹的黑所吞没。

许久，他低声说："初微，真的什么都没有发生……初微，你原谅我……"

没见过这么冥顽不灵、顽固不化的白痴，我的腿也站麻了，索性二话不说把手机塞到他的手里："不好意思，我本来想直接还钱给你，但你知道的，我没钱，我什么都没有。"

在我转身飞奔向公寓之时，听见身后一声很响的什么东西被大力掷碎的声音。

这部手机还真是多灾多难……这次，不用麻烦袁祖域的同事了……我悲伤地想。

已经是第几天了？筠凉还没有回过宿舍，看到我提着两瓶酒跌跌撞撞地推开门，原本在一边听歌一边敷面膜的唐元元惊讶地摘下耳机、扯掉面膜，酝酿了半天才问我："宋初微，你怎么了？发生什么事情了？"

我没有回答她，一句话也不想说，我甚至希望我买的这两瓶白酒是假酒，让我喝了之后一了百了，然后我妈还可以获得一笔丰厚的保险金。

为什么到这个时候，我会想起我妈？

从下午看到林暮色的相册里那些在古镇拍的照片之后，我就一直处于一种封闭的状态。

不怒，不惊，也不痛。

我机械地将其中一张另存在桌面上，然后打开PS……这个软件还是顾辞远帮我下载的，虽然他教我的那些我并没有完全学会，但是一些菜鸟级的功能我还是基本掌握了。

我的笔记本电脑配置并不太高，开PS需要那么一点点时间，在那短暂的时间之内，我的内心仿佛一直在祈祷：不要，不要，千万不要……

可是事与愿违，最终我还是看到了那张照片的参数，照相机型号那一栏，赫然标示着：尼康D700……

什么叫万念俱灰？

我啪的一声合上笔记本电脑，那一刻，忽然觉得心脏都不会跳了。

可是一想起我妈，眼泪忽然汹涌而出。

就像是经历了一场大手术之后，注射在身体里的麻醉剂功效全退去后，剧烈的疼痛到了这个时候才发作，原来可以痛成这样，原来我根本承受不住。

我双手掩面，眼泪从指缝里源源不绝地流出来。

为什么好像不会呼吸了？为什么好像有一双大手在撕裂着我的胸腔？为什么要遇到这个人，为什么会在一起，为什么他要背叛我？……

太多太多的为什么，却没有人能给我一个明确的回答。

见到他的时候，他还企图欺骗我，说什么是忘了带手机充电器，古镇的旅馆里又没有网线……多好笑，多可笑，他竟然打算骗我。

我仰起头来，泪流满面地看向窗外那轮明月，它的边缘是毛茸茸的光芒。

很小的时候,我就会背"人有悲欢离合,月有阴晴圆缺"。

从古至今,明月高挂在苍旻之上目睹了这个尘世多少丑恶的真相,又见证了多少人从至亲走向了至疏。

爱情?这个世界还有所谓爱情?

唐元元被我这个样子完全吓傻了,认识这么久以来,她从来没有见我难过成这个样子,岂止是她,在我自己的记忆中,也从来没有因为什么事情哭得这么伤心欲绝过。

这个世界上最能够令你悲痛的,最能够伤害你至深的,不是你的敌人,而是你的亲人。

唐元元把整包抽纸都放到了我面前,又手忙脚乱地给我倒了一杯白开水,最后才在我对面坐下来眼巴巴地看着我,问我:"到底怎么了,你说啊,跟男朋友吵架了啊?"

不知道为什么,我竟然哭得开始打嗝了,喝了她倒的那杯白开水之后,还没来得及说话,门又被推开了。

几天没见,筠凉形容憔悴得仿佛换了一个人,她往我身边一坐,终于似灵魂归位一样恢复了一点精神,看着垃圾桶里堆着我擦过眼泪、鼻涕的纸巾,她沉默了很久才开口:"初微,顾辞远找我说了……"

我猛然站起来,动作幅度之大,连旁观的唐元元都吓了一跳。

我指着筠凉,克制住自己声音里的哽咽:"你……不要在我面前再提起这个人,一辈子都不要在我面前提起这个人!"

筠凉顺着我的手指,目光一路往上,最终与我四目相对。

你知道那个寓言故事吗?

当野兽受伤时,它会找个洞穴躲起来自己舔着伤口疗伤,绝对不会掉一滴泪，但一旦有人来嘘寒问暖，它绝对就会受不了。

我就是这只野兽，此刻面对筠凉，好不容易止住的眼泪又滴滴答答地落下来。

她幽幽地叹了一口气，说："初微，我不知道他们之间到底发生了一些什么，但你总应该给他一个解释的机会，也许事情根本没有发展到你以为的那么恶劣的程度呢？"

我一声冷笑，要多恶劣的程度才称得上恶劣呢？看着筠凉眼睛底下一圈深黑，到底不是十六岁了，熬夜的痕迹已经掩盖不住了。

我激动地说："我跟你不一样，你愿意给杜寻机会……我不愿意给顾辞远这个机会，一次不忠，百次不用。筠凉，你听着，今天杜寻可以为了你这样对陈芷晴，来日他也就可以为了另一个人这样对你！"

筠凉也猛地站起来，表情里有掩盖不住的盛怒："宋初微，现在说你的事，别扯到我头上来！"

唐元元本想拉我，接着又想拉筠凉，可是最终怯生生地退到一边去。

她也看明白了，今天这场架，谁也拉不住了。

空气凝结，我和筠凉互相盯着对方，这么多年来，我们第一次用这样的目光注视着彼此。因为立场不同而令这目光中散发着寒气，全无谅解和包容。

"这两件事在本质上没有一点区别，本来是有的——在你不知道杜寻有女朋友的情况下，你原本是无辜的，但是你最后做出的决定真令人心寒齿冷。我真没想到这是我认识的苏筠凉做出来的事，在知道真相之后你不仅没有悬崖勒马，居然还坚持跟那个背信弃义的人在一起，全然不顾陈芷晴的感受，直到酿成悲剧还不知悔改……你真令人失望。"

我的语速很慢,但这段话说得非常流利。

我说过,我很容易口不择言,但这番伤人的话却像是已经在心里念叨了千百遍似的,连我自己都有些诧异:莫非我早就想谴责筠凉了?

她的脸在短短几分钟内变红又变白,最后却出乎意料地变得镇定自若。

她只说了一句话,很短的一句话,但每一个字都像是捅在我心口的一把刀:"宋初微,说得好……你这么能说会道,也没见你幸福到哪里去。"

那似乎是我一生之中所经历的最漫长的一个夜晚。

在筠凉夺门而出,并丢下一句"我们就按照自己的想法走下去,看看最后究竟谁能获得理想中的幸福"之后,我跌坐在床边,仰起头凝视着天花板,一动不动。

眼泪怎么会有这么多,怎么会流了那么久之后还没有流光呢?

唐元元小声地问我:"宋初微,你还好吧?"

我吸了一下鼻子,声音里的鼻音很重,听起来闷闷的:"我没事,你睡吧。"

关掉宿舍的大灯没多久,唐元元就发出了轻微的鼻息。我知道我不可能睡得着,索性起身轻轻关上门,出去走走。

没有了手机,不知道可以去找谁,只好在月光下茫然地走着,然后忍不住嘲笑自己:就算手机还在,这个时候你还能够找谁?

我忽然很想给我妈打个电话,说不清楚,就是特别想听听她的声音,哪怕是挨骂都没关系。

可是已经这么晚了,就算她肯接电话,我也不一定能找到公用电话打给她。

就这样茫然地走着,上了出租车,木然地报出一个地址,到了下车时才发现,我竟然来到了几天前抢救陈芷晴的医院。

站在病室外,里面一片漆黑,我看不到她,也无从得知她的现状。

她永远不会知道,在这个静谧的深夜,抢走她男朋友的人的最好的朋友来看过她。

其实我知道这件事情与我没有一丁点儿关系,可我就是很想很想代替筠凉对她说声"对不起"。

陈芷晴,这个世界没有王子。

第二天清早我就借唐元元的手机给我妈打了个电话,也许是昨天晚上目睹了我的惨状而心生同情吧,平日里很节约的唐元元非常慷慨地把手机给我:"随便打。"

我妈一大早接到我电话明显有些惊慌,她还以为我那个火暴性格又捅出什么天大的窟窿来,结果一听是手机丢了,明显松了一口气:"行了,破财免灾,回头我去给你打钱再买一个就是了。"

我"嗯"了一声之后就挂掉了电话,唐元元有些奇怪:"我又没催你,多说两句啊。"

"不用了,没什么别的好说的。"我微笑着摇摇头。

多年来,我的叛逆,她的无能为力,让我们之间始终横着一道无法逾越的鸿沟,我不知道在她有生之年或者在我有生之年,我们有没有彻底握手言和的可能。

不只是跟她,还有跟筠凉……想起筠凉,我又陷入了沉默。

前一天晚上我在医院的时候，筠凉跟杜寻正陪着顾辞远在一家清吧喝酒。

原本还抱着一丝希望的顾辞远只看到筠凉一个人出现在门口时，气得仰起头喝光了整整一瓶虎牌啤酒。筠凉落座之后，借着光，杜寻看到她脸上一片潮湿。

其实在关上宿舍门之后，她也哭了。

曾经最贴心的朋友用那么尖锐、刻薄的话语来说她，曾经以为无论发生任何事情都会义无反顾地站在她身边的人居然声讨她。

居然要像刺猬一样竖起一身的刺扎向曾经最亲密的朋友，这种痛彻心扉的感受，没有亲身经历过的人永远都不会明白。

杜寻长叹一口气，不知道是该先关怀一下女朋友，还是该安慰兄弟。

哐啷一声，一只酒瓶子砸在地上，顾辞远红着眼睛冲着臆想的宋初微吼："你连解释都不听就分手，你真是个脑残啊！"

古镇之夜，林暮色挂着眼泪的脸，像火红的玫瑰盛开在湿热的原野上。

她靠近他，拉下外套，却在最后关头被他的双手制止了。

他拉住她一点一点下滑的手，轻声说："不可以。"

那天晚上他站在走廊里，iPod Touch 里一直循环播着小红莓1992年发行的第一张专辑里的那首歌，名字很长：*Everybody Else Is Doing It, So Why Can't We?*

翻译成中文是：别人都那样做，我们不可以？

歌到最后，顾辞远心里将那句话后面的问号改为了句号：别人都那样做，我们不可以。

杜寻和筠凉听完他的叙述之后都瞪大了双眼，忽然，他们两人也有点自惭形秽。

顾辞远没注意到他们脸上一闪而过的微妙的表情变化，他捶胸顿足地号叫："宋初微那个白痴、蠢货……"

一直没出声的筠凉忽然拿起桌上那杯血腥玛丽，一仰头，悉数灌下。

有些情绪在她心里真的压抑得太久了，纵然她再清醒、再理智，也有负荷不了的极限。

从六楼跳下去毫发无伤，那只是武侠小说里的情景，事实上，陈芷晴伤得非常严重。

虽然不是头着地，但是脊椎摔断导致下半身终身瘫痪这个结果，简直是生不如死。一夜之间，她的父母仿佛老了数十岁。

陈芷晴的父亲是教授，接到电话的时候，正有学生在他的办公室请教一些问题，他原本慈祥的脸在听闻噩耗的第一秒就变得惨白。

等他慌慌张张赶到医院的时候，陈芷晴的母亲已经因为极度的悲痛晕厥过去。

原本守在急救室外面的杜寻看到他走过来，一语不发，直挺挺地跪了下去……

筠凉站在杜寻的身后，眼睁睁地看着他被震怒的陈教授掌掴，除了捂着嘴痛哭之外，什么事情也做不了。

陈妈妈苏醒后的第一件事，就是要找杜寻拼命，她歇斯底里地叫喊着，惹来了很多病友和医护人员围观。

带着屈辱的心情，杜寻从那些指指点点的人中间走到陈妈妈的病床前，还没靠近，就被她顺手拿起的旁边病友的杯子砸中了头。

血一点一点顺着他的脸往下滴，那一刻，他觉得自己的心萎缩了，甚至不见了。

是筠凉在这个时候站出来，挡在他的前面，昂首挺胸地对着陈芷晴的父母说："有什么就冲我来，有什么事情你们冲我来啊！"

陈妈妈被她口中的"没有教养、没有道德的小姨子"气得再度晕了过去，已经恢复了神志的陈教授把杜寻和筠凉赶出了医院，杜寻看着他仿佛在一瞬间变得佝偻的背影，心中百感交集。

筠凉拿出纸巾给杜寻，又反身去路边的便利店买来两瓶矿泉水给他洗伤口。

伤口并不深，但筠凉的动作却很用力，杜寻龇牙咧嘴地想要躲避她重而粗糙的手，却发现她一直在念念有词，仔细一听，原来是在叫自己的名字。

苏筠凉，不准哭，不准哭……

杜寻鼻腔一酸，伤口也不洗了，紧紧地把筠凉搂在怀里，怕被她看到自己泛红的眼睛。

尽管眼泪已经簌簌地砸了下来，筠凉还是紧绷着神经，字字铿锵："杜寻，没什么大不了的，我们结婚，我们明天就结婚，去他的……"

那么倔强而骄傲的筠凉，终于也被这残酷的人生一点一点吞噬掉了骄傲和从容。

喝下去的血腥玛丽像火焰一样炙烤着她的五脏六腑，她忽然起身，跟跟跄跄地往外走，杜寻追上去，她却摆手笑笑，说："我想回去休息一下，你陪陪辞远吧，我没事的。"

那边顾辞远已经明显有些醉了，没人看着还真不行，杜寻叹口气，只得任由筠凉伸手拦了一辆出租车，扬长而去。

坐在出租车上，筠凉掏出手机来想打给那个把她深深刺伤的好朋友，跟她说声对不起，却又忽然想起来她的手机已经被砸碎了。她的手指无意识地一路顺着电话簿扫下来，最终停在了沈言那一栏。

她想了想，拨了过去，三声之后一个温和的男声接通了电话："喂？"

"啊……"筠凉的大脑有那么一瞬间的空白，"啊……我找沈言。"

"她手机忘在我这儿了，你有事可以跟我说，我一定转告。"

"你是……"筠凉突然想起宋初微说过，沈言现在有男朋友了，下一秒，她想起了那个人的名字，而对方正好也自报家门："我是黎朗。"

中午下课之后我把卡插进 ATM 机，上面的数字让我心里难受了一下。

原本我是做好心理准备以为妈妈明天才会打钱给我，没想到这么快就到账了，我自己也说不清楚是为什么，她这样做反而令我不好受。

我真是生得贱，看着出钞口吐出的那一沓钞票，原本已经很沉重的心情似乎更加沉重了。

坐在公交车上的时候，忽然想起了袁祖域。自从那天不欢而散之后我就再也没有联系过他，那小子也很有骨气，没联系过我。

也对，人家也说了，我又不是他什么人，干吗要联系我。

我就是这么无耻，明明这句话是我先说出来的，可我就要把这笔账算在他头上。

只是在查看林暮色的相册那天，无意中看到袁祖域的签名档上说他的手机出了一点问题，信息全是乱码，大家有事的话直接打电话。

在他上班的地方，我没有看见他，随便选了一款手机付款之后，我问上次帮我修手机的那个人："袁祖域呢？"

他一脸坏笑："你问我啊？我们还想问你呢。"

想起上次袁祖域开的那个玩笑，我的脸唰的一下红了。真受不了我自己，又不是什么纯情少女，居然会脸红！

我刚要走，那个人又对我说："他这几天好像病了。"

站在十字路口等红绿灯，我看着对面的灯不停地换着颜色，身边的路人过去又过来换了好几拨，可我就是挪不动脚步。

世界这样漠然地汹涌着，却都跟我无关。

握着新手机，想了想，第一条短信发给袁祖域吧，也当我自欺欺人，知道他看不了短信才敢这样做："听说你病了，现在应该好了吧，其实我知道你看不了短信，所以才对你说这些……上次是我不对，我就是讨厌你那么犀利地拆穿我……我现在很不开心，跟他分手了，他真的背叛了我……"

编辑到这里，我真的难过得一个字都打不出来了，索性直接按了发送。

发完这条短信，我深呼了一口气，准备去超市买些生活用品，刚走出几步，手机响了。

袁祖域咳了两声之后，很尴尬地说："我自己会刷机，已经弄好了。"

再见面两个人多多少少都有些不自然，好在他性格一向爽朗，调侃了我几句之后气氛很快就缓和了，可我还对自己莽撞的行为感到闷闷不乐,他拍拍我的头:"好啦,在我面前丢脸又不是第一次了,别装了。"

说的也是,命运为什么总是要安排他目睹我不那么美好的一面呢?我偶尔也是光彩照人的呀!

他耸耸肩:"今天不去麦当劳了,去吃饺子吧!"

不知道是不是因为服务员的嗓门太大,而饺子馆里的空间又比较小,总之,我的耳畔好像有无数只苍蝇在发出嗡嗡的声响。

袁祖域拿着菜单翻来覆去地看,问我想吃什么馅儿的。我说我什么都不想吃,他拿起筷子敲了一下我的头:"装什么肝肠寸断啊,你不知道一句话啊,好人不过嫂子,好吃不过饺子,吃!"

他敲的力度很有分寸,说真的,那一下我真的有点感动。

饺子端上来的时候还冒着热气,他用辣椒、醋和酱油替我调好了佐料,推到我的面前,自己扬扬得意地说:"完美的比例!"

第一口饺子咬下去,我的眼睛忽然像两口清泉一样汩汩冒出泉水来,袁祖域一看我这个鬼样子,大概又以为我想起了顾辞远吧,所以做出一副要拿筷子敲我头的样子——"慢着……"我挡住他的手,"我不是为了顾辞远,我是……想起……我爸爸了。"

这是多少年来第一次对一个人提起这个称谓,别人说得那么顺畅的两个字,为何我说起来却需要这么大的勇气?

我盯着盘子里雪白的饺子,眼泪不能自抑:"袁祖域,你不知道吧,我已经很多年很多年没有吃过饺子这种食物了。"

那是速食食品还没有风行的年代,在 Z 城那个小地方,连"超市"这个概念都还没有被引进,那时候,我们去买东西都说"去商店"。

在那个年代，很多人都是买了搅碎的猪肉和面粉，自己回家包饺子，而对于小孩子来说，能够被长辈允许参与包饺子这个活动，就是无上的快乐。

我记得那个时候奶奶的身体还没有很差，她总会顺势把几枚硬币包进饺子里，然后故作神秘地跟我说，如果吃到包有硬币的那些饺子，就会有好运气。

我妈对她这个做法非常无奈，她总是跟老人说："钱很脏的，有细菌。"

奶奶会白她一眼："洗干净的！"

我和爸爸谁都不搭腔，婆媳关系难处理嘛，我是个聪明的小孩，只关心饺子什么时候熟，什么时候可以吃。

负责煮饺子的是爸爸，每次我眼巴巴地站在一旁垂涎欲滴的样子都会惹他发笑："初微啊，急不得，加三次凉水之后煮出来的饺子才最好吃啊。"

…………

我的眼泪落到油碟里，袁祖域神色凝重地问："后来呢？"

后来我爸爸在我的生命里失踪了。有一次我去超市买了速冻水饺，像他那样加了三次凉水煮，可是全都煮烂了，我看着那锅糊糊哭了很久很久……

从那之后，我很少吃饺子了。

第五章 残月

[1]

　　我一直只想和你们好好在一起,有你们在我的身边,倾听我的快乐和悲伤。却没想到我迎来的,都是一些不被料到的安排和那么多人刻意的离间。这些错误和误会,将我们慢慢地隔开。
　　我终于明白,所有的悲欢都是我一个人的灰烬,世间道路何其之多,但我始终只能踽踽而行。

　　那天晚上我整个人近乎麻木地删掉了相册里所有跟顾辞远和筠凉一起的合影,鼠标每点一下,身体某个地方就好像被清空了一点……
　　唐元元这段时间变得很和善,以前看我不顺眼的地方好像一下子全都消失了,甚至还主动邀约:"宋初微,你周末有空没有,陪我去做个小手术?"
　　我骇然地看着她,一时之间竟然不晓得要做何反应。
　　看着我的表情,她也明白是我误解了她的意思,一声娇嗔:"你要死啦！不是你以为的那个，是祛斑！"

我有点不好意思地笑了笑，在这种时候能被人以友好的态度对待，无论如何都算得上是一种安慰，于是我点点头："好啊。"

离周末还有几天，我忽然变成了那种早早去教室占座的好学生，连梁铮都对我刮目相看，但每当他想要靠近我跟我说点什么的时候，我总会找借口溜走。

我实在是不晓得怎么解答他的疑惑，经历了这么多事情，我的价值观已经被弄得很混乱了，我之前一直所坚持的、自以为正确的那些信念，通通变得很模糊很模糊，我没有勇气向他转达唐元元所说的那些话，况且，笃凉说得也有道理。

我那么能说会道，也没见我幸福到哪里去。

除了梁铮之外，我还躲着很多人。顾辞远一开始还在教室门口和公寓门口堵我，可是在好几次我把他当作空气无视之后，也就没见过他了。

某天收到他发来的一条短信：等你气完了，就回来吧，我等你。

我握着手机发了很久的呆，我以为我会哭，可是没有，真的一滴眼泪都没有。

另外还有一个人，就是袁祖域。

不知道是那天在饺子馆里我突然对他敞开心扉谈起我的身世，令他产生了某种错觉，还是别的什么原因，总之他后来的表现实在叫我不知所措。

我们出来之后照例在路上走着，有一搭没一搭地说着话，他忽然正色道："好像我们每次出来都是吃东西，下次做点别的事情好了。"

"啊?"我不解地看了他一眼,这是什么意思呢?

"比如可以去看电影啊。"他并没有看我。

我还是很木然的样子:"可是那是谈恋爱的人才去的地方啊……"

是我脑子转不过弯来,谁说电影院只有情侣才可以去呢。其实只要再给我一点时间,我就能想明白了。人心情不好的时候,思考问题的能力也不怎么样。

没想到,死都没想到,他突然冒出这句话:"那我们就谈恋爱好了。"

其实那天我几乎是落荒而逃,顾不得他的阻止,我拦了辆出租车匆匆忙忙就跑了,好像他不是对我表白而是高利贷来找我讨债。

坐在车上我还惊魂未定,袁祖域,你玩儿大了,我很容易当真的!

接下来那通电话更无疑是雪上加霜:"喂……你用得着跑那么快吗?你再想想呗,我又没要你今天就答复我……"

"啊!没电了!"这么蹩脚的借口我只在那些三流的偶像剧里看到过,没想到有一天我自己也要拿来搪塞别人。

他以为他打这个电话来能安抚受惊的我吗?这跟拿汽油去灭火有什么区别啊!

从那之后,他的名字跟顾辞远的名字一起老老实实待在我的手机黑名单里,至于哪天解禁,我自己也没想过。

在我纠结得跟麻花一样的时间里,筠凉终于见到了沈言的男朋友黎朗。

他们三个人在饭店碰面,沈言本来想装作什么事情都不知道的样子好好跟筠凉吃顿饭,却没想到见到筠凉的第一眼就失态了。

"我的天啊,你怎么憔悴成这样了?!"沈言的惊呼让黎朗忍不住皱了皱眉,也让筠凉一时之间有点难堪。

好在筠凉情商高,很快就自己打了个圆场:"当然不比你有爱情的滋润这么神采飞扬啦!"

黎朗伸出手:"你好!"

筠凉犹疑了一秒钟,很快伸出手去象征性地握了握,完成了这个成人之间的礼节仪式:"你好!"

沈言在一边掩嘴笑:"真受不了,搞得这么正式。"

那天筠凉吃得很少很少,不管沈言和黎朗如何热情地招呼她,她就是吃不下,到最后沈言自己也觉得无趣,说:"你跟初微,两个都是这个德行,等你们年纪再大点就知道了,身体最要紧,健康都得不到保障,哪里还有资格谈别的。"

听到宋初微的名字,筠凉的表情有那么一点僵硬,这一点连沈言都没有捕捉到,却被目光如炬的黎朗看进了眼里。

这顿饭吃到后来场面渐渐冷了下来,沈言终于忍不住开口问:"那个女孩现在情况怎么样了?"

筠凉像是猛然被什么利器扎到了似的弹起来,狐疑地盯着沈言的面孔,潜台词是"你怎么会知道?"

沈言眉目不惊:"难道你不打算对我说吗?"

说不清楚什么原因,筠凉忽然悲从中来,似乎全世界都站在她的对立面等待着一个谴责她的机会,宋初微是这样,沈言也是这样。

全世界都在看她的笑话,全世界都在等着看她的报应。

生平第一次当着外人眼泪涔涔地落下来,那种不被理解的孤独感,十六岁那年第一次感受到的强烈的、剧烈的、浓烈的耻辱感,暌违多年,终于再次感受到了。

她提起包，欠一欠身："我先走了。"

沈言把筷子啪的一声扣在桌上，气冲冲地看着追着筠凉出去的黎朗的背影，久久没有动弹。

走了不短的一截路，筠凉才停下来回头对黎朗说："真的很抱歉，我太冲动了，麻烦你帮我向沈言姐说声对不起。"

黎朗摆摆手，似乎在他看来那是不重要的，他眼睛里的关切让筠凉为之一颤："沈言其实也只是关心你，言语可能有些不当，你不要放在心上。"

筠凉咬着嘴唇点点头，想说什么，最终却又说不出来。

黎朗笑道："我有个妹妹，比你大不了多少，说话做事也挺冲动，总觉得自己是对的。我父母管不了她，叫我这个做大哥的管她……我能怎么管呢？让她按照自己的想法生活她才会开心嘛。"

其实他说的话听起来跟筠凉似乎毫不相干，可是有些人之间似乎天生就有一种默契，黎朗没有说出来的，筠凉完全明白了。

她点点头："谢谢你！"

在一起以来，沈言第一次跟黎朗发生争执竟然是为了筠凉，这连她自己都没有想到。

"用得着你追上去吗？你以为你是救世主？"沈言这次是真的动怒了。

黎朗温厚的性格使得他不善犀利的言辞，只能看着沈言笑，笑了很久才说："我是觉得她挺像我妹妹的，你想多了。"

"想多了？希望是吧。这次是筠凉，下次不知道你又要为了追逐哪个异性而弃我于不顾呢。"沈言的口吻是轻描淡写的，可是言语里的计较和刻薄，黎朗还是明明白白地听出来了。

没必要吵，他在心里对自己说，男人嘛，不是原则性的问题，退让一点不会死。

但整个晚上沈言的脸色一直都不太好看，最终黎朗也没办法了，只好送她回去，没想到她的气还没全消："不用了，我自己打车回去。"

关上车门，沈言对窗外挥手的黎朗视而不见，神情漠然地对出租车司机报出自己公寓的地址。

在黎朗平和的目光中，沈言硬是没有降下车窗说一声再见。

一个女人，如果你自己不对自己狠，就会有男人来对你狠。

这是沈言的座右铭，她不仅是这样说，也是身体力行地将这句话做到了极致。

她在高中毕业的那一年，看过一部日本电影叫作《大逃杀》，是北野武的名作。整部影片的基调是血腥的、残酷的、壮烈的，中年失业的父亲在卫生间上吊，厕纸拖得很长很长，上面是写给他儿子的话：秋也加油，秋也加油……

那一刻，沈言热泪盈眶。

她握着大学的录取通知书，在心里恶狠狠地喊着：沈言，加油！

穷途末路的时候，男人只有去死，但她是女人，而且还年轻貌美，聪明过人。

很多年了，她像一只鸟，不停地迁徙，去这个城市旅行，到那个城市游玩，但她始终不回家乡。

那个沿海的小城镇，空气里终年有着一股海洋的潮湿和腥味。一旦在某个城市里嗅到来自记忆里那种熟悉的气息，就会有哀愁在她的心里风起云涌。

某些失眠的夜晚,她睡在舒适的床上,凝视着静默的夜空,连自己都会疑心记忆是否出现了问题,是否她以为发生在自己身上的那些事情从来没有发生过,是否她一直以来都是清清白白、干干净净的好姑娘。

她的衣柜里全是白色,从夏天的长裙到冬天的大衣,她只穿白色。

只有白色,能让她觉得自己的灵魂还是澄澈的。

只有白色,才让她觉得未来的岁月还有可能是纯真的。

宋初微曾经问她:"沿海城市啊,那你家一定很有钱吧?"

这么多年了,她自问一颗心已经被修炼成铜墙铁壁、刀枪不入了,可原来依然有软肋,就像武侠小说里写的那样,即使是绝世高手也有个罩门。

她的弱点,就是她的过去,她从来不对任何人提起的家庭。

这个世界上并非所有父母双全的孩子都有幸福的童年。自从弟弟出生之后,她这个做姐姐的一下子成为不用花钱的小保姆,课余时间全部用来照顾弟弟,这样的日子一过就是五六年。

这五六年间,别的女孩子学钢琴,学舞蹈,看时尚杂志,她一样也没尝试过。嗜赌成性的父亲,做一天和尚撞一天钟的母亲,弟弟完全不把她当姐姐来尊重……整个家庭,让她无法产生丝毫的眷恋。

填志愿表的时候,她将自己像一杆标枪一样投掷在了离家很远的地方,而父母的话却犹如晴天霹雳:"要读书你自己去赚钱,家里没那么多闲钱!"

收拾好简易的行李,用自己往日攒下来的生活费买了一张火车票,硬座，十六个小时的车程。

她抱紧自己那一点行李，目光像勇士般壮烈。

加油，沈言，你要加油！

她回到住所打开门，没有开灯，没有换鞋直接走到沙发上瘫坐下来，在黑暗里沉默了很久很久，玻璃茶几借着月光倒映着她美好的侧脸。

终于，她打开包包，拿出手机，摁下快捷键2："对不起……我今天心情不好，并不是存心要跟你吵……"

黎朗像是有点意外她会打过来道歉，一时之间竟然不晓得要做何反应。

黑暗完全包裹住沈言的面容，谁也不知道她此刻脸上是怎样的表情："你……能不能……过来陪陪我？"

挂掉电话之后，她长长地吁了口气，打开客厅里的大灯，黄色的灯光一下子让原本清冷的房间立马显得多了几分温暖。她从包里拿出中途下车买的VC走进了厨房，打开储物柜放了进去。

奔忙了一天，身上的香水味都挥发得差不多了，先洗个澡好了，她想。

洗完澡出来之后，头发还没来得及吹干，就有人敲门，她急急忙忙地跑过去。门外站着的是提着一袋进口红提，一脸微笑的黎朗。

我不是言而无信的人，答应了唐元元陪她去做激光祛斑手术，就一定要信守诺言！

唐元元很欣赏我这一点："以前怎么没发现你有优点啊，原来你人还不错哟。"

我们坐在摇摇晃晃的公交车上,阳光从车顶的透气口洒进来,我有片刻的失神。

时间怎么会如此不露痕迹、不动声色地将某些事情改变得面目全非呢?大一刚开学的时候,我陪他去买单反相机的时候,也是坐这路公交车,那个时候我们还没有在一起。那个时候我对他的感情还是一种很朦胧的、说不清楚的状态……

原本是不会这么伤心的。

人为什么要有记忆呢?如果有一枚橡皮擦,可以把那些不想记得的事情全部擦掉,从此人生翻开新的篇章,全世界的人都会过得很幸福、很快乐,那该有多好。

当我不再在很深很深的夜里忽然想起你,当我不再看着QQ里你灰色的头像猜测你究竟是离线还是隐身,当我去超市时不再固执地买那种你爱喝的果汁,当我不再每周定期买你曾经叫我去读的报刊,当我翻看手机电话簿不再在你的名字那一栏里停顿一下……是否就代表我已经走出来了?

可是这些都已经成为我生活里的习惯,我不知道要完全忘掉它们,需要多久……

我就是把自己吊死在一棵树上,还舍不得把尸体取下来的那种人!

见我蹙着眉盯着车上那一团光影,唐元元压低声音问我:"你跟你男朋友,还有你跟苏筠凉,还有苏筠凉跟她男朋友……到底发生了什么事情啊?"

我瞥了她一眼说:"我就知道你没安好心,说是要我陪你做手术,其实就是想探听我们的八卦。"

"切！你以为你们是明星啊！"唐元元一副嗤之以鼻的样子,"不说就不说咯,我也不是很想知道,只是那天晚上看你们两个人针尖对麦芒的样子,觉得有点奇怪罢了。"

她一提起那天晚上的事情,我的眼神又黯淡了一下。

这段时间以来,筠凉没有找过我,我也没有找过她。她偶尔回宿舍拿换洗的用品和书籍都选在我有课的时候。

想来不是不讽刺的,当初费了多大的力气才能住到一起,原来老人家说的话真的是有道理的:相见好,相处难。

也许任何两个人之间都有一个所谓的安全距离,无论两人有多么亲密的关系,只要越过那根线,便会直面最不愿意看到的东西——真实。

我靠着车窗的玻璃,悲伤地想,或许任何感情都有期限吧。我跟顾辞远也好,跟筠凉也好,我们的感情到期了。

"其实,我一开始真的很讨厌你和苏筠凉……"做完手术出来之后,唐元元和我坐在一家环境还不错的快餐店里要了两份套餐,她喝了一口汤,忽然冒出这么一句话来。

我一下子傻了,虽然我一直知道她不太喜欢我和筠凉,但是她这么开门见山地表达还是第一次。

我过了半天才反应过来:"我们是哪里惹到你了吗?"

"也不算是吧……"因为刚做完手术,她的脸看起来有一点僵硬,"第一天苏筠凉拿着寝室钥匙在你眼前晃,说她凭关系换了宿舍,我就是从那个时候开始讨厌你们的。我觉得像你们这样的女孩子肤浅又无知,不过是运气好了点,投对了胎,就轻而易举地得到了我们这些人要付出好几倍的努力才能够获得的东西……"

在她的叙述中,我想起大一开学那天,筠凉趾高气扬地对我说"我爸跟院长有交情",那副炫耀的模样在旁人眼里看起来,或许确实很欠抽。

"就是从那个时候开始的,我忽然想,既然我这辈子做不了富二代,那我就努力让我的孩子成为富二代,他将来才不会像我一样在同龄人面前自卑……"

她用到了"自卑"这个词语,有那么一瞬间,我心里忽然觉得很难受,可我不知道要说什么。

她忽然笑道:"跟你说个事吧,你肯定觉得我幼稚,你还记得大一的时候,筠凉丢了一条淑女屋的裙子吗?其实是被我扔进了垃圾桶的。"

这件事我依稀还记得,筠凉一直不喜欢淑女屋那个牌子的东西,每次逛商场的时候路过这个柜台,她都嗤之以鼻,狠狠地嘲笑那些看上去只有村姑才会喜欢的艳丽的绣花和蕾丝。

可是有一天她竟然破天荒地买了一条这个牌子的裙子回来,我们都承认,真的很漂亮。她只穿了一次,因为吃饭的时候不小心弄了点油渍上去,所以马上脱下来洗了。

第二天她去收的时候,阳台上密密麻麻挂着很多衣服,可就是没有那条裙子。

为了这件事筠凉还发了很大一顿脾气,站在阳台上骂了很多难听的话,可是她又不知道到底是谁偷的。我安慰她说,偷的那个人一定会穿出来的,我们一定会抓到她的!

但是从夏天等到冬天,都没见谁穿过那条裙子。而拥有很多漂亮裙子的苏筠凉同学，也很快就将这件事抛诸脑后，完全不记得了。

没想到过了这么久，我竟然会从唐元元这里得知那条裙子的下落。

她看起来很不好意思，但又好像松了一口气，想来也是，憋了这么久，她自己肯定也难受。

"我当时的想法……现在想起来好幼稚啊，我知道苏筠凉家里有钱，不在乎一条裙子，但我扔一条，她就少一条。"

唐元元说这句话的时候声音很小，好像透着心虚和惭愧，又好像怕我会突然说出什么不好听的话来，可是我拿着汤勺怔了半天，最终却只是对她笑道："我明白。"

我真的明白。

这种感觉就像小时候自己的作业没写完，害怕被老师批评，就偷偷跑去把别人的作业撕掉来换取心理上的平衡。

我咧开嘴对唐元元笑道："你放心吧，我不会告诉筠凉的，反正都过去了。"

唐元元凝视了我很久，然后说："宋初微，以前我没发现，其实你有一双很善良的眼睛。"

顷刻之间，我愣住了，这话怎么这么耳熟呢，是在哪里听过呢？

在女生公寓门口看到袁祖域的时候，我的疑惑完全解开了。是的，就是他说过，宋初微，你有一双善于倾听的眼睛。

算起来也有一段日子没见面了，我们沿着学校的人工湖慢慢地走着，他的双手插在口袋里，侧面看起来，真的有几分落寞的感觉。

风吹皱一池春水，一直沉默的袁祖域忽然说了句题外话："你们学校,挺漂亮的。"

我低着头,不晓得要怎么接话,他倒也不在意我的反应,一个人接着说:"我刚退学的时候,每天早上醒来都会像往常一样穿好衣服、背起书包往外冲……但是,打开门的那一瞬间,我会清醒过来,知道自己是在做梦……"

我停下脚步,静静地看着他。

他的头发总是剪得很短,根根分明。他曾经说真正的帅哥是不需要厚刘海来遮盖的……他平时总是嘻嘻哈哈,没个正经样子,也从来没像某人那样说过一两句让我很感动的话,但是我能很明显地感觉到他对我的信任。

信任这件事,很难建立,却很轻易就会被摧毁。

他忽然很不好意思地挠挠头:"唉,我怎么又提起这些事情了,可能是你们学校风景不错,一时脑子发昏了。"

我微笑起来,刚想说"其实以后有机会,你还是可以进修啊",可是我还没来得及说话,他忽然话锋一转:"那件事你想得怎么样了?"

"啊?"我呆呆地看着他。

他气结:"你装什么失忆啊,我那天跟你说的那个事啊,考虑得怎么样了?"

电光石火之间,我反应过来了,他说的是要我做他女朋友这件事!

陈芷晴在周末这天出院。天气很好,阳光明媚,医院道路两旁的香樟树散发着清香,她坐在轮椅上由她父母推着,到了医院门口,她看见了杜寻。

没想到还会再见到这个人。

在医院静养的这段时间,陈芷晴每天盯着吊瓶里的液体,它们一滴一滴地顺着注射管,一点一点进入自己的身体跟血液融合在一起,那么缓慢,好像一生的时光就这样慢慢地流淌干净了。

这一段时间里,她逼迫自己不要去想起杜寻,不要去想起那个抢走杜寻的人,更加不要去想起自己那英勇而决绝的一跃。

但越是逼迫自己不去想,那些画面就越是死死地映在脑海里,似乎只要一闭上眼睛,就会看到它们张牙舞爪地朝自己扑过来。

一开始的时候,她还会歇斯底里地哭,枕头都被哭湿了还不罢休……渐渐地,哭也哭不出来了,也发觉其实没有人会同情她,没有人会站在她的角度去谴责那个负心汉。

隔壁床的一个病友原本是想劝劝她,可是说着说着就令陈芷晴发狂了。她说:"姑娘啊,与其说是别人害了你,不如说是你自己害了自己啊……"

在陈芷晴阴冷的眼神中,那位病友再也没有主动跟她说过一句话。

你们这些人,都会遭报应的!躺在病床上,陈芷晴恨恨地想。

没有想到会再次见到杜寻,陈芷晴和她的父母都感到非常意外。

自从那天被赶出医院之后,杜寻都没有机会再见到陈芷晴,任何时候他想来探访都会被陈妈妈痛骂着逼走。

陈教授曾经在医院门口看到徘徊的杜寻,他曾经非常欣赏这个年轻人,关于自己女儿与杜寻的恋爱,他也一直保持一个乐见其成的心态,如果不发生这件事,杜寻应该是他心目中很理想的乘龙快婿。

杜寻在看到他的时候,远远地鞠了个躬,准备走,却被陈教授叫住了。

他毕竟是受过高等教育的人,经过多日来的冷静,他也明白不能把事情完全怪在杜寻头上,自己的女儿多年来一直生活在一个很顺遂的环境中,从小到大没有遇到过什么挫折,心理承受能力自然很差,这才是导致她做出这么极端的事情的根源所在。

陈教授看着杜寻,叹了口气,终于说出一句话:"也不能全怪你。"

这是两个男人之间的一次对话,原本愧疚的杜寻在听到这句话之后,堵在心里的那些沉重的情绪终于像是一块大石落了地,与此同时,眼泪也一起流下来。

此刻陈芷晴见到他,仿佛他们之间隔着一层磨砂玻璃,只能够模糊对视。

她开始冷笑:"杜寻,你还敢出现在我眼前?"

杜寻看着她,目光里是浓烈的哀愁,他不晓得自己能够对她说点什么,或者为她做点什么,能让她觉得好过一点。

陈芷晴并不领情,她笑着笑着,流下泪来。

"杜寻,你记住,我会变成这个样子,都是你害的!"

[2]

如果真有上帝视角的话,那么那个夜晚发生在我们几个人身上的事情,足以被编排成一场热闹的舞台剧。

从小到大,我一直是一个性情暴烈的人,尤其是在感情问题上,我似乎永远学不会用一种温和的方式去解决。

那个晚上,被袁祖域的直接逼得没办法逃避的我,直挺挺地对他说:"算了,不可能的。"

从他脸上我看不出这个答案是否在他意料之中,但我想既然话已经说到这个份儿上了,不在乎再狠一点了,有些事情当断不断,反受其乱!

豁出去了的我哪里还顾及得了他的感受,我那个老毛病又犯了:"袁祖域,我们本来不是好好的吗?你有什么不开心的事情跟我说说,我有什么不开心的事情也跟你说说,这样相处不是挺舒服的吗?干吗要搞这么一出啊,你弄得我很烦躁,知道吗?"

见他不说话,我胆子更大了:"再说你又不是不知道,我跟顾辞远刚分手才多久啊,这个时候哪可能又开始谈恋爱啊,你别傻了……"

他还不说话,我顿了顿,终于给出了最狠的一招:"我一直当你是好朋友,两肋插刀的那种,你懂我的意思的……"

"嗯,我完全明白了。"他缓缓地开口,一时之间,我们都没有再说什么。

看着他转过身去要走,我以为这件事就算过去了,过几天我们还可以跟以前一样没事聊聊天,一起吃吃饭,毕竟生活很无聊,总还是要有个伴嘛。

可是他忽然又转过来,正色看着我,眼神充满从未有过的凌厉,问:"是因为我没钱吗?"

疲惫不堪的筠凉和杜寻终于找了个时间坐下来一起吃饭,不知为何,两个人却都觉得味如嚼蜡。

筠凉面前那盘培根茄汁意面被她用叉子搅得乱七八糟,她看着一团乱麻似的意面,一点食欲也没有,转过身子,令原本勉强打起精神来的杜寻也放下了手中的刀叉。

"你怎么了?"杜寻耐着性子问她。

怎么了？筠凉心里一声冷笑，真是好笑，难道你不知道我怎么了？

但她没有把这句话说出口，而是侧过头去看着窗外车水马龙的马路，华灯初上，这个越是夜晚越美丽的城市。

杜寻又问了一句："你到底怎么了？"

就像是点燃了炸药的引线，筠凉突然一下子爆发了，竹筒倒豆子一般："你问我怎么了，你说我怎么了，我当然是不开心并且是很不开心啊！"

从那次站在街上给杜寻清理伤口以来，筠凉再也不曾为这些事情掉过一滴眼泪，但是不哭并不意味着心里的潮汐真正平静了，它们只不过化作了暗涌而已。

在得知杜寻去接陈芷晴出院的消息后，筠凉总觉得有一团什么东西卡在胸口，不上不下，非常难受。

身为播音主持专业的学生，筠凉用她标准的一乙普通话冲着杜寻吼的时候，引来了餐厅里不少人侧目。

这段时间以来，杜寻原本处变不惊的性格多多少少也因为种种变故而受到了影响，在这样凡事皆不顺遂的情况下，筠凉这一迭声的抱怨也令他觉得忍无可忍了。

金属刀叉撞击瓷碟的声音那么尖锐，筠凉冷不防被吓了一跳。

对面的杜寻脸色阴冷，虽然一语不发，但这种充满了压迫性的气氛却更令筠凉感到害怕。

忽然，杜寻脸上的表情变了，变成了极度的震惊。

筠凉顺着他的目光回过头去，看到了从电梯里出来的正是自己转着轮椅的陈芷晴。

在筠凉错愕的注视里，陈芷晴微笑地转着轮椅一点一点靠近他们的时候，顾辞远的手机上亮起了林暮色的名字。

正在网游世界里厮杀的顾辞远一看到手机上的这个名字，二话不说直接摁掉，旁边的哥们儿百忙中抽空笑着调侃他："怎么啦，女朋友电话都不接啊？"

他用力地点着鼠标，目不斜视，嘴里丢出一句："狗屁女朋友！"

像是为了配合他似的，那个"狗屁女朋友"的名字又亮起来了，不依不饶似的。

顾辞远心里蹿起一股无名怒火，摘下耳机接通电话劈头盖脸地就是一句："你有完没完啊！"

那边的林暮色气若幽兰地说："啧啧，这么久没联系，一开口就这么凶，我又哪里惹你了？"

自从古镇回来之后，林暮色的手机一直关机，怎么找都找不到人，刚开始那几天顾辞远每天不知道要拨打这个号码多少次，心急如焚地对着电话喃喃自语："姑奶奶，求你了，接电话吧……"

他并不光是想要狠狠地骂林暮色一顿，比起谴责她，顾辞远觉得更重要的是让她亲自跟宋初微解释清楚，在古镇的那天晚上，他们真的什么都没发生。

可是一连数日，电话打得通，却没人接。

宋初微的态度从那天晚上开始就再也没有丝毫转变，每次他去她上课的教室，或者女生公寓门口等她，换来的全是她一脸的漠然。

慢慢地，他明白了，就算她在直视着他的时候，也不过是把他当成空气，透过他去看他身后的风景和别人。

他终于明白，这次宋初微是来真的了。

所以，当玩儿了这么久人间蒸发的林暮色再度出现时，他真的忍不住想对她说声："滚！"

但现在最重要的事情还没有解决，在约了林暮色之后，顾辞远打电话给筠凉要到了唐元元的电话号码，再让唐元元找宋初微接电话。

唐元元也是机灵一世糊涂一时："宋初微没在宿舍啊，有个男生在公寓门口等她，他们一起去湖边散步了吧……"

还没等唐元元说完，顾辞远就啪的一下合上了手机。

跟个男生去湖边散步？宋初微，你知道"死"字怎么写吗？

在顾辞远"杀气腾腾"地向我所在的方向前进时，我对接下来那个惊心动魄的局面还处于未知状态，我还在纠结袁祖域对我的羞辱。

"我……"后面那几个字到了嘴边，还是被我硬生生地吞下去了。

既然如此，也不代表我就能克制住自己愤怒的情绪，眼前的袁祖域真的让我有一种扇他两耳光的冲动！

他似乎也察觉到自己那句话确实是失言了，一时之间，脸色发窘，那副样子好像任我要杀要剐，他都不会反抗。

我皮笑肉不笑地看着他，语速非常快地说："在你眼里我一直都是一个虚荣、物质又拜金的女生，从你第一眼看见我开始你就是这么认为的，而这一切不过只是因为我有一个家境不错的男朋友，噢，不对，应该是前男友，你自始至终都认为我是为了他的钱才跟他在一起，既然这样，你跟我交朋友干什么？你喜欢我干什么？你是不是脑子有病啊？！"

这一长串话我说得干脆又流利，袁祖域好半天都没回过神来，等他反应过来的时候我已经转身要走了。

不由分说，他一把拉住我，眼睛里充满了真诚的歉意："宋初微，你别走，算我说错话了，我向你道歉，还不行吗？"

"喂，什么叫算你说错话了，本来就是你说错话了！"我一把甩开他的手，"别拉拉扯扯的，自重点啊你！"

其实我也没生他的气，认识了这么久，以我对他的了解，他跟我一样都有这个一着急就乱说话的臭毛病，可是我没生气，不代表另外的人不生气。

如果这个时候有同学路过我们学校的湖边，一定会停下脚步，津津有味地关注事情的发展。

因为接下来，我和袁祖域都听到一声怒吼："宋初微！"

我和袁祖域应声望去，是怒发冲冠的顾辞远！

要不是我眼快手疾地推开了袁祖域，顾辞远那一拳恐怕真的会打出点什么事来。

待我站定之后，第一时间，我的自然反应就是冲着顾辞远凶："你是不是疯了啊？"一说完我自己就愣住了，这么久了，无论他怎么跟我道歉怎么站在门口可怜兮兮地望着我，我都不肯理他，可是当他不明就里要打袁祖域的时候，我开口了……

顾辞远也呆住了，过了半天，他才难以置信地看着我问："你在吼我？为了这个人吼我？"

说不清楚为什么，那一刻我居然感到前所未有的慌乱，脑海里顿时浮现起《功夫》里龅牙珍那张无辜的脸："怎么会这样啊……"

怎么会这样啊？我真的好想一头栽进人工湖里，死了算了！

袁祖域一把将我拉到身后，冲着顾辞远说："你是要打架吗？"

顾辞远也火了："你谁啊？哪里冒出来的？"

箭在弦上,眼看他们两个人就要像两只丧失理智的——疯狗——我知道这样说不恰当,但是除了这个词,一时之间我真的想不出别的了……

"你们都给我滚!"内心那些原本一直被我拼尽全力压制的情绪,突然犹如火山爆发一样,岩浆沸腾,我青筋暴起,声嘶力竭地冲着眼前这两个人喊,"都给我滚!"

就是在我这样失态、这样难以控制自己情绪的时候,应顾辞远之邀的林暮色出现在了我们面前。

有多久没有见到她?原本我们也算得上是蛮合得来的朋友。以前我甚至愿意逃课陪她去逛街买衣服,愿意拿出自己的时间陪伴她。

那个时候在我看来,她是多么有意思的一个姑娘。虽然是富家女,但从来没有刻意在别人面前展示过自己的优越感;虽然是从国外回来的,但从来不像那些爱装的女生满口英文。她狂放、豪迈、性格爽朗,除了嘴有点毒之外,其他的没什么不好。

虽然在那个时候,我就知道她视繁文缛节如无物,但我从来没有想过,有一天,她竟然会来抢我的男朋友。

再次看见她,我心里有一种恍如隔世的错觉。

我们真的认识过吗?我们真的曾经是朋友吗?

她穿着黑色的衣服,还是一贯的风格,低胸,脖子上戴着一条很亮的项链,我想我还不至于把钻石看成人工水晶吧……

她笑意盈盈,仿佛什么事情都没有发生过似的跟我打招呼:"宋初微,好久没见啦,你最近好吗?"

没有回头去看顾辞远和袁祖域这一刻的表情,我拼尽全身力气,终于挤出了一个笑:"托你的福,还不错。"

餐厅里一些客人已经意识到有热闹看了，他们虽然都还坐在自己的位置上，但是目光却是不约而同地投向杜寻和筠凉这个方向。

"以前我以为，做了坏事的人应该都是吃不下、睡不好的……"陈芷晴的笑容看上去十分诡异，杜寻和筠凉的心都提到了嗓子眼儿，不晓得怎么应对接下来这难堪的场面。

不管不顾，陈芷晴接着说："但我好像弄错了，有本关于'二战'时期的历史书上说，有个纳粹飞行员每晚酣睡如同婴孩……也对哦，丧失良知的人怎么可能会因为内疚而寝食不安呢？"陈芷晴慢慢地将脸转过去望着呆若木鸡的筠凉，"你说对吗，苏筠凉？"

心好像被什么东西轻轻地划了一道口子，有血慢慢地渗透出来。

筠凉觉得自己几乎要哭了，在众目睽睽之下，被陈芷晴这样羞辱，她觉得自己的灵魂好像已经被抽离出了身体，飘浮在空中，带着同情和怜悯俯视着这个无可奈何的肉身。

杜寻一声"够了"，将陈芷晴和筠凉通通拉回了现实。

他双目通红地看着眼前这两个女孩子，自己的人生是从什么时候开始被搅和成这么乱七八糟的？从什么时候开始，所有的事情都不在他掌控的范围之中了？

在过去的人生中，他一直都是同龄人眼里叱咤风云的角色，从来没有想过，竟然有一天自己会被感情的事情弄得如此狼狈不堪。

他压低声音问陈芷晴："你怎么找到这里来的？"

一脸趾高气扬的陈芷晴哼了一声之后说："你不记得我把你的手机定位了吧？你不记得我，但我可是每天都想着你呢。"

看着陈芷晴的脸，筠凉内心深处不由得涌起一波又一波的怯意，她不知道这个连死都不怕的陈芷晴，接下来还会做出什么骇人听闻的事情来。

　　季节的递嬗是如此悄无声息，寒冬明明已经过去，可是筠凉觉得自己全身的每一个毛孔里都散着刺骨的寒气。

　　猝不及防间，陈芷晴忽然拿起桌上那杯果汁朝筠凉劈头盖脸地泼了过去，周围原本在窃窃私语的人立刻噤若寒蝉，只有餐厅里悠扬的钢琴声依然在飘荡。杜寻噌的一下从座位上站起来，刚要对陈芷晴吼，却被筠凉拉住了——"杜寻，冷静点。"

　　筠凉的声音里听不出喜怒，这么多年了，经历了这么多事情之后，她真的可以做到"胸有激雷而面如平湖"了。

　　餐厅的纸巾上有浮雕的玫瑰图案，质地很好，一点纸屑都没有，筠凉耐心地擦干自己头发上、脸上还有衣服上的果汁，她低着头，专心致志地擦拭着。不知情的人看过去都会以为是她自己不小心打翻了果汁。

　　杜寻心里的怒火越烧越旺，顾不得筠凉刚才叫他"冷静"，他起身绕过陈芷晴，牵起筠凉的手就要走，此刻，陈芷晴忽然用一种极其凄厉的声音阻止了他："杜寻，难道你要把我一个残疾人丢在这里吗？！"

　　筠凉终于抬起头来，看着眼前涨红了面孔的陈芷晴，云淡风轻地说："你能一个人来，难道不能一个人回去吗？"

　　说罢，筠凉莞尔一笑，既不看杜寻，也不看陈芷晴，提起自己的包扬长而去。

　　不知道过了多久，周围的人渐渐都散了，杜寻招呼服务生把单埋了，然后蹲下来与轮椅上的陈芷晴平视。他的眼睛，深不见底。

　　"我现在送你回去，陈芷晴，你最好给我适可而止。"

看见林暮色来了，顾辞远也顾不得跟袁祖域对决了。他把她叫来的目的，就是让她跟我说清楚那天晚上他们确实什么事情都没有发生。

我一把推开顾辞远："我跟你说了我不要听，你们发生了什么关我屁事啊！"

顾辞远也怒不可遏地说："你要分手可以，但分手之前你先弄清楚状况，我要死也要死得清清白白的！"

"清白个头啊！你的清白跟我没关系！我们早就分手了，谁跟你分手之前啊！"

"去你的，那个分手是你一个人说的，我可没答应！凭什么在一起要经过你同意，分手不要经过我同意啊！"

…………

吵了好一阵，我才恢复了一点理智："算我脑残，大晚上的不回去睡觉在这里跟你吵架，你爱干什么就干什么去吧，找你的好兄弟杜寻去吧，反正你们是一丘之貉！"

其实我真的不愿意说这些话，残存的理智告诉我，这些话是"双刃剑"，在刺伤对方的同时我自己也不能幸免于难。

可是我就是忍不住要说，我就是忍不住心里所受的那些委屈。

我不知道他怎么还有脸说要解释给我听，他以为只要把谎话编得好听一点，把理由编得充足一点，就可以当作什么事情都没有发生吗？

去你的顾辞远，我只相信我自己的眼睛，我只相信我在林暮色的相册里看到的那些你用相机亲自拍摄的巧笑倩兮的照片！

顾辞远刚刚熄灭了一点的怒火又被我激发了："宋初微，你别没事找事把我跟杜寻扯到一块儿说！这两件事根本就不是一个性质，再说了，你好意思讲我吗？你自己不也一样招蜂引蝶吗？"

到了这个时候,我和顾辞远的话里要是不夹点讥讽就好像说不顺似的。

这些年来虽然我们小吵小闹不断,但这样撕破脸皮对骂还是有史以来头一次,我被这个浑蛋气得都要哭了,也没看他有半点退让的意思,或许在他看来,这一次我也实实在在地让他狠狠地伤心了吧……

当他说到我"招蜂引蝶"的时候,我们终于从旁若无人的世界里挣脱出来,想起了旁边那两个人。

袁祖域和林暮色一直冷眼旁观着我们的争执。袁祖域脸色铁青,林暮色的脸上始终挂着意味深长的微笑,他们抱胸而立,耐心地等着看我和顾辞远这对冤家到底准备如何收场。

提着包一个人茫然地走在大街上的筠凉,一时半会儿真想不到要往哪里去。

冷静下来之后,她会想起当日在宿舍里跟宋初微的那番对话,其实初微只是一时情急,而自己……自己却好像是蓄谋已久,要为满腔的怨怼和怒气找一个无辜的出口。

因为不能对着杜寻发脾气,因为舍不得对自己发脾气,因为不像从前那样还有优渥的家世做靠山……所以她只能把气撒在一个最无力反抗的人身上。

苏筠凉,你也真够狠的。她在心里对自己说。

还有沈言……原本好好的,自己那天为什么要负气呢?这段时间的自己怎么好像跟个刺猬一样,碰都碰不得,谁一碰就要扎死谁似的。

苏筠凉,你真的要置自己于众叛亲离的境地才甘心吗?

想到这里,筠凉拿出手机,给沈言打了个电话,电话接通之后很意外,居然又是黎朗。她怔怔地想,难道沈言又把手机丢在黎朗家里了吗?"

"不是的,沈言病了,喉咙嘶哑说不了话,我在她家照顾她。她刚刚睡着,你有什么事吗?"

"这样……"筠凉迟疑了片刻,"其实也没什么事,就是想起上次的事情,想跟她说声对不起。既然她不舒服,我就不打扰她休息了……"

筠凉刚想挂掉电话,那端的黎朗忽然说:"筠凉啊,你在哪里?"

这天的苏筠凉穿的是一件白色的衬衣,都说白色显胖,可是她日渐消瘦的身体被这身宽松的衣服裹着,反而更显得楚楚可怜。惨白的脸令她一双本来就很大的眼睛显得更大了,几乎占据了面部的三分之一。

"你以前也这么瘦吗?"坐在"飞"的露天阳台上,黎朗微笑着问她。

筠凉摇摇头,没有说话,侧过身子让了让端着咖啡的侍者。

"你气色很差啊,最近心情一直都不好吗?"黎朗的语气真的就像在关心自己的妹妹。

也许是太久没有被人带着这种善意和怜悯对待了,筠凉几乎觉得哭意已经涌到了嘴边,她抿了抿嘴唇,转移了一下话题:"上次你说我像你妹妹,她多大了?现在在哪里呢?"

提起自己的妹妹,黎朗脸上原本和煦的笑容僵了僵,眼神也从那一瞬间开始似乎变得有些怅然,明眼人都看得出这其中一定有曲折。

"她比你大三岁,现在在我的老家开了一个小小的西饼店,每天跟奶油啊、蛋糕啊、饼干啊、酸奶啊这些东西打交道……"

"那挺好的啊,在那种环境中,生活一定很愉悦啊。"筠凉微笑着。

可是黎朗低下头沉默了片刻,再抬起头,用一种温和宽容的目光凝视着眼前这个女生,他心里原本有很多很多想说的话,可到了嘴边最终也只有一句:"可能是吧。"

外表看起来像某个欧洲小镇上的居民住宅的"飞"对面有一家很出名的粥铺,一个戴着口罩的女人要了一碗中份的蟹粥。

其实她还在生病,本来应该要忌口,但是这个世界上总会有很多明知不可为而为之的人。

热气腾腾的蟹粥端了上来,雪白的粥上撒着些许绿色的葱花,看着就能激起食欲。

她摘下口罩,咳了两声,开始不急不缓地搅拌着面前滚烫的这碗粥。她看向对面露天的小阳台,今晚"飞"的生意看样子不是很好嘛,平时这个位置都是要提前预订的,今晚居然被某些心血来潮的人占据了……

黎朗死都没想到,在他轻轻关上门的那一瞬间,原本已经睡着了的沈言,在黑暗的房间里,忽然睁开眼睛,死死地盯着卧室的天花板。

我被顾辞远一把拖到林暮色的面前,她气定神闲地看着我。

顾辞远急起来像个找不到方向的小孩子一样慌乱:"林暮色,你跟她说啊,你告诉她,我们之间什么事都没有啊。"

"什么叫什么事都没有呢?"林暮色转过去看着他,一脸笑嘻嘻的,"接吻算吗?"

啪的一声响,在场的人全都愣住了。

袁祖域急忙上前一步来看个究竟,抓着我问:"怎么回事?"

我这才发现,刚刚那声耳光,原来是我扇在林暮色脸上的。

好像所有的血液都涌上了脑门,我的行为、思想、话语全都不由自己的大脑控制了。这一耳光,又快又狠又干脆,好像事前已经排演过无数次那样,利落地甩在了林暮色的脸上。

她抚着自己的脸,半天没有动弹。

顾辞远也呆住了,到了此时,他忽然什么都不说了,也许跟我一样,他的行为、思想也已经不受自己的大脑控制了。

他终于用那种几乎不敢相信的目光看着林暮色,后者在这种几乎相当于拷问的眼神中,淡然地捋了捋自己的刘海。

那一刻我很想问问袁祖域:你不是号称数学天才吗?那么难的数学题你都能求出一个精准的答案,那你告诉我,眼前这一团狼藉的答案是什么啊?

这种狗屁不如的生活的答案,到底是什么呢?

袁祖域死死地抓着我的手,自己站到了我的前面,好像是要替我挡着什么似的。

过了很久,林暮色终于转过头来,即使是在湖边昏黄不明的光线里,也依然可以清楚地看到她左边的脸颊已经红了一片。

"宋初微,这是我从小到大第一次被人打耳光,你有种!"她一字一句地吐出这句话,回过神来的我,忍不住打了个寒战。

就在这时,顾辞远忽然大喊了一声,把我们都吓了一跳。

他脸上的痛苦看起来那么真实:"喂!有什么事情大家说清楚行不行?!别废话了行不行?!"

就在顾辞远喊完这句话之后，林暮色忽然大力推开袁祖域，把我拖到一边，并色厉内荏地对着原本要跟过来的顾辞远和袁祖域说："你们都给我站在那里不准过来！我跟她说清楚就走！"

接着她转过来正色对我说："宋初微，我抢你男朋友，你打我一耳光，我们扯平了！"

"扯平了？那你打我一耳光，我去勾引你男朋友行不行？"我也没什么好语气。

她冷笑一声，并没有跟我就此纠缠下去："顾辞远要我告诉你那天晚上的事情，好，我就告诉你。那天是我追过去找他的，事实上一直以来我确实都在处心积虑地接近他，至于那天晚上……"

她说到这里，忽然停了下来，饶有兴致地看着我，似乎在观察我的反应。

我不是苏筠凉，在这种时候，我做不到面不改色。

也许是对自己的话产生的效果很满意，林暮色笑了，两颊上那两个小小的梨涡里都盛满了得意。她从口袋里掏出了一个什么东西，牵过我的手，把那个四四方方的东西放进我的手掌："这是我那天晚上带去的，一盒三枚，我们用掉了两枚，剩下的这个，送给你呀。"

在她抽手之后，我颤颤巍巍地展开自己的手掌，那盒杜蕾斯赫然摆在我的掌心里。

抬起头，我看到了也许是我一生所能看到的最恶毒的笑容。

[3]

那碗蟹粥只喝了一半，沈言就喝不下去了。人一生病，胃口就特别差,她叹了口气,埋单,重新戴上口罩,在路边拦车的时候她特意看了"飞"的阳台一眼。

坐在出租车上,她两只微微颤抖的手绞在一起,因为太过用力而令关节发白。她心里有一个微小的声音对自己说:"沈言,你不会输给任何人的。"

这天晚上,夜幕中只有半弯残月,她凝视着它,眼前的景象与记忆里多年前的那个夜晚渐渐重叠。

十六个小时的硬座是什么概念?因为这趟艰辛的车程,沈言在肮脏不堪的厕所里暗自发誓,以后但凡要去坐超过五个钟头火车的地方,她死都要坐飞机!

上车六个小时之后,天黑了,沈言从背包里拿出之前准备好的那盒方便面,犹豫了一下,又塞回了背包。

她带的钱很少,每一分都不能浪费,必须保证每一笔钱都花在刀刃上。

夜渐渐深了,车厢里的人都陆续进入了梦乡,鼾声此起彼伏。她睡不着,除了闷热这个原因之外,还有饥饿。

那一刻,她很想哭。

太饿了,越是饿的时候越容易想起那些好吃的东西。

她想起学校门口的那家面包店,那么诱人的香味每天都飘荡在空气中,玻璃柜里陈列着很多一看就知道色素添加过量的奶油蛋糕,还有撒着劣质椰丝的面包。沈言的同桌是一个家境不错的女生,她每天的早餐都是鸡蛋、鲜牛奶配着奶油面包。

每一天,同桌抽屉里散发出来的香味都在刺激着沈言脆弱的胃以及自尊心。

她发誓等有钱了之后,每天都会去给自己买新鲜的奶油蛋糕。

第一次买回去之后,沈言大口大口地狼吞虎咽,因为吃得太急,竟然噎住了,最后只好冲到洗手间里抱着马桶一顿狂吐,吐得眼泪都流下来了才平息。

她跌坐在铺着马赛克形状的洗手间地板上,扯着纸巾一边擦着眼泪一边跟自己说,你以后可以慢慢吃,再也不会只能远远看着了,再也没有人会跟你抢,再也没有人会让你自卑了……

可是内心深处,她明白,那个遗落在年华尽头的饥饿的小女孩,从来没有长大过。

出租车司机的声音将她拉回了现实,付完车费之后她慢慢地走进小区,朝着自己住的那栋公寓走去。

这个时候,她已经冷静下来了,从背着简易的行李离开那个毫无指望的家那天开始,她就已经是一个深谋远虑的成年女子,任何时候都要确保自己不会对局面失去控制。

黎朗,你不可能离开我的,谁也无法将你从我身边带走。

从"飞"出来,筠凉觉得自己心里比起之前被人泼果汁那会儿平静了很多,她由衷地对黎朗说了一句:"谢谢!"

黎朗手里拿着车钥匙,挑挑眉:"你不用总是这么客气,太生分了,沈言把你当妹妹看,我也一样。"

筠凉脸上挂着淡淡的微笑凝视着黎朗:"我见你两次,你两次提起你妹妹,你们兄妹感情一定很好。下次她来这里玩儿的话,你可以带她跟我见个面呀。"

只是一句客气话而已，筠凉心里知道，她其实已经没有多余的热情去结交新的朋友，黎朗也很清楚地看明白了这一点，他不置可否，指了指自己的车："我送你回学校吧。"

筠凉点点头："好。"

这段日子筠凉一直和杜寻住在离学校不远的一间酒店式公寓里，虽然只有几十平方米的空间，但似乎是世界上唯一没有流言蜚语攻击他们的地方。

无论是杜寻所在的学校，还是筠凉自己的学校，他们的故事经过不断的以讹传讹，不断的艺术加工，已经完全模糊了原本的轮廓，演变为一个让他们自己都无法接受的版本。

在那个版本里，筠凉是罪无可恕的第三者，杜寻是冷酷无情的负心汉，正是这两个人，联手逼得柔弱的陈芷晴不得不从六层楼上跳下去来成全这对狗男女。

筠凉回到学校上课的那天，刚在位子上坐下来，周围所有的人就像见了鬼似的迅速地从她身边散开，躲得远远的，还在她背后对她指指点点。

她把书摊开，安安静静地开始做笔记，脸上是波澜不惊的样子。而同一时间里，杜寻开着车去接陈芷晴出院。

坐在黎朗的车上，筠凉闭着眼睛听着歌，她并不知道，黎朗一直在旁边用余光打量着她。

用力地掷出那盒杜蕾斯的那一瞬间，我觉得自己的灵魂已经被撕裂成碎片，从很高很高的地方撒下来，被风吹得到处都是。

再也不能忍受了，再也不能承受了，我顾不得尊严，蹲下来，抱住头，眼泪一下子迸了出来。

林暮色再也没有多说什么,她扭头就走,顾辞远和袁祖域同时从那边跑过来,一个挡住她,一个来扶我。

顾辞远的声音听起来都要急疯了:"林暮色,你到底跟她说的什么,你能不能放我一条生路啊?!"

没有声音,林暮色一个字都没有说,她的眼眶里也积聚了满满的泪水,在用力推开顾辞远的那一瞬间,眼泪碎裂成行。

追了她几步之后,顾辞远又反身过来找我,我已经哭得不能完整地说出一句话了。袁祖域紧紧地搂着我,对眼睛里燃烧着两把怒火的顾辞远说:"如果你总是要害她这么伤心的话,就不要再出现在她面前了。"

他的声音很平稳,一点也不像平时那么毛躁,反而是一贯很得体的顾辞远方寸大乱,他粗暴地把我拉扯过来,扳正我的脸,焦急地问我:"她到底是怎么跟你说的,她给了你一个什么东西,你说话啊,宋初微,你说话啊!"

好,你要我说,那我就说。

我慢慢地止住哭泣,慢慢地调整好气息,我盯着眼前这个我在十六岁就认识的人。我清清楚楚地告诉他:"我恨你,顾辞远,我永远都不会原谅你。"

我不会原谅你,令我堕入这样的耻辱。

我不记得那天晚上我们三个人僵持了多久,在我说完那句话之后,顾辞远的手轻轻地放开了我,也许他也意识到了,我跟他之间缘分已尽,无论他再说什么、再做什么,哪怕是找来林暮色再澄清一次,也无力挽回残局了。

我蹲在地上,面对着袁祖域想来拉我起来的手一个劲儿地摇头,我哭着哀求他:"你走吧,你回去吧,不要管我,求求你不要管我……"

这个喧闹的夜,我的心寂如空谷。

过了很久,顾辞远打了一个电话给唐元元:"麻烦你过来接一下她。"

但是,我没有想到,跟唐元元一起来的,竟然还有筠凉。

彼时筠凉已经洗了澡,换下了那套被泼脏了的白衬衣。她过来拉我的时候,我闻到了她身上那股淡淡的沐浴露的清香,她低下头来轻声说:"初微,我们回去再说。"

我的脸因为水分蒸发得太多已经变得紧绷绷的,跟顾辞远擦肩的时候,他转过来看着我,表情极度哀伤,他问我:"初微,你为什么不相信我?"

可是我真的不想再回答了。

袁祖域拦在我的面前,我抬起头来看了他一眼,不等我说话,筠凉就抢在我前面开口了:"我不知道你是谁,但是请你先让开,有什么事情你改天再来找她,好吗?"

虽然筠凉的措辞十分客套,但语气里却清清楚楚地表明了她的不耐烦,袁祖域识趣地让开身,对我说:"你好好休息,有事给我打电话。"

我很想告诉他,我不会为了失恋去自杀的,可是我真的没有力气了,我连对他点点头的力气都没了。

回到宿舍里我往床上一倒,整个人就跟死了一样。

筠凉没有问我发生了什么事,她很平静地自言自语:"想哭也不要当着别人的面哭,想哭就自己找个地方躲起来哭。"

如果不是因为发生的事情超过了我所能承受的极限，如果按照我平时的理解能力，我应该明白这是筠凉在找一个台阶跟我和解，但此时此刻的我，根本不能按照平时的思考方式来消化她说的话，我脑袋里蹿起的第一个念头就是：你在嘲笑我！

被她这句话刺伤的我一个鲤鱼打挺从床上弹起来："你少说风凉话，刀没捅到你心上，你当然不痛！"

原本在整理桌子的她身体僵了僵，转过来仰起头看着我，满脸的坚毅和淡漠。而我，因为极度气愤，整个人都在发抖。

唐元元这次学乖了，她拿起面膜悄悄地溜出了宿舍，顺便带上了门，把这个小小的空间完全交给我们两个人。

"宋初微，你别一副好像全世界你最惨的鬼样子！"筠凉也火了。

我居高临下地看着她，没错，我想我没看错，她今天晚上也哭过，只是之前湖边光线不好，我又根本没有认真看她，所以才忽略了她微肿的眼睛。

"我今天晚上在餐厅里，被陈芷晴当着那么多人的面泼了一脸的果汁，我都没哭……"

"你给我闭嘴，你没哭是你的事，我要哭是我的事，关你屁事！"

这是我们从认识以来第一次爆发如此激烈的冲突，比起上次兵不血刃的交战，这次我们似乎更是铆足了劲要置对方于死地。

连我们自己都没有意识到，脱口而出的这些话有多伤人。

我恶狠狠地冲着她喊："你那是活该，谁叫你抢别人男朋友，你应该庆幸她今天是用果汁泼你，下次说不定就是硫酸了！"

她轻蔑地笑道："宋初微，你这么声嘶力竭地对我吼有什么用，你有本事对林暮色吼啊，又不是我抢了你男朋友，又不是我千里迢迢去找顾辞远的……"

来不及了，来不及了，说出口的话再也收不回来了，我和筠凉一面不自觉地极尽挖苦之能事伤害着对方，一面在悲哀地想着，我们再也回不去了。

再也回不去了，这是我认识的汉字所能够形成的最冷酷的排列。

吵到最后，她摔门而出，整个寝室都为之一颤。

这一刻，我们清楚地意识到，就算以后我们的关系还能够缓和，这个夜晚的交战也永远无法得到对方的宽恕。

在我和筠凉彻底撕破友情、破口对骂的时候，顾辞远和袁祖域也在湖边打了一架。是顾辞远先动的手，这口气本来在他看见袁祖域的第一秒就要出的，只是被后来发生的事情阻滞了而已。

两个人都不是省油的灯，一个比一个狠，但说到底顾辞远在这方面的经验比不上袁祖域，很快就落了下风，袁祖域本来还想乘胜追击，可是突然，他收回了自己的拳头。

"怎么不打了？你有种就继续打啊！"顾辞远一副亡命之徒的样子。

也许是太累了，袁祖域往地上一坐，半天没说话。

"打啊，起来接着打啊！"顾辞远不依不饶。

袁祖域抬起头来看着这个富家子，过了半天，他才说："现在就是打死你也于事无补了，伤心的那个人还不是照样伤心。"

顾辞远激动得像打了鸡血，说："那也轮不到你来教训我，你是她什么人啊，你认识她才多久啊？！"

"我本来不是她什么人，你要是没做对不起她的事情，也确实轮不到我来说什么,不过……"袁祖域站起来,看着顾辞远,"既然你不能好好对她,就别去烦她了。"

黎朗蹑手蹑脚地打开门,在玄关处换拖鞋,无意中看到沈言的高跟鞋跟他出去之后摆放的方向不一样,他心里一惊,忍不住轻轻喊了一声沈言的名字。

沈言卧室里的灯是亮着的,黎朗走进去,看到她正坐在床上看书,走近才发现,那是一本黑色软皮封面的《圣经》。

见他进来,沈言露出一个微笑:"你回来了,去哪儿了?"

说不清楚为什么,黎朗忽然决定隐瞒自己今晚的行踪,他笑笑说:"一个同事加班,我去给他送份文件,你怎么不睡觉呢?"

夜风吹起窗帘,沈言把《圣经》放到床头柜上,拉住黎朗的手:"我睡了一觉醒来见你不在,就一个人下去走了走,顺便在便利店买点东西吃。"

"啊,那你现在感觉身体好些了吗?"黎朗丝毫没有怀疑她说的话。

"好多了,你不要担心,快去洗漱吧。"

盥洗台上摆着两套牙具,沈言的牙刷是橙色的,黎朗的是蓝色的,看上去十分和谐恩爱的样子。黎朗正低头刷牙的时候,沈言忽然像幽灵一样飘到他的身后,轻声说:"黎朗,我们结婚吧!"

像是被吓了一跳,来不及冲洗满嘴的泡沫,黎朗抬起头看着镜子里一脸认真的沈言。

"我们结婚吧。"不等黎朗发问,她又换了一种语气重复了一遍刚才说过的话。

她仰起的脸上带着明显的期待,黎朗低下头将刷牙这件事完成之后,转过来抱住她,凝视眼前这张精致的面孔,过了很久,他轻声说:"沈言,我可能……还需要一点时间做准备。"

第二天早上我醒来的时候筠凉已经不在宿舍里了,唐元元还是照例对着镜子在化妆,见我醒来,她体贴地问:"你要是没精神今天就别去上课了吧,要是点名,我替你请假好了。"

"不用了,我也不想再为难梁铮了。"

自从陪着她去做了那次祛斑手术之后,我们两个人的关系就比以前融洽多了。

有时候我觉得世事真的很讽刺,你以为是最值得信任的朋友,也许会在你意想不到的时候捅你一刀,而你原本认为根本不可能产生什么交集的人,却有可能在你失意的时候给予你些许慰藉。

我用冷水洗了一把脸,看了一下课程表拿起书就跟唐元元一起去了教室,路过湖边的时候,她偷偷瞄我,我却装作什么都没察觉的样子继续吃我的早餐。

"宋初微,你跟苏筠凉认识很多年了吧?"清晨里第一道光线照在她的脸上,不得不承认,唐元元的五官其实长得还不错。

我对她笑了笑,没说话。

即使我跟筠凉决裂到众人皆知的地步,也不代表我会向任何人说她的不是,并且,我相信她也一样。

这是一种奇怪的默契:曾经跟你最好的那个人是我,除了我之外,没有任何人有资格站在道德的制高点上指责你,他们都不配。

第一节课下课,梁铮跑过来想跟坐在我旁边的唐元元说什么,可是还没等他靠近唐元元,对方就飞快地溜了。他立马涨得满脸通红,为了找个台阶下,他只好跟我搭讪:"宋初微,你眼睛怎么肿成这样啊?"

其实整堂课我一直在发呆,根本没听进去老师说的每一句话,直到梁铮在我旁边坐下叫我的名字,我才从失魂落魄的状态里清醒过来。

他的脸上写满了好奇:"问你哪,你的眼睛怎么肿得跟个鱼泡一样啊?"

其实不只是梁铮一个人对我这个鬼样子表示诧异,早上一路走过来,认识我的人看到我时全都是一个表情,我真后悔没像那年被我妈打了之后那样,戴副墨镜来上课。

正想起我妈,她的电话就来了,我冷不丁地还被吓了一跳,看着手机闪闪灭灭,我心里还在犹豫着要不要接。

如果接了,她一听我的声音肯定就能听出端倪来,我正在挣扎着,电话挂断了。

没等一分钟,手机又响了,这样的情况从我读大学以来还是第一次,以往她有什么事情要是我没接到电话,无非也就是补发一条短信而已,这样反常的情况令我在接通电话之前就产生了一种不祥的预感。

果不其然,我妈在那头只说了一句话,我捂着嘴,眼泪哗啦哗啦地就下来了。

她说:"快回来,你奶奶不行了。"

我慌慌张张地站起来,书本和笔被我不小心弄到地上,我也懒得去捡了,梁铮一边帮我整理书本一边冲着我的背影喊:"宋初微,你注意安全啊。"

没有多余的一份力气去说声谢谢,我甚至来不及回宿舍去拿点换洗用品,直接在校门口拦了辆出租车就往汽车站冲。

因为从小就晕车,我平时极少坐大巴,可是今天我什么都不管了,冲到售票口,口齿不清地买了一张回 Z 城的车票,距离开车时间还有一刻钟。

这几乎是我所经历过最漫长的十五分钟,坐立难安的我看着手机左上角显示时间的数字岿然不动,一股哭腔涌到了嘴边。

好不容易上车了,检票员开始磨磨蹭蹭地清点人数,戴着一条很粗的金项链的司机还很优哉游哉地看着,换了平时,我肯定会把注意力放在他的金项链上,猜测那是七块钱一米的还是十块钱一米的。

可是今天,我没有这个闲心。

在推迟了五分钟之后,我忍不住了,终于彻底崩溃了,我冲着他们脱口而出:"求求你们开车吧,我奶奶不行了!"

喊完这句话,我的眼泪潸然落下,整个车厢沉寂了两秒。

两秒之后,汽车发动了。

从 Z 城汽车站到达市中心医院中间要经过五个红绿灯,从来没有哪次像今天这么倒霉。

第一个是红灯,第二个是红灯,第三个还是红灯……

我坐在后排的位置上,眼泪泛滥成灾,可是止不住,我没有办法止住眼泪。大巴司机从后视镜里看了我一眼,也明白是什么事情了。

他一脚油门踩到底:"小妹,你别哭,我尽力赶。"

但是没有用,第四个路口,依然是红灯。

命运是一列不能回头的列车,在车轮摩擦着铁轨的轰隆声中,我已经看到了一些事情的结局。

到了市医院门口,司机一脚踩住刹车,我从混沌中惊醒,连零钱都懒得找,打开车门直奔住院部。

可是为什么气喘吁吁地爬上五楼之后,在最后一级台阶上,我忽然抬不起脚了……整个下半身好像被灌满了铅,从楼梯间到病房,不过只有短短几米的距离。

可这似乎是我一生中走得最艰难、最缓慢也最沉重的一段路。

到了病房门口,我看见一群人围着中间那张床,其中有个背影是我熟悉得不能再熟悉的。

那是我妈,她颤抖的背影告诉我,她在哭。

一股血腥的气息从胸腔里往上蹿,蹿到喉咙口,我原本想喊一声"奶奶",可是牙齿、舌头、嘴唇都不由思维控制。

记忆飘到很久很久以前,那是春节,我还很小,爸爸、妈妈、奶奶都在,那个时候,命运的冷酷还没有彰显。

我们一家人围在一起吃团圆饭,奶奶夹了个饺子给我,我一口咬下去,差点没把牙崩掉。妈妈连忙跑过来看我,原来是我咬到了饺子里的硬币。

那个时候,奶奶的脸笑起来就有很多的皱纹了,不过身体还好,所以看上去一团和气,她拿筷子敲着我的碗说,吃到了有硬币的饺子,未来一年都会有好运气。

当时我真的很天真地相信自己是运气好才吃到那个包着硬币的饺子的,真傻啊,若干年后想起来,其实奶奶是特意的啊。

尽她所能,特意把最好的给我,哪怕只是一个饺子。

为什么不可以再等一等呢？我趴在床边，把脸埋在充满了消毒药水气味的被单里，我握着那双已经一点一点退去温度形如枯槁的手，手背上有褐色的老人斑，掌上有粗糙的老茧。

我以前最怕死人、最怕鬼，可是这个时候，我握着她的手，一点儿也不怕。

埋在被单里的脸扭曲得一塌糊涂，我不敢抬起头来哭，也没有力气抬起头来哭。

如果可以的话，让我做一只鸵鸟好不好，让我把头深深地扎在沙子里，当作什么事情都不知道好不好？不要让我经历这些，我不需要什么狗屁强大的内心，我也不需要什么人生智慧……如果要获得那些，必须付出这么惨重的代价的话……我可以不要经历这些吗？我可以拒绝长大吗？我可以固执地活在没有痛苦的回忆里吗？

《彼得潘》是我不敢看两次的童话，那里面有一句让我想起来就难过的话：那地方我们也到过，至今也能听见浪涛拍岸的声音，只是我们不再上岸。

蒙眬中有很多双手来搀扶我，有很多人来分开我和奶奶的手，他们把我的手指一根一根掰开，用很大的力气把我从病床边往外拖。

我没有力气挣扎，也没有力气反抗了，他们要把我怎么样，就怎么样吧。

这个世界想对我怎么样，就怎么样吧……

为什么不再等等我呢？奶奶，我已经在赶来的路上了，你为什么不多等我一下子呢……

在目睹护士将白布盖在奶奶的脸的那一刻，撕心裂肺的哭声从我的身体里、我的灵魂深处喷薄而出。

奶奶……

第六章　月食

[1]

中午下课之后,筠凉在女生公寓门口看到一辆眼熟的车。

不是杜寻。杜寻这些日子以来精神状态一直不太好,自顾不暇的他暂时没有力气来安抚筠凉。

等到筠凉靠近这辆车时,车门开了,黎朗从驾驶座上走出来对她说:"有时间吗,带你吃饭去?"

旁边有些认识筠凉的女生走过去的时候都意味深长地看着她,她们似乎在想着同一件事:这个不要脸的第三者抢了别人的男朋友之后,怎么还会有这种又帅又有钱的人拜倒在她的裙下呢?

那些目光令筠凉觉得如芒在背,她甚至来不及多想一下,就干脆地对黎朗点了点头。

黎朗的车从女生宿舍开出去没有多远,沈言的车就跟上来了。

她很有耐性,中间保持着一段看似很远其实却很安全的距离。在这段距离之中,她确保黎朗不会发现她,又有十足的把握自己不会被滚滚车流阻挡住视线,跟丢他。

戴着墨镜的她,轻轻吐出一口烟。

她很少很少抽烟,除了在夜会的那两个月。

那时是迫不得已,每天晚上手里总得夹几根 DJ MIX、ESSE 或者绿摩尔之类的女士烟。她从来不抽 502,因为讨厌过滤嘴中间那个故作温情的桃心形状。

所有的女士烟里,她最喜欢的就是绿摩尔。

虽然叫绿摩尔,但其实烟身是咖啡色的,很长一支,可以燃很久。

生意不太好的时候,她会躲在洗手间里点一支,看着它一点一点化为灰烬,时间仿佛可以过得很慢很慢……仿佛余生还有很多时间,可以慢慢地擦拭青春里斑驳的污垢。

初到 L 城,沈言不知道自己可以做什么,她只有两个多月的时间,却要挣够大一一年的学费。

洗碗,端盘子,做家教?这些都不现实。辛辛苦苦做一天,累死累活,要是碰上无良的雇主,不仅一分钱拿不到,还浪费了时间。

蜷缩在五十块钱一天的小旅馆里,十八岁的沈言觉得自己都快要疯了。

她不会像有些人一样,穷途末路之际将身上所有的钱拿去买彩票,一次性梭哈,赌就赌一盘大的,赢了,是老天爷开眼;输了,大不了就去死。

她不要死,她输不起。

自知自己不是个天生赌徒,沈言握着手里那一沓薄薄的票子,差点没把下嘴唇咬出血来。

小旅馆的墙壁上有一扇年久失修的窗户,窗外是 L 城灰蒙蒙的天空,蓬头垢面的沈言觉得自己正被这阴冷的生活一点一点消磨掉开始时满腔的豪情壮志。

命运是掌握在自己手里的,她对自己说,沈言,你要做掌握命运的人,你不可以做命运的俘虏。

只是一个契机,高不成低不就的她在人才市场晃了半天,手里捏着半个没吃完的面包,意兴阑珊地走出来坐在路边开始啃。

是真的穷啊,连瓶矿泉水都舍不得买来喝。多年后想起当时自己狼狈的样子,她依然记忆犹新。

再也没有什么比现实里的贫困更能够摧毁一个人的尊严了。被亲生父亲拿皮鞭抽的时候她都没有哭,却在这个陌生的城市的街头,突然一下悲从中来,泣不成声。

正哭得酣畅淋漓时,有人在她的面前停下来,拍拍她的肩膀。

她一抬头,泪眼蒙眬中,看到一张艳丽的面孔。那个女人端详了她好一阵子,开门见山地说:"我姓陈、陈曼娜,你叫我陈姐就是了。"

陈曼娜没有玩儿什么花样,也没有编什么好听的谎话来诓涉世未深的少女,她虽然是混风月场的人,骨子里却有一种江湖儿女的义气:"你愿意来,就打电话给我;不愿意,就当没这回事。"

末了,她还对沈言说,十八岁,成年人了,可以自己做选择了。

在小旅馆里想了整整一夜,沈言依然没有做出一个果断的抉择。

去还是不去,这真的是一个很大的问题。

去的话,钱来得当然快,至少比那些什么洗碗、端盘子、打零工要来得快,并且多,但是去的话,不就等于把自己推进了火坑吗?

还记得在家里的时候,街坊邻里一些长舌妇凑在一起就喜欢议论些家长里短的事情,说起某某的女儿出去了两年,回来的时候穿金戴银,谁知道那些钱是从哪里来的,谁知道来路正不正、干不干净……

那些明明是怀揣着嫉妒的心情而意淫出来的言论,却代表了这个社会最传统的观念:女子,不可淫贱。

男人变坏没关系,浪子回头金不换;女人要是走上这条路,那永远都别想回头好好做人了。

她烦躁得几乎要拿头撞墙了,就在这时候,包里的录取通知书掉了出来。

借着从那扇窗户外面照进来的月光,沈言看到那个报到的日期……距离那个日期,又近了一天……她没有多余的时间可以思考了。

这里是 L 城,有几百万人口的 L 城。

没有人会认识她,只做两个月,两个月之后不管怎么样,洗手走人。

她握着录取通知书暗自发誓,只是两个月而已,做完这两个月,这段历史就会从沈言的人生里完全被剔除。除了她自己,谁也不会知道。

下了决心之后,她反而坦然了,竟然迷迷糊糊地睡了几个小时。

睡醒之后,她洗了一把脸,去路边找了个公用电话,按照昨天陈曼娜给她的那个号码拨过去,电话很快就通了。

"我来。"沈言很直接。

"那好,晚上见。"陈曼娜也很干脆。

在夜会的第二天,陈曼娜就把沈言叫到她的办公室去,指着沙发上的几件衣服对她说:"穿这个,你看你身上穿的是些什么啊,我们这里是打开门做生意的,你穿成这样,谁还来啊?"

"我本来就不是做这个的，当然没你们这些行头。"说不清楚为什么，即使到了这种地方，沈言还是一身傲骨。

说起来，陈曼娜对她确实是另眼相看的，别的人要是敢这样跟她说话，恐怕就要做好被扫地出门的准备了，但沈言不怕。

陈曼娜看着她稚气的脸，忽然笑道："没见过你这样有求于人的，但是很奇怪，我偏偏就是喜欢你。你跟我是一样的人，我们都很清楚自己要什么。"

目的性很强，这是多年后沈言周遭所有同事和上司对她的评价，放到职场上来看，这不仅不是缺点，甚至是值得别人学习的优点。

但每当有人用这句话说她时，她的脑海里第一个想起的，总是十八岁那年遇到的陈曼娜。

从来到夜会的那天起，她的生活便是从夜晚开始。

起初，她只是跟着一群浓妆艳抹的姑娘象征性地去陪客人喝喝酒、唱唱歌，所得的酬劳并不多，有时还要几个人分。

但无论如何，比起之前她考虑的那些工作，收入还是高多了。

尽管如此，她还是舍不得乱花一分钱，经常饿着肚子去上班，然后在别人陪客人玩儿的时候躲在一旁大口大口地吃着客人点的水果、小吃之类。

久而久之，有的客人不满意了，这个小姐是来吃东西的还是来陪客人的？

沈言也不是省油的灯，说："谁他妈是小姐啊！我是服务员！"

她这句话逗笑了一整个包厢，人人乐得前仰后合，不只是来消费的客人，就连她的同事们都笑得花枝乱颤。

她懒得跟这些人废话，起身出去，站在门口找人要了根烟，也不管自己会不会便点燃了开始抽。

背后包厢里还有人在笑,她心里轻蔑地想:我是要走的,我是要去读书的,我跟你们这些人是不一样的。

若干年后她看着自己的男朋友背着自己,跟一个比自己小五岁的女生坐在日本料理店里相谈甚欢的样子,心里有一种淡淡的悲凉。

你以为不一样吗?有什么不一样呢,人生的模式不就那么几种吗?

"我见过初微,你知道吧?"黎朗夹起一块鳗鱼送进嘴里。

筠凉很喜欢喝这里的大麦茶,不同于那些仿冒的料理店里淡得喝不出茶味的劣质大麦茶,这一家的味道很正宗。

她点点头:"我知道,你还请她吃了冰激凌嘛,她回去跟我说,沈言姐交了男朋友,人很帅又有涵养,跟沈言姐很配。"

黎朗脸上始终带着绅士的笑容,在筠凉反复提起沈言的名字的时候,他也没有露出丝毫心虚或者不悦的神情。

他们都是聪明人,有些话不必说得太明白。

"你跟初微吵架了?"黎朗有意岔开话题。

这个话题让筠凉有些不知道怎么接下去,但是……其实,她又确实很想打开封闭了很久的心门,找个人好好地倾诉一番,毕竟这段日子以来,她背负的包袱也太沉重了。

"其实我不想跟她吵的,我相信她其实也不想跟我吵……我们只是都……都太烦了,不知道可以跟谁说,每个人都有那么多事情……我们两个人立场不一样,从小到大,我们在别的事情上面也有过一些分歧,可是从来没有哪一次闹成这样过……真的不知道要怎么收场了……"

虽然筠凉讲得断断续续的,但黎朗全部听明白了,他温和地看着她,示意她继续说下去。

"我其实很累,很辛苦,有时候我真的怀疑自己是不是错了……我是不是真做错了,不应该坚持跟杜寻在一起,不应该不管别人怎么看,坚持做自己……一直以来,我以为自己很厉害、很顽强,我以为这么多年来,我行我素的处事风格早就让我可以不理会别人的想法了,但其实不是……你知道吗,我真的很难过……"

不知是不是憋得太久了,筠凉说着说着,开始抽泣起来。

她很少当着别人的面哭,以前是因为没有什么事情让她哭,后来是因为骄傲的个性不允许她在人前示弱。

可是不知道为什么,在黎朗面前,她好像可以无所顾忌,不用伪装,也不用逞强。

面具戴得再久也不过是张面具,取下来之后,依然还是一张纯真的少女的脸。

"我没有告诉过杜寻和初微他们,我到底遭受了一些什么。

"有一天上课,快递员叫我去校门口取包裹,是一个同城快递。我签完名之后忽然听到那个盒子里有稀奇古怪的声音,贴近一听,是嘀嘀嗒嗒的指针声……我吓坏了,不敢拆又不敢丢,不知道里面是什么……这个时候手机忽然响了,是陈芷晴打来的……她一直有杜寻的手机密码,通过调详单弄到了我的手机号码……

"她在那头用一种令人毛骨悚然的语气问我:'喜欢我寄给你的礼物吗?你点燃了我生活里的炸弹,我也还你一个,你开心吗?'

"当然不是真的炸弹,我在冷静下来之后拆开包裹,只是一个普通的闹钟而已……但是,我整个晚上都睡不着,看着杜寻沉睡的脸,我不敢哭,也不敢告诉他。我想好吧,苏筠凉,你自己选择的事情,自己就要做好面对和承担的准备……

"这种事情不止一次,她还给我的班导写信,说我……反正都是一些很难听的话,班导把我叫去谈话,说学生谈恋爱是自由,但最好不要影响到学校的名誉……如果不是院长念在跟我父亲是旧交,也许我会背一个不大不小的处分……这些,我都没有人可以说……

"上次在餐厅被她当众泼果汁,其实我很想哭,但是我不敢,我觉得我要是哭了的话,之前所有的努力都白费了,我就等于认输了,但我要是认输了的话,之前所受的那些委屈又算什么?我真的弄不懂了……我只是想要跟我喜欢的人在一起,只是这么简单的事情而已……"

黎朗把绿茶香味的纸巾推到她的面前,此刻的筠凉已经泣不成声了,连呼吸都好像不顺畅了。多久了,这些事情憋在心里多久了?久得她都认为是应该的,是自己本来就应该承担的,根本不敢想象还会有人疼惜她,怜悯她。

可是,黎朗,这个仅仅只见过几次面的黎朗,对她说:"筠凉,你承受的确实太多了。"

这句话就像擦过硫黄的火柴,哧的一声,点燃了筠凉心里那些隐忍多时的悲伤和委屈。顾不得丢脸,她一把趴在桌子上开始哭起来。

好在是中午,客人并不多,他们又是坐在包厢里,所以筠凉哭得很尽兴,黎朗也不劝她,就任由她哭,自己在一边吃自己的。

等到筠凉终于发泄完了,抬起头来,看着笑眯眯的黎朗,小声地说了一句:"我失态了。"

黎朗挥挥手："小小年纪，别讲究那么多，想哭就哭，想笑就笑，生活就应该简单一点。"

我独自一人去敬老院收拾奶奶的遗物，想起以前来的时候，顾辞远都会和我一起……没想到最后一次来这里，竟然是我一个人。

真的不想再哭了，这段日子流的眼泪，比过去三四年加起来还要多。

其实老人家也没什么遗物，无非都是一点生前穿过的旧衣服、鞋子、帽子什么的，还有几贴没用完的风湿膏药和半瓶药酒……

虽然说不想再哭了，可是看到这些东西，难免触景生情，眼泪不受控制，还是滴滴答答地掉了下来。

就在我准备走的时候，一个年轻的女孩子叫住了我，她满眼同情地看着我："你是宋奶奶的孙女吧？"

看她的样子，应该是敬老院的义工，想来平日里肯定也照顾过奶奶，所以我勉强挤出一个笑对她点点头，算是打了个招呼。

她走近我，诚挚地对我说："节哀啊。"

我领情地对她笑笑，转身要走，没想到她的下一句话令我停下了脚步："宋初微，你以后别顶撞你妈妈了，她很不容易的。"

这句话，很多很多人都对我说过，那是因为他们目睹了我跟我妈长达十多年的斗争，但是这个小姑娘，她第一次见我，竟然这么贸然地同我说这句话，实在令我觉得有些可笑。

但她一点也不觉得可笑，看上去比我还要小些的她满脸的认真："这半年多以来我一直负责照顾你奶奶，她跟我说了很多关于你的事情，老人家真的很疼你。你妈妈其实也很疼你，以后你跟你妈妈相依为命,不要再气她了。"

如果不是因为亲人过世的巨大悲痛占据着我的大脑,依照我平时的脾气,恐怕要对这个没礼貌的小丫头不客气了。

但此时此刻,我实在懒得跟她计较。

我面无表情地回过头,抬起脚要走,她又开口了:"宋初微……"

这次我真的生气了:"你有什么话不能一次说完是吧!"

她的眼睛很大,瞳仁很黑:"宋初微,其实这件事轮不到我一个陌生人来跟你讲,我也是在你妈妈跟你奶奶的闲谈中无意得知的……只是你妈妈对我很好,我听到她们说起你气她的那些事,我都觉得你太不懂事了……"

我冷冷地看着她,她要是还敢再多说一句,我绝对一耳光抽死她。

她向前一步,毫不畏惧地看着我:"宋初微,你听好,有件事你也该知道了……"

失魂落魄的我提着奶奶的遗物走在 Z 城的大街上。

这是我生活了十几年的城市,为什么突然看起来好像很陌生?每幢房子,每个建筑物,都这么陌生……好像做了一场很长很长的梦一样。

你有过这种感觉吗?原本很熟悉的一切,到头来发现不过是幻觉?

你原本以为最亲近的人,原来一直在骗你。

为什么?为什么?为什么?为什么你们一个一个都要骗我?

蹲在车水马龙的马路中间,蹲在双黄线上,蹲在这浩瀚宇宙最不起眼的一个地方,我抱住瑟瑟发抖的自己,痛哭着反复追问。

为什么……

天一点一点地黑下来。

在此起彼伏的汽车的鸣笛声中,我的手机忽然响了,袁祖域的声音听起来那么焦灼:"宋初微,你同学说你回Z城去了,是不是真的啊?我去找你啊!"

我一句话都不想说,直接挂掉了电话。

任何人都不要来打扰我,全世界没一个值得信任的人。

你们通通都骗我,你们通通都把我当成白痴愚弄着……

我再也不会相信任何人了,我一个都不会相信了……

筠凉从黎朗的车上下来,礼貌地道谢之后便目送他开着车离开。忽然身后一个声音问:"他是谁?"

转过身去,杜寻沉着脸从黑暗的阴影里走了出来,他盯着筠凉说:"我问你,他是谁?"

因为之前大哭过一场,筠凉的心情倒是轻松了些许,所以也并没有太计较杜寻的态度,她轻描淡写地回答他:"一个姐姐的男朋友,看我不开心,就带我散散心。"

"那他还真是蛮关心你的嘛,亲姐姐的男朋友也没这么好吧。"杜寻并不掩饰自己的不快。

原本已经不那么郁闷的筠凉被杜寻这句阴阳怪气的话又弄得烦躁起来:"你什么意思啊,我好不容易好些了,你别给我添堵了,行不行?"

真的很难预计,之前那么多人反对他们在一起,那么多阻力想要将他们隔开,他们都没有放弃,眼看着生活已经逐步恢复平静,未来似乎要往好的方向发展的时候,两个人居然会为了这么一些鸡毛蒜皮的事情争吵。

筠凉恶狠狠地怒视着杜寻,杜寻也不甘示弱地瞪着她,空气里充满了剑拔弩张的气氛。

"神经病!"筠凉丢下这句话,转身就走。

杜寻一把抓住她:"我怎么神经病了,你自己做错事情还骂我?"

"我做错什么了?我最大的错就是不应该认识你!"

原本不应该是这样的……在气走了杜寻之后,筠凉一个人坐在天台上沉思了很久。

在她得知杜寻其实是有女朋友的那天晚上,深夜里,她从床上爬起来,来到天台,一边哭一边做着剧烈的心理斗争,最后,还是感情战胜了道德、理智、自尊……

今天坐在同一个地方,她的心情与那一次却迥然相反。

其实那个问题一直存在于她的心里,只是每次刚刚冒出个头就被她强制压了下去,她不准自己去想,不准自己去面对,不准自己去权衡。

这场恋爱,她的对手不仅是陈芷晴,还有她自己。

为什么会这样,以前杜寻断然不是这么斤斤计较的人,他以前的豁达、潇洒到哪里去了?是不是因为得到眼下的这些,却付出了太过沉重的代价?

因为这些代价,我们获得的那些看起来如此重要,如此不容侵犯。

我们变得如此患得患失,没有安全感。

那个之前被筠凉一直压制的问题,终于势如破竹地来到了她的眼前。

我们那样奋力地要相守在一起，真的值得吗？

月亮渐渐被浓云遮盖，在酒店的房间里，林暮色裹着浴巾冷静地看着一脸怒容的顾辞远。

"你那天到底给了宋初微一个什么东西？你到底跟她说了什么？"顾辞远从房间的这头走到那头，横冲直撞，犹如困兽。

林暮色一直不吭声，她任由顾辞远满心怒火、无的放矢，就是不开口。

终于，顾辞远停在她面前，无奈地坐下来："你到底要怎么样才肯跟她解释清楚？算我求你，行不行？"

林暮色伸出手，轻轻地摩挲着顾辞远的脸，她的眼神里有一种叫作哀愁的东西："顾辞远，为什么你对我就是没有感觉呢？其实，爱上我，不是那么难的，你知道吗？"

无论怎么样，美女心碎时的样子是动人的，顾辞远知道，自己终究不忍心做得太过分。

"其实以前也有过这种事，对方并不那么喜欢我，但是他们还是愿意跟我在一起。这有什么关系呢？大家开心就好了啊，想那么多干什么呢？"

"林暮色，我们不一样……"顾辞远叹了口气，"我没有爱上你不是因为你，而是因为我自己。我和初微这些年一起经历的回忆，没有人替代得了……"

林暮色打断他："回忆有什么用？人不可能一直活在回忆里啊！"

"是啊，宋初微对我来说，不只是存在回忆里的人，我还想跟她有未来。"

僵持了很久，顾辞远看着林暮色，心里知道不应该再指望她去向宋初微解释或者澄清什么了,他意识到自己今晚来这一趟,是白来了。

其实原本打算放弃了,如果不是因为那个叫袁祖域的人突然出现,横插在自己和初微之间的话……

那天晚上打完那场架之后,看那个家伙的样子,应该是认真的。

他是认真地喜欢宋初微吧?

想到这里,顾辞远懒得再想了,他起身对林暮色说:"我走了,以后我再也不会为这件事来找你了,她如果相信我,就信;不相信我,我也没有办法。"

还没来得及说再见,林暮色就扯掉了身上的浴巾。

她直勾勾地看着急忙转过身去的顾辞远的后脑勺,沉着地说:"就陪我一个晚上……就今天一个晚上,我就去跟宋初微说清楚,一定说清楚。"

顾辞远的背影僵了僵,待他转过来的时候,林暮色已经泪流满面了。

不是不悲哀的,如果一切只是一场交易。

顾辞远心里一软,刚想伸出手去替她捡起浴巾,他的手机响了。

荧荧的蓝色背景上面,赫然呈现着"老婆"两个字。

[2]

在我打了那个电话的两个半小时之后,顾辞远站在了我的面前。

彼时,我坐在高中校园的田径场旁边,整个人就像一尾失水的鱼。他在我面前站了好几分钟,我费劲地睁大眼睛才能将目光在他的脸上聚焦。

不是装的，我知道，他脸上的悔恨和心疼都不是装出来的，可是这一切对我来说还有什么意义？

他慢慢地蹲下来，将我揽入怀里，我并不是不想推开他，只是我太累了，我没有力气反抗了。

他的身体有着轻微的颤抖，脸埋在我的发丛里，不肯正视我。也许他是哭了吧，这也不关我的事，他哭他的就是了，反正也不是为了我。

我没有一分多余的力气挣脱他的怀抱，尽管这个怀抱我早已经不稀罕了。

两个半小时之前，我蹲在双黄线上，有一个心情不太好的司机从我边上开过去的时候忽然对我吼了一声"想死滚远点"。

那一声吼，格外清晰地穿过我的耳膜，紧接着，我听见一个来历不明的啜泣声，又像是呜咽，很细小很细小的声音……

最后我发现，那个声音原来来自我自己。

我茫然地从双膝里抬起头来，等我恢复神志之后，那辆车已经远远地开到前面去了。

来来往往的车灯照得我睁不开眼，为什么要有这么多的光源，为什么生活会像一张网，我的感情、骄傲、自尊从这张网里全部流失了……

鬼使神差一般，我拿出手机，几乎是下意识地直接按了那个号码。

直到电话拨通的那一瞬间，我才明白，无论我把这个人的号码放在黑名单里多久，这串数字其实都已经镂刻在我的脑袋里了，无法磨灭。

他的声音像是从很远很远的地方传过来："初微！你在哪里？"

我在哪里？我茫然地看着地面上凸起的石砾，我也不知道我在哪里。

顾辞远在挂掉电话的那一瞬间，连拜拜都没来得及跟林暮色说就冲出了酒店的房间。当林暮色裹好浴巾从房间里追出来的时候，走廊里哪里还有顾辞远的影子。

她看着电梯上的数字不断地上升，一阵寒气从心底冒起来：他甚至连电梯都等不及，就要去见那个打来电话的人⋯⋯

冷静了片刻，她退回到房间里，二十五摄氏度的室温依然让她觉得冷，那股寒气由内而外地散发出来，令蜷缩在被子里的她忍不住瑟瑟发抖。

过了很久，她拿起手机，随手拨了一个号码。

顾辞远几乎是一口气从十五楼到达了一楼，一边下楼一边给筠凉打电话询问宋初微的行踪。

筠凉的声音在电话里听起来也十分急切，说："唐元元说她上午下课就直接回去了，我们不知道是什么事情，你快去找她吧！"

挂掉电话，顾辞远冲出酒店大门，随手打开一辆正在待客的出租车，还不等司机反应过来，他从钱包里拿出一沓红色钞票摆在司机面前，用一种不容拒绝的语气对司机说："Z城，少了我下车补给你。"

两个半小时的车程，他的一颗心始终吊在嗓子眼儿，心里有句话在不停地重复，只想在下车的第一时间说给那个叫宋初微的人听。

对不起，对不起，我们重新开始。

其实我们并没有分开多久，被他抱着的时候，我依然可以闻到他身上那种熟悉的气息，我还能清清楚楚地记得那款香水的名字。

他终于不再颤抖，抬起头来看着我，泛红的眼睛证实了我的猜测，他确实是哭了。

我看着他，觉得很心酸，其实不必这样，辞远，你不必为了我这样，我算什么呢？我只是这个浩瀚宇宙里的一个微不足道的人。

人人都可以骗我，可以不珍惜我。

筠凉、你，还有我的母亲，你们通通都是我最亲近的人，也是伤害我最深的人。

我一动不动地盯着他，其实我的目光早已失焦，灵魂早已经飞到不知道多远多高的地方去了……

辞远，你知道吗？从小我妈就教我要做一个诚实的人，我一直以为诚实是种美德，直到生活里残酷的真相一个一个轮番被揭示。

谢谢你让我知道，原来我爱的人根本没有我以为的那么爱我……

谢谢那个陌生人让我知道，原来我的父亲不是失踪，而是早就已经不在人世……

那个穿着白色工作服的姑娘凑近我，神情庄严、肃穆，她说："宋初微，你听好，你父亲早就过世了。"

早就过世了……

发生在自己生命里如此重大的灾难，为什么听起来就像一个蹩脚的故事？我冷笑着看着她："去你的，你说完了吧，说完了我走了。"

她死死地抓住我的手，表情里有一种容不得我当成玩笑的认真："宋初微，是真的！是你奶奶亲口告诉我的，你上小学的时候有两年是在你外婆家度过的，我有没有说错？事情就是发生在那两年，他们都怕你承受不了，所以一直瞒着你……"

我看着她的嘴一张一翕，说出这样可笑却又不容置疑的话语。

这么多年来，我始终没有在户口簿上看到"离异"这两个字，一直心存侥幸，以为我们不过是生离……我一直以为，说不定哪一天，他就回来祈求我的谅解了……

这样幼稚、可笑的梦，我竟然做了十多年。

在那一刻，我忽然感觉到自己的心脏已经成了一团不会跳动的血块……哪怕拿锥子去刺它，我也不会觉得痛。

很好，很好，她们竟然成功地瞒骗了我这么多年。

你见过月食吗？

月食是一种特殊的天文现象，当月球运行至地球的阴影部分时，在月球和地球之间的地区会因为太阳光被地球所遮蔽，就看到月球缺了一块。

原来在我对一切还处于懵懂的时候，我的生命已经缺了一块。

同样觉得自己的生命缺失了一块的，还有独自坐在没有开灯的房间里的沈言。

自从黎朗说他还没有做好结婚的准备那天开始，她抽烟的次数越来越频繁，以前整个房间里都是薰衣草的香味，如今却被烟味所取代。

在袅袅烟雾里，她仿佛又看到了那一年的自己。

当时有一个对她还算友好的女孩子，比她大一岁，有事没事的时候都会找她聊聊天。

那个女孩长得很甜，笑起来有一种说不出的妩媚，来夜会的客人都很喜欢找她，有时候时间晚了，她也会跟客人走。

她问过沈言："你为什么来这里？"

因为需要钱,这是最真实的理由。

"钱,当然,谁不缺钱来干这个呀……"她抽烟的姿势要比沈言娴熟得多,手指上已经有一团被熏黄的痕迹,"既然需要钱,为什么不过夜?"

这个问题令沈言一时之间有些语塞,顿了顿,她说:"我们毕竟还是不一样的。"

没想到这句话令那个女孩笑得前仰后合,她有些轻蔑地说:"卖笑跟卖身,有什么不一样的……"

沈言气结,她残存的自尊心被"卖"这个字狠狠地刺痛了。

过了半天,她也轻蔑地回了一句:"如果有文凭,那就不一样。"

这是她们最后一次说话,从那之后,这个女孩视沈言如无物,偶尔还会在背后跟别人说沈言装腔作势:"都到了这里,还装什么清高。"

如果不是陈曼娜对她的照顾,她根本就无法再在夜会有立足之地。

想起来,那时候真是绝望,因为不肯做出让步,不肯放弃最后的那一点原则,沈言的收入是其他姑娘的几分之一。

在离开学只有二十天的时候,她在小旅馆里数着那对于学费来说几乎还是杯水车薪的一沓钞票,感觉到残酷的现实已经将双手放在了她的脖子上,只要稍稍再用一分力,她就会窒息而亡。

她去找陈曼娜,几乎想在她的面前跪下来,可是对方告诉她:"我喜欢你是一回事,可我绝对不会借钱给你。你不要觉得我狠,生活比我狠一万倍。你知道最重要的底线是什么吗?是钱,有了钱你才有选择,有选择才能活下去。"

沈言看着陈曼娜那张艳丽的面孔,心里生出一阵绝望,更绝望的是她知道她说的是真的。

能够令一个人彻底放弃尊严，放弃底线，做出最大让步的，不外乎是生活。

她静静地想了一会儿，终于说："我明白了。"

那是沈言第一次化妆，用的化妆品是陈曼娜的，之前她对于这些东西完全没有概念，也不懂得如何区分档次。是陈曼娜手把手地教给她，粉底不能直接往脸上打，一定要先涂一层隔离……眼线最好往上翘，这样整个眼睛看上去就会比较妩媚……睫毛膏最好准备两支，一支浓密，一支纤长，轮流刷，才能刷出最理想的效果……

化妆完毕之后，陈曼娜凝视着她："我真的没看走眼，沈言，你是天生的美人坯子。"

那天晚上沈言穿的是一条黑色的深V领的裙子，坐在一堆庸脂俗粉中间，更显得冰肌雪肤，光彩夺目。

周围没有人跟她说话，她就一个人坐在那里发呆。

在她发呆的时候，有一个男人从她面前路过两次，两次都对她投以意味深长的目光，而她并没有察觉到。

是陈曼娜派人把她叫进了包厢。这次的客人都是有头有脸的人物，陈曼娜不敢怠慢，甚至亲自出来招待。

沈言坐在她身边，一时之间有些手足无措，而正是她这副青涩的模样，更加激起了那个男人的欲望。

那是一个已经不年轻了的男人，很儒雅，有风度，举手投足之间十分从容得体，他当时并没有直接对沈言说什么，而是把陈曼娜叫到一旁，耳语了几句之后便起身告辞了。

"你运气真好。"这是陈曼娜发自肺腑的一声感叹。

懵懂的沈言看着她，不知道接下来自己会听到什么，但直觉告诉她，这件事足以改变她的生活现状。

陈曼娜说话拐弯抹角，她一贯说话的风格就是这样："有个男人看上你了……愿意带你走，你明白我的意思吧？"

明白，当然明白，已经说得这样赤裸了，赤裸得令她觉得不堪入耳……

陈曼娜最后说："你自己想清楚，我还是那句话，成年人可以自己做选择了。"

有些时候，命运貌似给了你选择，其实你根本就没得选择。

你不知道接下来是灾难还是福祉。

沈言在经过一夜的辗转反侧之后，选择了打电话给那个男人。在酒店的房间里，她素颜坐在他面前，惴惴不安的样子令他想起了自己的女儿。他的女儿，比她小五岁，正是春风得意、不知天高地厚的年纪。

他倒了一杯热茶给她，捧着滚烫的茶杯，沈言觉得自己慢慢地、慢慢地平静下来，慢慢地、慢慢地走进了命运早已撰写好的情节。

他微笑地看着她，说的第一句话是："我姓苏。"

黎朗的电话将沈言从冥思中打断，他在电话里问她："还没睡吧？没睡的话见个面吧，我有事情要跟你说。"

"真巧……"黑暗中，沈言的脸上浮起一个笑容，"我也有事情要跟你说。"

二十分钟之后，他们各自开着自己的车到达了"飞"，两个人的目的不同，初衷却是一样：既然某些事情是在这里开始，那就让它在这里彻底结束。

结束，并不意味着一定是断绝，从某种意义上来说，结束也许是翻开新的篇章。

"初微，你什么都不要说，耐心地听我说完这些话就好。"

我一动不动地看着顾辞远，他的眼睛里有一种叫作真诚的东西。

"初微，我知道最近发生的所有事情都让你很伤心，无论我做什么都不能补救……虽然我知道这么说对你不公平，但是我真的希望你相信我，相信我真的从来没有动过背叛你的心思，我真的从来没有想过要伤害你……也许这句话说出来会让你觉得很肉麻，但是……我真的爱你，我真的只爱你……

"初微，从高中毕业的那天晚上你跟我说，你倒追我不过是因为想要气你妈妈，毕业之后你再也不会缠着我……从那天开始，我忽然有一种从来没有过的感觉，一想到以后没有你每天在我眼前晃，没有你搞出那些让我啼笑皆非的事情……我忽然觉得生活很没意思，甚至觉得那样的话，我的生活简直是苍白的……

"所以我找筠凉问到你填报的志愿，我跟你说，你去哪里，我就去哪里，你不信，我就证明给你看……我知道这些年，你一直把自己弄得跟什么都不怕一样，其实你怕很多很多事情……你怕生理期痛经，你怕看到喜欢的衣服买不起，你怕冬天晚上睡觉没有电热毯会冷，你怕我不是真的爱你……这些，我都知道。"

原本以为身体里所有的水分都已经随着之前的眼泪蒸发殆尽了，没想到，在听到他说的这些话之后，我竟然还是会落泪。

我的头慢慢地垂下来，落在他的肩膀上，我知道，我骗不了自己。

越是恨得咬牙切齿，越说明我爱这个人爱得刻骨铭心。

我一直咬牙顽强与之对抗的，不仅是这个世界，还有你。我一直诚挚热爱，企图与之和平共处的，除了这个世界，还有自己。

没有想到，我以为根本不了解我的人，原来把我看得这么透彻，既然如此，为什么还要伤害我？

这是我们认识这些年来，他第一次在我面前掉下眼泪："初微，不会有第二次了，以后的事情谁也说不定，我知道现在我只想跟你好好在一起，等到大学毕业，我们就结婚，你不想工作也没关系，我养你。"

到了这个时候，我们两个人都已经语无伦次了，可是我们心里都明白，之前那些被人刻意离间的部分，正从我们之间渐渐地溃散、消失……

我们在昔日熟悉的校园里紧紧地拥抱在一起，那一刻，所有的怨怼都得到了原宥，我心里那些一直令我痛苦的东西，终于像退潮一般，获得了平息……

奶奶的葬礼没有铺张，按照老人的遗嘱，一切从简。

在这个过程中，顾辞远一直陪着我。我妈除了在看到他的第一眼露出了诧异的表情之后，便没有任何异常的反应。

我跪在奶奶的坟前庄重地磕了三个头，我对着墓碑说："奶奶，你放心吧，我以后不会那么不懂事了……我会好好读书，将来努力工作，赚很多钱，孝敬我妈。"

在我说这番话的时候，我妈在我的身后悄悄背过身去擦眼泪，我不是不知道，只是我不想拆穿。

以前一直以为，成长是一个缓慢的过程。而其实在某些时候，命运会将我们揠苗助长。

我的蜕变，似乎是在一夜之间完成的。

似乎就在一夜之间,我体谅了我的亲人这些年来对我的隐瞒,她们隐忍着自己的悲伤,竭尽她们的全力为我营造一个最幸福的空间,而我却还一味地对这个环境吹毛求疵。

筠凉曾经说我就像哪吒。

她说得很对,曾经的宋初微,最羡慕的就是那个叫作哪吒的小家伙。他削骨还父,削肉还母,公然地举起叛逆的大旗挑战人伦纲常。

他是这天地之间唯一自由的灵魂。

但就在这一夜之间,我忽然觉得,其实我不像哪吒……我像那个叫作孙悟空的野猴子:曾经不知天高地厚,掀翻了天庭,最后被镇压在如来佛祖的五指山下整整五百年,才想清楚自己到底应该怎么样。

不经历痛彻心扉的破茧,就无法获得洁净的新生。

时隔多年,我终于完成了从叛逆到平和的回归,终于站在母亲面前亲口说出了一句:"妈,对不起!"

至于我已经获悉父亲早已不在人世这件事,我并没有让我妈知道。

在经历了这么多起承转合之后,我懂得了她的良苦用心,于是决定用缄默来成全她的愿望。

沈言说得对,有时候缄默也是一种表达,或许,它是人生中最有力量的一种表达。

教会我这句话的沈言,在落座之后对黎朗说的第一句话就是:"我知道你要说什么。"

黎朗心里一惊,看着眼前胸有成竹的沈言,她脸上有一种洞悉了所有事情的微笑,这令她看上去显得有些高深莫测。

他一直都知道沈言是一个很聪明的女人,但他没想到,原来女人的聪明会给男人这么大的压迫感。

"虽然我知道你要说什么,但你还是先说吧。"沈言并不看他,而是专心致志地往咖啡里倒着奶精。

在一起这么长时间,黎朗是到了今天晚上才发现,其实他真的不曾了解过眼前这个女子,虽然他们有过肌肤之亲,他清楚她的口味、她的喜好、她的小怪癖……但是,他忽然觉得,其实沈言将自己的某些方面包裹得严严实实,而他从来都不知道她包裹着的那一部分到底是什么……

想到这里,他的脑海里又浮现起筠凉大哭起来的样子。

或许,自己还是比较适合跟简单一些的人相处,黎朗这么想了之后,终于开口:"上次你提议结婚之后,我认真地考虑了很久,我想,也许我们可以暂时分开一段时间,大家都留一点空间再认真想想。毕竟,婚姻大事,不容儿戏,还是谨慎一点好。"

这番话在他的心里已经打了无数次的腹稿,说出来自然一气呵成。

没新意。沈言心里暗自冷笑一声,可是表面上,她依然不动声色。

"对了,你不是也有事情要跟我说吗?"黎朗怕沈言一时之间接受不了,连忙先岔开话题想要缓和一下气氛。

沈言终于将投射在咖啡杯的目光收回,心平气和地笑了笑:"我要跟你说的,是同一件事。黎朗,关于结婚这件事,我想最好是不要拖了。这段日子我头脑不太清楚,弄混了避孕药和VC……你知道,我的医药箱里挺乱的……黎朗,我怀孕了。"

一切都在她的算计之中,开着车返回公寓的时候,沈言自己都没有意识到,她的脸上挂着近乎凄厉的笑容。

分手?没这么容易。

237

她不会一辈子都受制于姓苏的那家人。在她青春年少的时候，为了四年的学费和生活费，她委身于那个男人，那是因为她一无所有，别无他法。

那个男人待她不薄，在她还没有下决心跟他走的时候，他跟她讲了很多道理，其中一句令她印象深刻："反正是交易，跟一个人做交易，总比跟无数人做交易要好，你看呢？"

她是聪明人，权衡利弊之后，作为十八岁的成年人，她终于做出了这一生至关重要的一个选择。

短时间之内无法看出命运所做出的安排到底有何深意，这个男人不过是在公干的时候，偶然遇见了沈言。

沈言明白，他在Z城有家，有妻子，有女儿，自己不过是被养在另一个城市的金丝雀。

因为这个选择，她在大学四年里过得很轻松，并且利用这个男人为自己累积了一定的人脉，早早地就做好了抽身的准备。

分道扬镳的那一天，双方坐下来开诚布公地谈了一次话，到底相处了几年，多多少少、真真假假也有了一些感情。

他连夜从Z城赶来这里跟她见面，似乎一定要将很多事情做一个交代。

那个男人说："我有一种预感，有些事情恐怕很快就要发生了。"

虽然他没有明说，但沈言很明白他指的是什么事情，良久，她没有开口，似乎在考虑这个时候离开他是否有些不够道义。

但他大手一挥，说："我给你准备了一些钱，以后你可以按照自己的想法生活而不必再受到金钱的制约，遇到好男人，就嫁了，永远不要向他说起你的过去。"

他到底是真心爱护过她，想到这里，她鼻子一酸，眼泪流了出来，还想再说点什么，他已经下了逐客令："走吧，占有你的这几年，够了，从一开始我就说了，这不过是一场交易。"

自从离开他的那天开始，她就真的再也没有去找过他，就像离开夜会的时候，她原本想要留下陈曼娜的联络方式，可是对方也如同这个男人一样决绝："沈言，你今天踏出夜会的门，从此之后我们就是陌生人，不是我绝情，你明白，我也是为你好。"

见证过她那样不堪的年月的人，余生最好再也不要相认。说到底，这些人也算是她沈言命中的贵人，没有他们，便不会有后来的自己。

在那个男人被双规了之后，她心里所剩无几的善良驱使她找到了他的女儿。因为曾经受过她父亲的恩惠，所以她想要给这个叫作苏筠凉的女孩子一些力所能及的照顾。

潜意识里，或许是因为她知道自己已经变得强大，不再是那个蜷缩在五十元一天的破旅馆里的穷姑娘，她终于可以挺直脊梁，去做一个施恩的人。

但施恩，并不代表着她要将自己的幸福拱手相让。

金钱、美貌、阅历、智慧，这些她都有了，现在欠缺的，不过是一个她能够掌控的男人，并与之缔结一段她能够掌控的婚姻，组成一个她能够掌控的家庭。

无论如何，她都要确保不对局面失去控制，这就是她沈言的处世哲学。

《圣经》里说，日光底下，无新事，其实月光底下何尝不是一样呢？

带着胜利的笑容，她缓慢地行驶在回家的路上，以后再也不能抽烟了，她摸着自己的小腹，暗暗地想。

而黎朗,坐在自己的车里,感觉自己已经被沈言以一种不容抗拒的姿态牵进了一场势在必行的婚姻。

[3]

"结婚?"听到沈言将这个消息说出口,我第一反应是震惊,紧接着就由衷地替她感到高兴,"真好,这恐怕是我最近这段日子以来听到的最好的一件事了!"

她脸上始终保持着淡然而得体的笑容,不像一些一直苦等男朋友求婚,好不容易达成心愿之后,几乎要对对方感激涕零的女孩。

也许是我经历了这么多事情变得矫情了,又或许是我一直都挺矫情的,不过之前掩饰得好,总之在我听到这个喜讯之后,我忍不住握着她的手,衷心地对她说:"沈言姐,恭喜你啊!"

她微微一笑道:"其实我自己也觉得有些仓促,这么多年,我一直漂泊,每次看到电影里两个人牵着手一起回家的片段,我都会想,什么时候这种情节才会出现在我的人生里?"

虽然我们年纪相差五岁,她的经历和阅历都甚我数倍,但在她说出这句话的时候,我心里依然还是泛起了淡淡的酸楚。

我们只看到月亮表面的光华,它隐没于宇宙的背面到底是个什么样子,恐怕只有它自己才知道。

"初微,你知道吗?那天我听到黎朗说要跟我结婚,他说虽然他还没有准备好,但是也愿意努力去学着怎样做一个好丈夫、好父亲,我……我这么淡定的一个人,几乎都要当着他的面哭出来了……"

我拼命地点头,说不清楚为什么,就是急于让她知道我明白她的感受。在那天晚上，顾辞远跟我说那话的时候，我的心情跟她一样，觉得自己束手无策，那一秒钟内心闪过多少个念头：这些年，我从未设想过未来的那个人是什么样。

而如今，我知道了，是这样的一个人。

一个不是说有多么出类拔萃，一个会让我快乐也会让我难过，是一个真心爱护我并且也值得我爱，会令我想交出现在和未来的人。因为这个人的出现，我可以承受之前命运对我所有的刁难。

我真的明白。

看得出沈言也有些动情了，眼睛里开始泛泪光："初微，过去这些年，我每年都出去旅行，但每一年的照片上除了能够看出来我的年纪越来越大之外，我看不到别的，我看不到快乐、满足、幸福和安宁……我一直觉得自己好像蒲公英一样，风吹到哪里，我就飘到哪里……真的没想到，蒲公英也有落地的一天……他送我戒指的那天，我哭得很惨，我从来都没说过结婚一定要有蒂凡尼的钻戒、微微王的婚纱……人们都说钻石恒久远，一颗永流传，但在我心里，两个人的骨血细胞基因组成的一个新生命，比钻石更恒久远。"

我看着眼前这个絮叨而琐碎的女子，她沉迷于自己的世界里说着这些关于爱情的话语，这不是我听过的最漂亮的句子，却是最打动我的。

会幸福的吧，幸福，并不是那么难吧……

跟沈言分开之后我坐车回学校，忽然很想在下一秒就见到顾辞远。他接到我的电话匆匆忙忙从男生公寓里跑出来，惊魂未定地跑到我眼前来抓着我左看右看，直到确定我还是个正常人之后才长吁了一口气："你干吗啊！用那种语气叫我来，吓死我了！我还以为你被车撞了!"

和好之后他又恢复了之前那种丝毫不怜香惜玉的腔调,但是我觉得这样很好,我希望他还是把我当成以前的宋初微来对待,我希望他爱我是因为我是我,而不是因为我那些悲惨的经历。

"我跟你说,沈言姐要结婚了!"不知道怎么回事,我有点语无伦次。

顾辞远盯着我,过了一会儿,他清了清喉咙:"咳……这个……我们……还没到年纪吧……"

"哎哟,要死了!我不是那个意思!"我好想扇他两巴掌啊,这个人怎么会这么蠢啊,干吗要曲解我的意思呢!

顿了顿,我接着说:"不知道为什么,我好想哭啊。"说完这句话,我的鼻子竟然真的酸了,顾辞远一看我这个架势,也就没再说什么。

这种时候,一个拥抱比啰啰唆唆的千言万语要实在得多。

而这个时候,我当然没有看到,袁祖域就站在公寓门口不远处的那棵大树后面,将这一切静静地看在了眼里。

沈言在打点好一切之后递交了辞呈,上司一脸的惋惜,但不管公司如何挽留她,她都只是用一个明确的笑容做出拒绝的回应。

如此,大家全都知道,这个平日里看起来雷厉风行、叱咤风云的女子,其实骨子里最在意的还是家庭。

她在办公室收拾东西的时候,一旁的助手问她:"真的想清楚了吗?"

沈言怔了怔,侧过脸去看着助手尚且年轻的脸。她是一个刚毕业的女孩子,眉目之间透着耿直、率真,有种让人怜惜的美。

低下头想了半天,沈言才回答她:"其实世界上所有的事情,要想通都很简单，只要你明白什么叫放下。"

助手眨眨眼，似乎并不能理解沈言的意思。

不过，那不重要，重要的是沈言知道自己，对于某些事情，真的已经放下了。

如果不是因为知道黎朗的妹妹早年间遇人不淑，因为宫外孕手术做得不成功而导致终身不能再孕这件事，其实沈言自己也没有把握能不能借由肚子里这团小小的骨血逼婚成功。

黎朗曾经在说起这件事的时候，一度不能控制住自己的情绪，那也是沈言唯一一次见到黎朗激动的样子。说起那个毁了他妹妹一辈子的王八蛋，他脖子上的青筋就会暴起："当年要不是我妹妹拼死拉住我，我一定不会放过那个浑蛋！"

沈言凝视着他说："其实这种事情，也不是一方面造成的，现在这种男人多的是……"

她还没说完，就被黎朗粗暴地打断了："反正，我是绝对不会做这种事情，要是我的女朋友有孩子了，我就娶她！"

在黎朗说这句话的时候，他们还不是情侣关系，但也正是这句话，让沈言下定决心跟这个人在一起。

这个人，是带她摆脱过去那些阴霾的最佳人选。

从公司出来，她打电话给黎朗，告诉他："我已经辞职了，公寓也交给中介了，让他们帮我租出去……你呢？"

一切都在她的掌控之中："我家那边的一家公司已经回复我，愿意聘我，我已经订好机票，四天之后我们一起回家。"

一起回家。

挂掉电话之后，沈言在路边的奶茶店买了一杯抹茶奶绿，她对腹中的孩子说:"宝宝,你不会像妈妈一样,你会有一个完整的家庭和幸福的童年。"

她的眼泪流了下来。

似乎所有不好的事情都已经过去,我竟然真的开始相信那个叫作"否极泰来"的成语,尤其是当筠凉来跟我道歉的时候。

我很惊讶,特别惊讶,所以在她说完那声"对不起"之后,我足足一分钟没有任何反应。

在我回神之后,忽然惊觉,筠凉怎么好像换了一个人似的,当然,她依然还是很漂亮,走在人群里一定还是很引人注目,但是有些什么不一样了……我仔细分辨着,到底是什么不一样了?

她的气色、表情、眼神和整个人的状态……都跟从前大相径庭,我张了张嘴,想说什么却被她阻止了。

"初微,我知道有些事情发生了不可以当作没发生过,但是,你真的是我这些年来唯一的朋友。"

筠凉说这句话的样子令我想起了她十六岁时的那个夜晚——在漫天漫地的大雪中,她的瞳仁乌黑清亮,嘴角透着骄傲的倔强,即使是目睹那样不堪的场面,也没有打消她与生俱来的傲气。

是什么让她变成了眼前这个样子?我心里一痛,连忙对她摇头说:"说什么呢,情侣之间还吵架呢,何况我们是两个女的,你说是吧,过去的就过去好了,我们都别放在心上。"

她苍白的脸上浮起一个勉强的笑,我的反应在她的预计之中,从她的表情看起来,似乎还有另一件事要跟我说。

我屏息静候着,直到她深深地呼出一口气,告诉我她的决定。

"我决定跟杜寻分手。"

难以置信她会做出这个决定，当然不只是我，还有顾辞远，可无论我们怎样轮番地劝她、开导她，她都是一副决绝的模样。

比起我跟顾辞远来，杜寻本人当然是更不能接受。

以前那个总是很冷峻、不苟言笑的杜寻像是完全丧失了理智，抓着我和顾辞远反反复复地问："她为什么会这样？怎么会在这个时候说分手……我们那么艰难才在一起，中间遇到那么多事情都没放弃，她怎么这个时候说分手？"

杜寻一拳砸在自己的车窗上，我和顾辞远都被他这个疯狂的样子骇住了，半天没有说话。

过了很久，还是我迈出了脚步，说："杜寻，筠凉她说她……累了……"

"累？！"

杜寻转过来逼视着我，冷笑着反问："为什么累？因为游走在两个人之间？"

一时之间我并不明白他的意思，但我看得出此刻的杜寻已经有些可怕了，紧接着顾辞远将我拖到他的身后，对杜寻说："你跟筠凉当面说清楚吧，毕竟这是你们两个人的事情。"

在杜寻的车喷出的尾气中，我产生了一种不祥的预感。但这种预感的来源到底是什么，我也弄不清楚。

我握着顾辞远的手，很久很久，没有说话。

坐在副驾驶的位置上，筠凉生生明白了什么叫作物是人非。

有那么几分钟，他们谁也没有说话，而是安安静静地看着不远处波光潋滟的湖面。那一刻，往昔所有快乐和不快乐的片段，在他们的脑海里一帧一帧地铺展开来。

筠凉静静地转过脸来,看着杜寻的侧面,他皱着眉,但表情看不出悲喜。

一阵凉意自心底深处渐渐弥漫,筠凉忍住喉头的哭腔,轻声说:"杜寻,我们……"但她还只开了个头,就被杜寻突如其来的吻给打断了。

这是从来没有过的感觉,悲伤的感觉。

好不容易推开他之后,筠凉的眼泪缓缓地流了下来,说:"我真的累了,我们放过对方,算了吧。"

在筠凉说完这句话之后,有那么一瞬间,她觉得曾经的杜寻又回来了。那个意气风发的少年,那个在酒吧的镭射灯下耀眼夺目的少年……为什么会变成这样?从前你做什么都令我觉得快乐,为什么那些快乐后来会变成那么沉重的包袱,压得我喘不过气来……

杜寻收回他的目光,又看向那平静的湖面,他忽然说:"筠凉,不如我们一起去死吧。"

多少年之后筠凉都会记得那短短的三分钟,杜寻阴沉的脸色犹如乌云,那一脚油门踩下去,筠凉闭上眼睛,全身缩成一团紧紧地揪住安全带……

不过是三分钟而已,但恍惚之间,仿佛泅渡了一生。

之后筠凉跟我形容当时的感受,说:"心提到嗓子眼儿了,车门被锁住,车窗被锁住……我以为自己必死无疑……忽然之间,我却平静了。"

在那三分钟的最后一点时间里,她平静地跟上苍打了个赌。

身边这个人是她曾经奋不顾身去爱的,是她不惜与全世界为敌都想要相守的,是她在失去了原本完整的家庭之后唯一的慰藉……

她跟上苍打赌:如果我今天活不成,那就当作为爱情殉葬;如果我今天活下来了，我就离开这个人，好好生活。

"其实到了生死攸关的那一刻，我发觉，我还是很爱他。"筠凉在说这句话的时候，眼泪簌簌地落了下来。

最后一刻，前轮已经到了水边，杜寻忽然停下来了。

他整个人像是被抽走了灵魂，颓败地冲筠凉挥挥手："你走吧。"

劫后余生的第一秒，筠凉睁开眼睛，几乎难以相信自己尚在人间，等到她确定自己真的还活着之后，她看都没有看杜寻一眼，打开车门，径直走了。

不敢回头，不忍心去看杜寻的样子……

她知道，他们完了，彻彻底底完了。

但她不知道，她跟上苍打的那个赌，自己到底是赢了还是输了……

死里逃生的她，回到学校做的第一件事就是打电话给她妈妈。从十六岁开始，这么多年了，她从来没有在母亲面前示弱过，但经过了这件事，她忽然很想回到十六岁之前跟妈妈心无芥蒂的那些时光……

听到那声熟悉的"筠凉"，原本握着电话的她像是火山爆发一样，开始号啕大哭："妈妈……我想你……"

等到杜寻冷静过后，想为自己在那一刻冲动的行为向筠凉道歉的时候，他并不知道，有些事情已成定局了。

他给筠凉发了一条短信，说他在女生公寓对面的那家甜品店二楼等她，她不来他就不走。末了，他在短信中说：筠凉，我只是想跟你说一声对不起。

犹豫了很久，筠凉最终还是去了。

她刚洗完的头发还没来得及吹干，湿答答地垂在背后，过马路的时候她看到了甜品店二楼的杜寻,他在靠窗的位置看着自己。

不过是隔着一块玻璃,隔着一条马路,曾经最深爱的人却仿佛隔着风霜刀剑,隔着铁马冰河……

筠凉心里有个声音问自己:还回得去吗?

过了很久,她听见自己清清楚楚地回答:不可能了。

小时候她有一本成语画册,她很清楚地记得其中有一幅画。画中那个人坐在一条小木船上,很认真地在他的剑掉下去的地方做着记号。

刻舟求剑。

杜寻,这么傻的事情,我们还是不要做了。

看着眼前这个杜寻,筠凉想起第一次在酒吧里看到他的情景,那个时候的他多美好……眼前这个皱着眉、满脸倦怠的人是谁呢?

筠凉的心里泛起一阵酸涩。

在杜寻说完"对不起,我知道你可能不会原谅我,但是我还是想跟你说一声对不起"之后,筠凉微笑着打断了他。

"杜寻,我不怪你,也希望你不要怪我。

"不是不爱了,只是我们的爱情真的走不下去了……

"我以前以为我一无所有了至少还有你,其实不是的,我还有妈妈……杜寻,我要去找我妈妈了。"

就在筠凉瞒着我一声不吭地办理休学手续的那段时间里,我对未来即将发生的一切都完全没有任何感应,也许是经历了钝痛,原本敏感的我对于很多事情也都变得迟钝起来。

意识到袁祖域已经很久很久没有跟我联系了,还是因为唐元元的一句"你奶奶去世的那段时间,那个男生每天都来等你",原本还在上课的我,就因为她的这句话,噌的一下从位子上弹了起来!

248

是我不好，我重色轻友，我不开心的时候就找他诉苦，让他陪着我，等到雨过天晴，就把别人忘得一干二净了！

想了半天，我发了一条短信过去给他：喂，你好吗？

没有回音，一直没有回音，可能是我的问候听起来真像那个著名的胃药广告吧。这么一想，我自己都觉得自己挺傻的。

等了一下午，天都黑了，还是没回应，我只好硬着头皮给他打了个电话过去，没想到接电话的不是他——是他妈妈。

坐在袁祖域家的客厅里，看到那张桌子，我的脑海里立刻浮起了他说过的他母亲趴在桌子上等他的样子。我看着眼前这个苍老的中年女人，以她的年龄本不该如此老态……是生活太艰难了，是生活太艰辛了吧……

看着她，我忍不住红了眼眶。她给我倒了一杯水，杯子里有陈年的茶垢，但我还是二话不说地喝了。

也许是为了省电而没有用瓦数很大的灯泡，屋里的光线很暗。在这昏暗的灯光里，我依然可以清清楚楚地看到袁祖域的母亲两鬓霜白。

看见她，忍不住想起我的妈妈，在奶奶的葬礼结束后，我看到了她发丝里的白发……

想到这里，我真的觉得很难过。

袁祖域的母亲并没有察觉到我情绪上的变化，她好像生活在一个封闭的状态里，我不说话，她也不说。过了很久，我终于主动开口问她，到底发生了什么事？

是灯光的原因还是别的，她的眼睛那么混浊，好像一生之中所有的灾难和痛楚都被装进这双眼睛里。在她断断续续的讲述里，我终于将我缺席于袁祖域生命里的这段时间拼凑整齐了。

袁祖域在女生公寓门口目睹了宋初微跟顾辞远和好,一时之间他又无奈又有点气愤,冲动之下他决定以后再也不要理这个神经病了。

在这种心情下,他喝了几瓶酒,越发郁闷了。

没想到推开家里那扇门,更郁闷的事情还在等着他。

母亲对着桌子上一张五十元的钞票发呆,见他回来了都没问一声"吃饭了吗",这种情况还是第一次出现。他瞪着发红的双眼问:"妈,怎么了?"

这一问,竟把妈妈的眼泪给问出来了。

妈妈一把眼泪一把鼻涕地告诉他,是街上那个游手好闲的死胖子拿假钞买了五块钱的包子,当时人多,自己也没看清楚,等发现了去找他理论,反而被他骂"死寡妇,丧门星"……

说到这里,妈妈哽咽得再也说不下去了,收起那张假钱进了卧室,再也没有打开门。

从卧室里传来的低沉的呜咽,令袁祖域想起了父亲去世后的那个夜晚,他发誓,有生之年一定不会让妈妈再这么难过了。

夜有多黑,他的愤怒就有多强烈。

在妈妈关着门哭的时候,他冲进厨房,拿起那把很久不用的水果刀,打开家门,冲向那个死胖子的家,也冲向了他预知的命运……

我整个人抖得像个筛子,面对悲伤的袁妈妈,一向伶牙俐齿的我竟然一句话都说不出来。

老房子的隔音效果不太好,邻居家里的电视声透过墙壁传了过来,热热闹闹的,不知道在放着什么节目,更反衬出这间屋子的冷清。

实在挨不下去了,再多挨一秒我都觉得煎熬,只得匆匆站起来,机械般地对眼前这个淌着眼泪的妇人说:"阿姨,你不要太难过了,只是伤人而已……表现得好会提早出来的,我会经常去看他,最要紧的是您要保重身体……"

她没有送我出门,对她而言,生活的重点剩下的不过是怎样活下去,日复一日地打发掉深陷牢狱的儿子不在自己身边的日子,像我这样的陌生人,根本已经不能唤起她的注意力。

从袁祖域家里出来,我蹲在街口,哭了很久。

潜意识里我真的很自责,如果我不是那么自私,不是在跟顾辞远和好了之后完全不去关心他,如果我不曾在他想要安慰我的时候把他推得那么远,也许他就不会犯下这样的大错……

"你少自作多情了,你以为你是圣母马利亚啊。"这是我在探监时,他开口说的唯一一句话。

在那短短的十五分钟探监时间里,一直都是我在说。

"我去看过你妈妈了,她除了精神不太好之外,别的都很好……

"你放心,我有空就会去看你妈妈的,你在这里好好表现,争取早点出来……

"真的对不起,如果我早知道会这样,我就……"

说到这里,袁祖域用那句话打断了我,然后起身看都不看我一眼就往回走。我目瞪口呆地看着他灰色的背影,很久很久都没有回过神来。

袁祖域,你是恨我吗?还是为了不想让我内疚,才故意摆出这副嘴脸来给我看?

我不是要自作多情,我是真的不能原谅自己一直以来对你的忽视和轻慢,我不能原谅自己每次脆弱、难过的时候都接受你的陪伴,却在获得安宁、幸福之后完全不理睬你的感受……

这种羞愧的心情就像一条蠕动在心脏上的虫子，一点一点地吞噬和撕咬着我那些来之不易的快乐。

我知道你不想听到这句话，但是我怎么能够在你这么狼狈的时刻，心安理得地享受着爱情而对你不闻不问……

对不起……真的，对不起……

命运永远会在你意想不到的时候，给你致命的一击。

青天白日之下，你也会感受到那种突如其来的黑暗将你包围……就像每次坐火车回Z城，突然一下驶进隧道，除了车窗上自己那张惨白的脸，你什么也看不到。

接到林暮色的电话，就是在这个时候。

她轻声说："宋初微，你想不想见我最后一面？顾辞远已经在来见我的路上了哦。"

是那双无数次将我从自以为是的幸福中一把揪起，抛进无底深渊的大手，再次袭击了我。

站在车水马龙的街上，我忽然感觉到自己置身于旷古荒原。

我的生活中似乎有一扇又一扇开启不完的门，每次打开一扇门之前，我都以为即将看到广阔无垠的新世界，却没料想，每一扇门的背后都是同样的黑暗。

仿佛宇宙黑洞拉扯着我，不断地往下沉……

我坐在车上的时候，顾辞远已经抢先我一步赶到了那个地方。

林暮色洗净铅华，白T恤、牛仔裤、帆布鞋，披散着头发摇摇晃晃地坐在七楼的栏杆上，听到后面的脚步声，她也懒得回头。

天空中的飞鸟盘旋而过，这场景令顾辞远觉得莫名地熟悉。

是……当日杜寻跟他说起陈芷晴跳楼的场面，就是这个样子……

顾辞远心里一沉，声音有些颤抖："林暮色，你到底要怎么样？"

她回过头来，用素白的一张脸看着顾辞远笑："你想学杜寻吗？我不介意学一下陈芷晴。"

"林暮色，你别发疯了！"情急之下，顾辞远也顾不得什么风度什么姿态了，"这根本就不是一码事，陈芷晴是杜寻的正牌女朋友，宋初微是我的正牌女朋友，你搞不搞得清楚人物关系啊！"

任凭顾辞远如何焦灼，林暮色坐在栏杆上岿然不动。

僵持了一会儿，顾辞远忍不住靠近并想要去拉她："你先下来！"

林暮色轻巧地躲过了他的手，身体又向外倾斜了一点，她终于说话了："顾辞远，你不要以为我今天是以死来要挟你跟我在一起，我告诉你，我已经不在乎了！"

不在乎了！

全世界似乎都静止了，只听得见她这一句撕心裂肺的吼叫。

"你以为我还会在乎吗？！我什么都不在乎了！"

后来的无数个日夜，只要我闭上眼睛，就能想起顾辞远摔在我眼前的样子……

耳畔一片嗡嗡声，我抬起头，只能看见林暮色在空中晃荡着的右手，但是我真的弄不清楚，那只手到底是想拉他，还是推他……

一股血腥的气息从胸腔涌到喉头，我像一根木桩，直挺挺地栽下去。身后筠凉的呼喊，陌生人的围观，通通都不知道了……

第七章 望

林暮色曾经告诉我，西方将黄昏与夜晚交接的这一时刻称为狼狗时间。

因为在这样朦胧的天色里，人会分不清楚那是一只狼还是一只狗。

我就是在这样的时间里，接到了筠凉打来跟我告别的那通电话。

电流在耳畔吱吱作响，她的声音听起来有些不那么真切："初微，我现在在候机厅，还有十五分钟就登机了……"

我明白她的意思，其实是说你不用赶来送我，就算你想送，也来不及了。

那通电话打了五分钟，我沉默了四分半，我听见筠凉以一种轻舟已过万重山的淡然在手机那头自嘲地说："说不定飞过换日线，我就什么都不记得了，就脱胎换骨、转世为人了。"

说完这句话，手机那端传来她笑的声音，我能够想象到她笑起来的表情，鼻翼上有细小的皱纹，嘴角向上微翘。

顿了顿，她的语气变得有些沉重，说："初微，这些年来我最后悔的一件事，不是不顾一切要跟杜寻在一起，而是曾经对你说出让你那么伤心的话……"

我握紧了手机，淡然一笑，说："不是，筠凉，其实你没说错啊。"

我们曾经那么坚信的，曾经那么执拗追求的，曾经以为那是值得用生命去追求和捍卫的，原来什么都不是，原来什么都没有。

我们背道而驰，坚守着两个不同的信念，却在最后殊途同归，得到了一样的结果。

很多年后我都想不明白，这到底是命运的残忍还是命运的仁慈。

从小我们就知道，月球是地球唯一的天然卫星，上亿年来它一直孜孜不倦地围着地球转。

长大之后，我偶尔会想，是什么令它如此坚持，如此不懈？

月球不一定是心甘情愿的，如果有的选择，它不一定愿意年年岁岁围着地球寂寞地转动，但这是月球的宿命。有时候爱情也是这样，它是一场宿命，由不得你不甘心，由不得你不情愿。

就像我遇见顾辞远，筠凉遇见杜寻，沈言遇见黎朗。

或者说，就像林暮色遇见顾辞远，陈芷晴遇见杜寻，袁祖域遇见我。

这些遇见，都由不得我们自己。

沈言跟着黎朗回他家乡之前，曾经单独跟我见了一次面，我们在咖啡馆最角落的位置坐了一个晚上。我不明白她为什么不肯去从前最喜欢的天台，但我想这其中必定有她难以启齿的原因，我也不必太过执拗。

整个晚上我们都很少说话，我明白她是来向我告别，但我奇怪的是为什么她单单只向我告别。

"我以前看过一句话,一个男人写在他的日记里。他说,我会疼我的老婆,不会让她一个人到老。虽然不是写给我的,但是我看到的时候还是觉得好感动。"她喝了一口柠檬水,自从她怀孕之后,就已经戒掉了咖啡。

我静静地看着她。

她接着说:"不管这些年来我得到的比较多还是失去的比较多,我依然感谢生活,感谢它把黎朗送到我的生命里来,因为他的出现,过去一些我只能想想的事情,一夕之间变得如此真实。"

不知为何,在她说出这句话来的时候,我原本就有些酸涩的眼睛忽然一下眼泪暴涨,当着她的面,眼泪大颗大颗地砸下来,落在桌面上,好像一个个惊叹号。

分别的时候,她牵过我的手放在她微微隆起的小腹上,用孩子的语气说:"我们跟这个阿姨说再见,阿姨要开开心心地生活,凡事不要去钻牛角尖,要想开一点,有机会的话来看我们。"

抽回手的那一瞬间,我终于还是没忍住,哇的一声哭了出来。

这夜,我一个人去了医院。

我知道不久之后顾辞远的父母就要将他转去北京治疗,如果北京的医院解决不了问题,也许还要出国去想办法……总之,不惜倾家荡产也要让他苏醒。

顾辞远的妈妈在看到我的时候第一反应就是哭,她抓着我的手不停地问:"初微,为什么会这样?辞远还说今年要带你来我们家过年,还跟我说想带你一起出去旅行,问我同不同意……为什么现在会弄成这样?"

我任由她抓着我的手,机械地重复着同样的一句话:"我等他……等他……"

在这个安静的夜晚,我看着他仿佛沉睡的脸,想起以前林暮色和袁祖域都还没有出现的时候,他总是仗着家里有钱对我乱许诺,什么将来娶我一定准备蒂凡尼的戒指,上面的钻石要大得跟个麻将一样。

婚纱一定要是薇薇王旗下的高级定制,买成衣显得不够有档次。

还有什么威尼斯的叹息桥、法国的香榭丽舍大道、希腊的爱琴海,这些地方我们都要一起去。

可是顾辞远,你知道吗?在跟你分手的那段日子里,我曾经在网上看到一个投票帖子,说以下哪些事情是你从来没有做过的:

有染发、打耳洞、刺青、泡吧、通宵达旦地唱歌,都是一些看着挺傻的事。我一路看下来发现我全都做过,但是最后有一个选项,它把我弄哭了。

曾经跟心爱的人一起去旅行,唯独这一件事,我没有做过。

我捧着抽纸盒哭得稀里哗啦,那一刻我真的很恨你。

我们从来都不曾珍惜在一起的时间,总以为未来很遥远。人生很漫长,那些美丽的地方永远都在那里,今天去不了可以明天去,今年去不了可以明年去。我们总会牵着对方的手去游览这个世界上最优美的风景。我们会在叹息桥下亲吻,并且坚定不移地相信那个"凡是在叹息桥下亲吻过的情侣,永远都不会分手"的传说。

但是我们从来都没有想过,那些地方虽然一直在那里,可我们并不一定会永远在一起。

我们那些美好的憧憬和愿望,最终不过是这样,搁浅在烈日暴晒的沙滩上。

曾经那些以为一辈子都不会分开的人,最终就像被风吹散的蒲公英,散落在各地,散落在天涯。

回忆起这些年来我们所有人用青春交织而成的这些片段,就像一场电影一样,一开始画面是彩色的,谁料到起承转合,突然之间,屏幕一下子变成黑白色。

听说人在死后,灵魂要把这一生的脚印都拾起来。那么,我要拾起多少脚印,才能凑满我这残破的一生呢……

我知道,余生很多年,我只要一闭上眼睛,就会想起眼睁睁地看着顾辞远摔在我眼前的那个画面……我还会想起,在医院的走廊里,筠凉死死地抱住我,不让我冲过去跟披头散发的林暮色拼命的那个场面……还有,我当然也不会忘记,林暮色狞笑着流着泪对我说:"宋初微,这就是给你的报应!"

我怎么会知道,我蹲在 Z 城的双黄线上给我最爱的人打电话的那个时候,他正跟裸身的林暮色在酒店的房间里。

人性是什么?人性就是在顾辞远躺在急救室里时,我却还在想:如果我在那个时候没有打电话给他,他是不是就会跟林暮色上床了?

真是可笑。

林暮色走过来抓住我的双手,指甲狠狠地掐进我的皮肤,她咬牙切齿地对我说:"如果不是你叫走了顾辞远,我就不会在他走了之后随便叫一个男人来跟我做爱……我也就不会染上这个该死的艾滋病……"

仿佛是暴雨天的一阵轰雷，原本说不出话来的我定定地看着眼前这个五官扭曲的人，她说的……是真的吗？

看着她慢慢地滑坐在地上，我满腔的愤怒、悲痛，还有之前恨不得与之同归于尽的决心，忽然像烟尘一样溃散了……

不知道过了多久，我蹲下来对揪着自己头发的林暮色说："你就算再惨，也是你自找的。"

我知道此时的自己已经被恶毒攻心，但仍然阻挡不了一句更伤人的话脱口而出。

别人的痛苦未必不及你，不过，你表现得格外精彩一些。

从那之后，我再也没有见过林暮色，我永远都不会知道当我仰起头看见她那只晃荡在空中的手之前，她做出的动作到底是推还是拉。

也许，有一天我会知道的，只要顾辞远醒来，我就什么都会知道。

时光不急不缓地流淌着，我每天睁开眼睛还是会看到唐元元对着镜子化妆，只是会在看到那张原本属于筠凉的床位现在空荡荡的时候，心里会闪过一丝惆怅。

有时候上课，梁铮会坐在我的旁边，看着他认真做笔记的样子，我会觉得其实这个人也没我一开始以为的那么讨人厌。尤其是在有一次我们聊完天之后，我忽然觉得自己看人的眼光真的很不准。

梁铮跟我说："宋初微，你以为我不想像那些同学一样每天玩玩游戏、打打篮球、谈谈恋爱吗？你以为我愿意把自己的大学生活搞得这么乏善可陈吗？但是我没办法，我要是不努力，毕业之后就找不到好工作，赚不了钱，减轻不了我爸妈的负担。"

我本来很想说"就算你好好读书，毕业了也不一定能找到好工作"，但是我想了一下，最后还是笑着跟他说："嗯，你说得对，少壮不努力，老大徒伤悲，你OK的啦！"

不知不觉，我也学会了化解满身的戾气去与人相处，因为我终于明白，每个人其实都有他不为人知的苦衷。

经历了生离和死别之后，不够美好的我，终于原谅了这个不够美好的生活。

我将这句话说给在狱中的袁祖域听时，他的脸上微微有些动容，沉默了一会儿，他对我说："你知道吗？每天早上我刷牙的时候，看着牙刷，我都会想，如果把它插进喉咙，会发生什么……"

也许是我听到这句话时脸上的表情让他觉得这个玩笑真的一点也不好笑，他连忙改口："你放心啦，我不会做那么没出息的事。那个顾辞远要是醒不来，我还打算出来娶你做老婆呢。嘿，你不知道吧，我妈挺喜欢你的。"

我看着他，这个总是把头发剪得很短很短的男生，这个不管自己身处何种环境，却总是不遗余力安慰我的男生……我不想哭，可是眼泪就是这么不争气。

我哽咽着笑道："你可千万留着你的命，我手机老出问题，你要自杀了，谁替我修啊。"

人这一生，有多少真心话是用玩笑的方式来表达的呢？

有些话是真的，却总被人当成玩笑。

有些话是玩笑，但我们都认为那是真的。

后来只要有空，我就会去看望袁祖域的母亲。她从一开始很抗拒我，到慢慢地接纳我融入她的生活，并没有花费太长的时间。

有一次我从袁祖域家回学校，在路上遇到过杜寻一次。他正推着陈芷晴散步，看到我的时候，他笑了笑。

我猜他本来是想问我筠凉的近况，但我真的对筠凉离开这里之后的生活一无所知。也许筠凉是故意的，她是想让自己彻底失忆，再也不要记得过去的事情。

杜寻去便利店买水的时候，我蹲下来看着陈芷晴，这是我第一次跟她说话，我问她："你们又在一起了吗？"

她笑着摇摇头："怎么可能！他不过是出于同情，所以偶尔来陪陪我罢了。"

看着她盖在双腿上的毛毯，我知道我接下来要问的这句话很残忍，但我还是问了："你……后悔吗？"

她怔了怔，抬起眼睛看向了别处，过了半天，她才回答我："后悔。是的，我非常后悔……人生最美妙与最残忍的事情其实是同一件，那就是不能重来。"

跟他们分开之后，我去火车票代售点买了一张回 Z 城的车票，不知道为什么，我忽然很想回去看看我妈。

车轮摩擦着铁轨，车厢里每个旅人都有一张疲惫的面孔。

我忽然想起筠凉那次说"我们就按照各自的想法走下去，看看最后究竟谁能获得理想中的幸福"……其实筠凉，到最后，我们哪一个又接近过幸福呢？

幸福，不过是镜花水月。

爱情，不过是徒有虚名。

车窗之外犹如旷古荒原,山村里有星星点点的灯光。

夜幕之上,一轮满月静静地凝视着苍茫人间,悲欢离合,它看得太多了,也许很多事情,它都忘了……